希腊神话和传说

（德）古斯塔夫·施瓦布 ◎著　黎漠 ◎译

全本
无
删减

名师
批注

无
障碍
阅读

有声
伴读

原创
手绘

北方妇女儿童出版社

图书在版编目（CIP）数据

希腊神话和传说 / (德) 古斯塔夫·施瓦布著；黎
漠译. -- 长春：北方妇女儿童出版社, 2021.1
　（悦享丛书）
　ISBN 978-7-5585-4977-9

　Ⅰ.①希… Ⅱ.①古… ②黎… Ⅲ.①神话—作品集
—古希腊 Ⅳ.①I545.73

中国版本图书馆CIP数据核字(2020)第261855号

希腊神话和传说
XILA SHENHUAHECHUANSHUO

出 版 人	师晓晖
责任编辑	张晓峰　李　媛
装帧设计	旧雨出版
开　　本	787mm×1092mm　1/16
印　　张	11
字　　数	240千字
版　　次	2021年1月第1版
印　　次	2023年1月第1次印刷
印　　刷	北京市兴怀印刷厂
出　　版	北方妇女儿童出版社
发　　行	北方妇女儿童出版社
地　　址	长春市福祉大路5788号
电　　话	总编办：0431-81629600

定　　价　33.80元

前 言
Preface

  德国诗人歌德说过："读一本好书，就等于和一位高尚的人对话。"阅读中外文学名著，简直就是在和一位文学大师对话。他们创作的名著，纵贯古今，横跨中外，大浪淘沙，沙里淘金，成为全人类共同的宝贵财富。

  名著是历史的回音壁，是自然的旅行册。它可以拉近古今的距离：我们阅读名著可以探访在时间长河中和我们擦肩而过的人，看看他们怎样面对生活。它可以缩短地域间的距离：我们阅读名著便可足不出户而卧游千山万水，体察各地的风土人情。

  名著是全人类智慧的结晶，那里面充满了智者的箴言。谁读了《论语》《老子》，不觉得是大师们站在人类思想的巅峰上，为我们播撒智慧的种子？我们阅读他们的书，就是站在巨人的肩膀上俯瞰世界。

  名著是人类感情的储藏室，是传承文明的火炬手。它们展示着人类审视、确认、表现自身情感的过程，表现出一种摆脱生活的琐杂而趋向美与高尚的境界，其深厚的底蕴总是能够在我们的生活中唤起这种寓于诗意的情怀，因而具有永恒的魅力。

  名著是真、善、美的化身，是人类生活中难得的一片净土。大师们在炼狱中心灵首先得到了净化，他们的作品无处不放射着高尚的光辉。在紧张而浮躁的社会中，我们的心灵有时会由于四处奔波而疲惫，由于过于好斗而阴暗，这时阅读名著绝对能使我们变得宁静而高尚，在阅读的过程中抚慰心灵的创痕，涤荡心灵的浮尘。

  本套丛书有《红楼梦》《水浒传》等中国传统名著，还有《钢铁是怎样炼成的》《格林童话》等国外经典名著。可以带领学生领略中外人文差异，徜徉思想之海，探索文字奥秘。编者在编制本套丛书时，本着学生的认知层面和生活经验，对原著进行了全方位的解读。每一章节前加上了"精彩导读"，帮助他们获取本章的大致内容，增强总结能力；同时，在每一章的大量文段中选取了优美的词句，有精彩解读，帮助他们理解作者的情感变化、写作手法等，提升他们的写作技巧；在章节后有"精彩点拨"，总结中心思想，剖析艺术手法，加深他们的阅读印象；还有"阅读积累"，拓展了他们的知识层面。

相信广大学子们读完这套为他们精心打造的丛书后一定能开阔眼界，增加智慧，健全人格，铸就人生的新境界！

编　者

学 问 速 递

作者素描

古斯塔夫·施瓦布（1792—1850），出生于斯图加特的符腾堡宫廷官员家庭。他是德国著名的浪漫主义诗人。曾是著名画家席勒的老师，指导席勒学习在线条和构图上优雅的装饰手法。1809 至 1814 年在蒂宾根大学攻读神学和哲学，结识乌兰德等著名文学家。1815 年他在去德国北部地区考察旅行期间，结识了歌德和霍夫曼等人。

古斯塔夫·施瓦布是德国浪漫主义文学中"施瓦本"派的一员。施瓦本（包括当时的符腾堡）是德国重要的历史和文化地区之一。由此在德国浪漫主义文学中逐步形成了"施瓦本"这一派别。古斯塔夫·施瓦布就是"施瓦本"这一派别的重要代表。他一生热爱祖国和故乡，作品大都反映当地风土人情，最具代表性的作品是《希腊神话和传说》。他不仅受到广大读者的热爱和追捧，还受到符腾堡统治者的推崇和赏识。

古斯塔夫·施瓦布发掘和整理了大量的古代文化遗产，著有《美好的故事和传说集》《德国民间话本》《博登湖上的骑士》《马尔巴赫的巨人》等。他在文学上的主要贡献就是以《希腊神话》为代表给人类的文化生活留下了丰富的精神遗产。

内容精讲

《希腊神话和传说》是一扇观察和认识古希腊乃至欧洲文化的世界之窗。全书可分为神的故事和英雄传说两大部分。神的故事涉及宇宙和人类的起源与神的产生、谱系等内容。英雄传说是对于远古的历史、社会生活和人向自然做斗争等事件的回忆。

该书是欧洲最早的民间口头传说故事，赞颂了古希腊人民的智慧和创造力。它以丰富的想象和精彩生动的情节把人们带入群岛环绕、海陆交错的爱琴海区域的古代文明中。反映了古希腊从公元前11世纪到前9世纪被人们习称为"荷马时代"的那段历史，在世界各民族神话中发展得特别完美。希腊神话不仅是希腊文学艺术的土壤，而且对后来的欧洲文学有着深远的影响。希腊神话中的许多情节如今已变为西方文化中的一些最基本的结构。

希腊神话中的"神"和"人"实际上是被神化了的神和人，显示了希腊神话的进步性、现实性。神与人不同的地方，在于他们是永生不死的，而且主宰着人间的祸福与命运。而英雄则都是神与人所生的半人半神。故事中的这些英雄都是集体力量和智慧的代表，他们反映出古希腊人在战胜自然力量的过程中所表现出的勤劳勇敢的优秀品质。通过阅读一个个鲜活的人神并存的故事，我们了解西方精神的起源，西方艺术的辉煌，以一种更加理性和智性的态度来省视东西方文化的差异，提高自身的修养。

经典书评

希腊神话不只是希腊的艺术的宝库，而且是它的土壤。希腊神话是世界文化遗产中璀璨的瑰宝，是历史上人类童年时代的产物，它作为"永不复返的阶段"而显示出永久的魅力。

数千年来，它作为一块肥沃的世界文化园地，成为诗歌、喜剧、绘画和雕塑取之不尽的丰沛泉源。在丰富多彩的希腊神话中，积淀着欧洲文化诸多的符号秘语，它们通常以典故和词语的方式仍然活跃在今天。

希腊文化在欧洲的地位，如同中国文化在东方的地位，对希腊文化尤其是神话部分的深入了解将是一把开启欧洲文化宝库的钥匙，对这把钥匙的掌握，对于具有同样千年文明历史的中国，显得尤为重要。《希腊神话和传说》是东西文化进一步碰撞与交流的重要载体和平台。

希腊神话，即一切有关古希腊人的神、英雄、自然和宇宙历史的神话，是原始氏族社会的精神产物，欧洲最早的文学形式。大约产生于公元前8世纪，是世界文化中一个重要的组成部分。希腊神话作为一种特殊且丰富的文学体例，其特点值得后人不断地分析探索。

古希腊神话想象丰富、形象生动、故事性强，既有现实主义的真实描绘，也有浪漫主义的想象夸张，具有很强的艺术表现力。

古希腊神话表现了人类童年时期积极进取的乐观主义精神和战胜困难的坚定信念，受宗教迷信影响很少，不是神决定和主宰人，因而它能引导人们积极向上。

普罗米修斯

普罗米修斯，在希腊神话中，是最具智慧的神明之一，是泰坦十二神伊阿佩托斯与克吕墨涅的儿子。名字有"先见之明"的意思。普罗米修斯不仅创造了人类，给人类带来了火，还教会了他们许多知识和技能。普罗米修斯是一个善于创造发明的神。他从各种动物身上摄取了善或恶特性，比如狮子的勇猛、狗的忠诚和聪明、马的勤劳、鹰的远见、熊的强壮、鸽子的温顺、狐狸的狡猾、兔子的胆怯和狼的贪婪，然后把这些特性糅合在一起，往每一个人的胸膛里注入属于他的那一部分。这样一来，他们便能像动物一样可以活动了。但是，他们还只是具有一半生命的人，因为他们还缺少创造他们的神的灵气。在诸神当中，智慧女神雅典娜是普罗米修斯的朋友。她在奥林匹斯山上惊奇地注视着普罗米修斯所做的一切。当她发现普罗米修斯望着他的创造物束手无策的时候，她急忙从奥林匹斯山上下来，把神的具有活力的呼吸吹进他们的口中。于是，他们获得了聪明和理智，这才成为真正的人。

宙　斯

宙斯是古希腊神话中的众神之王，奥林匹斯十二主神之首的众神之神，统治宇宙万物的至高无上的主神（在古希腊神话中主神专指宙斯），人们常用"众神和人类的父亲""神王"来称呼他，是希腊神话诸神中最伟大的神。罗马神话中对应宙斯的神祇是朱庇特，被视为射手座的守护神。因为古希腊人崇拜宙斯，因此在神话里将宙斯说成是自己的祖先，奥林匹斯的许多神祇和许多希腊英雄都是他和不同女子生下的子女。他以霹雳为武器，维持着天地间的秩序，公牛和鹰是他的标志。他的兄弟波塞冬和哈迪斯分别掌管海洋和冥界。

欧罗巴

欧罗巴，希腊神话中的腓尼基公主，被爱慕她的宙斯带往了另一个大陆，后来这个大陆取名为欧罗巴，也就是现今的欧洲。根据神话，欧罗巴是欧洲最初的人类，也就是说欧洲人都是她的孩子。欧罗巴一直深居在父亲的宫殿里。一天，在半夜时，她做了一个奇怪的梦。她梦见世界的两大部分亚细亚和对面的大陆变成两个女人的模样，在激烈地争斗，想要占有她。其中一位妇女非常陌生，而另一位就是亚细亚，长得完全跟当地人一样。亚细亚十分激动，她温柔而又热情地要求得到欧罗巴，说自己是把她从小喂养大的母亲；而陌生的女人却像抢劫一样强行抓住欧罗巴的胳膊，将她拉走。

忒修斯

忒修斯是传说中的雅典国王。是埃勾斯和埃特拉所生的儿子。他的事迹主要有：歼除过很多著名的强盗；解开米诺斯的迷宫，并战胜了米诺陶诺斯；和希波吕忒结婚；劫持海伦，试图劫持冥王哈迪斯的妻子珀耳塞福涅——因此被扣留在冥界，后来被赫拉克勒斯救出。

俄狄浦斯

俄狄浦斯，欧洲文学史上典型的命运悲剧人物。是希腊神话中忒拜的国王拉伊俄斯和王后约卡斯塔的儿子，他在不知情的情况下，杀死了自己的父亲并娶了自己的母亲。"戏剧艺术的荷马""命运悲剧大师"索福克勒斯在古希腊戏剧《俄狄浦斯王》中丰富了其命运悲剧。俄狄浦斯的长子厄忒俄克勒斯在他走后继承王位，次子波吕尼刻斯与哥哥争夺王位，结果兄弟二人同归于尽，最后，他们的舅父克瑞翁当了国王。此后，俄狄浦斯在安提戈涅的牵引之下漂泊四方，后来得到曾击退怪兽弥诺陶洛斯的忒修斯的保护，最终死于众女神的圣地。

目录
contents

悦 享 丛 书
yue xiang cong shu

诸神的起源

精彩导读

　　本篇"诸神的起源"是《希腊神话》体系中的重要窗口和灵魂，起着画龙点睛的重要作用。

　　希腊神话中最早产生的神唤作大地之母该亚，她从混沌中出生，之后混沌又生了地狱深渊神塔耳塔罗斯、爱神厄洛斯、黑暗神厄瑞波斯、黑夜女神尼克斯。随后大地之母该亚又生下了天空乌拉诺斯、海洋蓬托斯、山脉乌瑞亚等。接着大地之母该亚又和自己的孩子天空乌拉诺斯生下了分别代表了世界最初事物（日、月、天、时间、正义、记忆等）及十二提坦；与海洋蓬托斯生下了五个孩子，分别代表了不同的海。因此大地之母该亚被称为众神之母，奥林匹斯神的始祖。

　　很久很久以前，对于生活中和大自然中那些人们无法看见的、神秘莫测的力量，希腊人把它们解释为神的作用。他们认为，白天和夜晚、酷热和严寒、出生和成长、阳光和雨露、风霜和冰雪、暴风疾雨以及大海恒久的运动，都是由神掌控的；人的幸福与不幸、生老与病死，也都是由神赐予的。总而言之，他们把天地间发生的一切无法解释的现象，都归结在神的身上。他们认为，神虽然同凡人的外形、体态都一样，但是却具有超越凡人的力量。

　　在希腊人的眼里，他们信奉的神不但威力无穷、美丽无比，而且还能够青春永在、长生不老，他们的身上永远闪烁着道德的光辉；但他们也有一定的缺点，有时也会犯错。希腊人认为，诸神统治着人类的命运，他们帮助诚信善良的好人，惩戒作恶多端的坏人。但是，他们并不认为天神是万能的。除了相信神的力量之外，希腊人还相信命运（摩伊赖）的存在，他们对命运之神的信仰也同样深深地影响着他们的生活。

　　希腊人认为，神也有生命的开端。在众神出现以前，宇宙到处都是漆黑一片，他们把这称作"混沌"（卡奥斯）。经过不知多少个万年之后，这片混沌之中产生了胸怀博大的该亚——我们把它称之为"大地"。大地仿佛一块漂浮在海面上的巨大的圆形薄片。大地的上面，是闪耀的星空——天神乌拉诺斯；大地的下面，是幽暗的地狱——地神塔耳塔洛斯。乌拉诺斯同该亚结合，诞生了提坦神族。在提坦神族中，最年少的是克洛诺斯，他

比所有其他的提坦神都更加强大。乌拉诺斯十分憎恨自己的儿子，因为他担心他们会超越自己。所以，他的孩子们一出世，就被他一个一个地打入了地狱。但是，该亚很喜欢这些孩子，她怂恿克洛诺斯起来反抗专横的父亲。于是，克洛诺斯用一把锋利的弯刀砍伤了父亲，使他从此失去了生育的能力，然后就推翻了他的统治。

后来，克洛诺斯和自己的姐姐瑞亚结了婚，瑞亚为他生了三个儿子，分别是宙斯、波塞冬和哈得斯，三个女儿，分别是赫拉、得墨忒耳和赫斯提亚。他们就是新一代的提坦神。克洛诺斯统治时期，也像父亲一样残暴专横。他的儿子宙斯成年后，不满父亲的残暴，于是和兄弟姐妹们联起手来，把克洛诺斯和其余老一代的提坦神赶出了奥林匹斯圣山，夺取了最高统治权。接着，宙斯就同他的兄弟们共同瓜分了胜利的果实：他自己分得了奥林匹斯圣山和人间，波塞冬分得了大海，哈得斯分得了地狱。

词 范撷英

怂恿：指从旁劝说鼓动别人去做（某事）。

在诸神里面，宙斯最强大，被尊为主神。他主宰着众神、人间和整个宇宙。太阳、月亮和星辰的东升西落以及天气、气候的变化，都要服从他的指令。连整个宇宙的运行以及人类的命运都由他掌控。他还根据每个人的所作所为对其进行赏罚。他常常驾着一片变幻莫测的云朵在天空巡行。他居住的宫殿就坐落在奥林匹斯山上，宫殿周围笼罩着绚丽夺目的光辉。

宙斯的妻子赫拉被称为天后。她和宙斯一样凌驾于众神之上，也享有无上的荣耀和权力。她掌控着婚姻和生育，是妇女的保护神。她的圣物是石榴和孔雀。

宙斯的兄弟波塞冬被称为海神。他使用的武器是一柄三叉戟。他威力无比，能够呼风唤雨，甚至还能引发地震。他经常手执三叉戟，驾着一辆装饰豪华的金色马车在海洋上巡行。他发怒的时候，就舞动起手中的三叉戟，掀起巨大的海浪，这时，洪水就会淹没大地；同时，他还会派凶猛的海兽到人间去残害人类。但他温柔时，大海上风平浪静，人间风调雨顺，因此，他的臣民都对他非常崇拜，称他为航海者的保护神。在大海的深处，他和妻子安菲特里忒拥有一座极其富丽堂皇的宫殿。他们的儿子特里同像一个人鱼，上半身是人的样子，但带着一条鱼的尾巴，统领着海里那些半人半鱼的精灵。

雅典娜是宙斯的女儿。宙斯的第一个妻子墨提斯怀孕的时候，已有预言说，宙斯也将被他的一个更强大的儿子推翻。宙斯害怕预言的实现，便用花言巧语哄骗墨提斯，将她吞进肚子里。当墨提斯临近生产时，宙斯感到头痛难忍，只好请火神赫淮斯托斯用斧子劈开他的脑袋，于是，雅典娜身披铠甲从宙斯的头颅里跳了出来。作为智慧女神、纺织女神和战争女神的雅典娜，不管是在天上还是在人间，都享有极高的威望和声誉。她具有女性的纯洁和冷峻的美，同时还具有男人的威严和勇气，她把这两者完美地结合在一起。她以猫头鹰为圣鸟，她的圣树是棕榈树。

阿波罗被称为太阳神。他是宙斯和女神勒托之子。他年轻聪明，英俊潇洒、拥有着阳光般的气质，所以深受年轻人的崇拜。在他们眼里，阿波罗集儒雅、美德、英俊、活力于一身，是一个非常完美的形象。他在得尔福神示所，凭借着自己神奇的预言本领被尊为所有来访者的顾问。他拥有很大的权力，他不仅被称为预言家们的保护神，而且还掌管着青春、医药、畜牧、诗歌和音乐等，还代表主神宙斯宣诏颁旨。他被称为远射神、银弓之王、金剑王，标志是弓箭、神盾和七弦琴。

阿耳忒弥斯被称作月亮女神和狩猎女神，是阿波罗的孪生姐姐。她主宰着动物界和整个自然界，她的圣兽是赤牝鹿。她从小就向父亲宙斯许诺做永远的处女，以贞洁而著称，但是她非常残忍，总是对男性怀有敌意。

宙斯和赫拉还有一个瘸腿的儿子，叫赫淮斯托斯。他被称为火神和锻冶之神。据说，他瘸腿是因为有一次宙斯和赫拉发生争执，他站在母亲一边反对父亲。结果，被宙斯一怒

之下扔下天庭。他具有高度的技巧，曾经在西西里岛的埃特纳火山上建造了一个很大的锻冶场，而且制造出许多神奇的器具。岛上的独眼巨人做他的帮工。

赫淮斯托斯虽然丑陋，但他的妻子阿佛洛狄忒却非常美丽，被称为爱与美的女神。据说，她是从大海的泡沫中诞生的；在希腊神话所有的女神当中，她长得最为漂亮。她的儿子是小爱神厄洛斯。她的宠物是红玫瑰和桃金娘。

被称为战神的阿瑞斯是赫淮斯托斯的兄弟。与足智多谋的雅典娜恰好相反，他穷凶极恶，由于嗜杀成性而遭到人们的憎恨。

赫耳墨斯是宙斯和迈亚所生的儿子。他手持盘蛇杖，脚踩飞行靴，被尊为众神的使者和亡灵的引导者。他多才多艺，行动敏捷，是商业、交通、畜牧、竞技、演说之神，甚至还掌管着欺诈和盗窃。

宙斯有个妹妹叫赫斯提亚，她终生未嫁，一直保持着处子之身。她被称为灶神、炉之女神和火焰女神，负责保护着家庭和国家的安全，监督着人们信守承诺。人们在用餐之前，都会在自家的灶台上为她献上一些祭品。

在希腊神话中，除了上面介绍的这些比较高等级的神以外，还有不少为这些高等神服务的低等级的神。

被称为太阳神的赫利俄斯便是其中之一。据说，他每天从东到西，驾着一辆由四匹喷着火焰的快马拉着的太阳车在空中奔驰，早出晚没，让光明普照着世界，<u>洞察</u>着人世间的所有活动。

词苑撷英

洞察：观察得非常透彻、清楚。

他的妹妹塞勒涅被称为月亮女神，总是蒙着神秘的面纱，乘着一辆光芒四射的银马车在夜空中飞驰，直到白昼来临，黎明女神厄俄斯和赫利俄斯向她报到时才消失。

除了爱情与美丽的女神阿佛洛狄忒之外，还有被称为美惠三女神的阿格莱亚、欧佛洛绪涅和塔利亚。她们分别代表光辉、快乐和盛开的花朵。

还有掌管人类的寿命的命运三女神：克罗托、拉刻西斯、阿特洛波斯。她们分别负责纺织生命之线、维护生命之线、剪断生命之线。

另外，还有时序四女神，她们分别代表一年四季，掌管着四季的更替和人间的秩序。

阿波罗的手下还有九位被称为缪斯的女神，她们共同掌管着文艺和科学。

赫拉的女儿赫柏被称作青春女神，她活泼可爱，常年在奥林匹斯山侍候诸神，为他们端茶<u>斟</u>酒。

美少年伽倪墨得斯原本是特洛伊王子，因为长相俊美出众，吸引了宙斯，宙斯便化作一只巨大的苍鹰从天空俯冲下来，把他掠上奥林匹斯山，任命他当了自己的侍酒童子。大洋河流之神俄刻阿诺斯和妻子忒提斯共同居住在地球的西部。他们一共生了六千个孩子：三千个儿子（河神）和三千个女儿（大洋神女）。

海神涅柔斯一共生了五十个女儿，她们被称为海洋女神（涅瑞伊得斯）。

在广阔无垠的大地上，掌管农业的谷物女神得墨忒耳应该坐第一把交椅，她也被称为丰饶女神。有一天，她的美丽的女儿珀耳塞福涅在西西里岛的原野花上嬉戏，无意间误采了死亡之花，结果被冥王哈得斯强行掳进了地狱，并娶为王后。得墨忒耳非常悲痛，踏遍了整个西西里岛，到处寻找自己的女儿，但最终一无所获。<u>她十分愤怒，将怒火发泄到无辜的岛上居民身上，以致庄稼枯萎，田野荒芜，遍地饥馑。</u>宙斯没有办法，只好下命令给哈得斯，让他准许珀耳塞福涅每年春天回到母亲得墨忒耳的身边一次。因此，得墨忒耳成为慈爱母亲的化身，象征着伟大的母爱，深受世人的敬仰和崇拜。人们在厄琉西斯城为她修建了一座神殿，专门祭祀她。

宙斯和塞墨勒有个儿子叫狄俄倪索斯，是葡萄种植业和造酒业的保护神。他经常带着一群喝得酩酊大醉的萨堤洛斯们四处闲逛，纵情享乐。

牧神潘和他性情十分相像。牧神潘是一个半人半兽的神，他头上长着一对山羊角，腿上长着山羊蹄。他非常爱好音乐，并且发明了牧笛（绪任克斯）；还喜欢用使人"失魂

生字背囊

斟（zhēn）：往杯子或碗里倒（酒、茶）。

神态描写

通过对她的神态描写，体现她伤害岛上的无辜居民。比喻人间一片荒凉，到处是饥饿。

落魄"的呼喊声吓唬孤独的旅行者。

在茂密的森林和山间的溪流中，也居住着许多女神。如果泉水枯竭，护泉女神就会死亡；同样，如果树木干枯，护树女神也会失去生命。

宙斯和波塞冬有个兄弟叫哈得斯；三兄弟分治宇宙后，他统治着冥界，被称为冥帝或冥王。冥界永远笼罩在无边的黑暗之中，死去的人们都会来到这里，死神塔那托斯陪伴着他们。冥界四周环绕着许许多多条河流，被称为冥河。卡戎在其中的一条冥河上当艄公，负责撑船掌舵，用一叶独木舟把这些亡魂摆渡到冥界。守护冥界的大门的是一条凶恶的三头狗——刻耳柏洛斯。由于它的把守，这些死去的灵魂再也无法重返人间。冥界有一条河叫勒忒河，据说，亡灵只要喝了这条河的河水，就会忘掉前世发生的一切，所以这条河又被称为忘川。哈得斯和妻子冥后珀耳塞福涅共同统治着这些亡灵，他们非常严厉，而且还有三个复仇成性、长着满头蛇发的复仇女神作为他们的帮手。复仇三女神专管惩罚那些罪孽的亡灵，对那些犯有血亲相弑之罪的人更是严惩不贷。

哈得斯统治的黑暗的地府旁就分别是被称为"极乐世界"的福地和被称为"地狱"的塔耳塔洛斯。福地是那些正直的人也就是诸神所钟爱的英雄们死后所去的地方；而地狱则是那些犯罪的人死后的归宿，是个永远被人诅咒的地方。

精彩点拨

希腊神话从希腊古典时代甚至更早就已经形成了系统完整且逻辑严密、谱系分明的神话体系，神祇之间的血缘关系更是脉络清晰，通过神话故事将其紧密相连，最终形成一张巨大的网状体系。希腊神话在希腊社会当中扮演着重要的教化作用，几乎每个希腊人都是通过系统完整的希腊神话故事接受启蒙教育的。从某种意义上来讲，希腊神话实际上是以一种夸张的方式，记叙了当时不同民族之间的战争，是不同地区的神话传说相融合的结果。

神话是人类童年时期的产物，神话伴随着人类开始思考自然、探索自然的步伐而产生。可以说任何一个文明、一个民族都会有自己的神话故事，而如果论及世界影响力最大的神话，希腊神话可谓当之无愧。

普罗米修斯

精彩导读

  在希腊神话中，普罗米修斯是最具智慧的神明之一。普罗米修斯不仅创造了人类，给人类带来了火，还教会了人类许多知识和技能。普罗米修斯是用什么方法创造了人类？为什么会受到众神之父宙斯的惩罚？他在创造人类的过程中获得了哪位女神的帮助？是谁甘愿为他献出了宝贵的生命？他为人类做出的贡献还有哪些？请读者朋友仔细阅读本篇故事，从中找到答案。

  天空和大地被创造出来了，大海在两岸之间涨涨落落。水里，鱼儿来回嬉游；空中，鸟儿高飞歌唱；大地上也生长着各种各样的动物。但是，却没有一种拥有灵魂并且可以主宰整个世界的生物。

  正在这时候，有一个叫普罗米修斯的先觉者，降落到这广阔无边的大地上。他是宙斯所放逐的提坦神族的后代，是地母该亚与乌拉诺斯所生的巨人伊阿珀托斯的儿子。他非常智慧、机敏。他凭借敏锐的洞察力辨别出天神把种子藏在泥土里，于是，他抓起一把泥土，用河水把它润湿成团，然后反复揉捏泥团，把它捏塑成为和神祇——世界的主宰者一样的形象，并称之为"人"。为了给这些泥土构成的人以灵魂和生命，他从大地上各种动物的心中摄取了善和恶，然后把它们封闭置放在人的胸腔里。普罗米修斯在神族中有一个朋友，即智慧女神雅典娜；雅典娜对普罗米修斯的这个创造物感到很惊奇，就把灵魂和神圣的呼吸吹送到这个只有着一半生命的生物的身体里面。

最初的人类就这样被创造了出来，而且不久以后他们就布满了整个大地。但是，有很长一段时期人类不知如何使用他们不同于动物的高贵四肢和被雅典娜吹送到身体里面的灵魂。他们看到东西却仿佛没有看到，听见声音却仿佛没有听见。他们整日毫无目的地在地面上活动着，就像梦中的人形一样。他们不知道如何利用宇宙万物，他们也不懂得如何凿石和烧砖，如何把树木制作成椽子和架梁，或者如何利用这些材料来建造房屋。他们就像忙忙碌碌的蚁群，聚集在没有阳光的土洞里，不会根据事物本身的特征辨别雪花飘落的冬天、花朵灿烂的春天以及果实累累的夏天的征候。他们所做的一切事情都是盲目的，没有任何计划。

于是，普罗米修斯就去帮助人类，教他们观察日月星辰的东升和西落，教他们进行计算以及用写下的符号来交流思想。他教给他们如何驾驭牲畜，使用畜力来分担减轻人类的劳动之苦。他还训练了马匹进行拉车，发明了能够在海上航行的船和船帆。他也十分关心人类生活中其他的一切活动。从前，人类没有什么医药知识，生病了不知道应该吃什么喝什么，或者不应该吃什么喝什么，也不知道通过服用药物来减轻疾病带来的痛苦。由于没有医药，人类生病了，最终大都极悲惨地死去。于是，普罗米修斯教会人类如何调制药剂来治疗各种疾病。他还教人类学会了预言未来，并为他们解释梦境和异象，学会观察鸟雀飞翔和牺牲的征兆。他还教会人类进行地下勘探，引导他们发现铁、银和金等各种矿石。总之，他尽可能为人类介绍一切生活必需的技术和用品。

到此为止，天上的那些神祇，其中包括最近才放逐他的父亲克洛诺斯而建立自己权威的宙斯，也开始关注这些新的创造物——人类了。他们非常愿意保护人类，但是要求人类必须对他们完全服从作为报答。有一天，人类和神在希腊的墨科涅共同举行了一次集会，来决定人类的权利和义务。

在这次集会上，作为人类维护者的普罗米修斯想方设法使诸神不要给人类太重的负担。这一次，他运用他的聪明才智欺骗了神祇。他代表他的创造物人类宰杀了一头公牛，请神祇拿他们各自所喜欢的部位。杀完牛之后，他把它分成两堆。一堆他放上肉、内脏和脂肪，然后用牛皮盖上，最顶上放着牛肚子；另一堆，他堆放上牛的骨头，然后巧妙地用牛板油包裹着。这一堆看起来要比第一堆大一些！谁想，全知全能的宙斯看穿了这个巧妙的骗局，对他说："伊阿珀托斯之子，显赫的王啊，我的好朋友，你的分配是多么的不公平哟！"而普罗米修斯认为自己已经骗过了宙斯，暗笑一声，回答道："显赫的宙斯，万神之王！请赶快取走你所喜爱的那份吧。"宙斯十分恼怒，不由怒从心头起，但他却没有表现出来，而是从容地用双手去拿那堆雪白的板油。当他将板油剥开，看见里面剔得光光的牛骨，他假装好像刚刚才明白被骗似的，厉声说："我深深知道，我的朋友啊，伊阿珀托斯之子！你还没丢掉你善于欺骗的伎俩！"

为了惩罚普罗米修斯的这个恶作剧，宙斯拒绝给人类火种，要知道，这可是人类完成他们的文明所需的最后一件宝物啊。但是，睿智的伊阿珀托斯之子，马上想出一个新的方法来补救。他从茴香树上摘下一枝茴香枝，来到太阳车跟前，当它从天上飞驰而过的时候，普罗米修斯迅速将茴香树枝伸到它的火焰里，直到树枝熊熊燃烧才把它取出来。他持着茴香枝的火种降落到地上，转眼间，第一堆丛林之火就燃烧起来。

熊熊火焰从人间升起，火光射得很广很远，一直到天上。宙斯看见了，大发雷霆，灵魂也感到被刺得很痛很痛。

可是，既然人类有了火，宙斯就不可能从他们那里再夺去。为了抵消火带给人类的利益，宙斯就想出一种新的办法来祸害人类。他命令以巧妙而著称的火神赫淮斯托斯创造出一个美少女的形象。智慧女神雅典娜因为嫉妒普罗米修斯在人类中的显赫功勋，帮助宙斯亲自给这个美少女穿上洁白闪光的长袍，为她戴上下垂的面网（妇人手持面网，并将它分开），又为她戴上鲜艳的花冠，束上金色的发带。这条金光闪闪的发带也是赫淮斯托斯的杰作，他为了取悦父亲，用尽了自己的精巧来制造它，用各种各样动物的多彩形象来细致地装饰它。神祇之使者赫耳墨斯又馈赠这迷人的祸水以言语的技能；爱神阿佛洛狄忒则赋予她世间所有女子可能具有的媚态。在这使人意醉神迷的外表下面，宙斯又为她注入一种眩惑人的灾祸。他为这女子取名为潘多拉，意思就是"拥有一切天赋的女人"，因为天上的每一个神都赋予她一件对人类有害的礼物。最后宙斯让这美少女降临到一个人、神都喜欢游玩取乐的地方。

大家看到这无与伦比的创造物，都感到非常惊奇，因为他们从来还没有见到过如此美丽的女人。这女人首先找到没有先见之明的"后觉者"厄庇墨透斯，他是普罗米修斯的兄弟，为人愚昧少有计谋。普罗米修斯告诫他的兄弟千万不要接受这来自奥林匹斯圣山的统治者的礼物，要他赶紧把她退回去，否则人类会从那儿遭受灾祸。厄庇墨透斯却忘记了这告诫，他十分高兴地接受了这个美少女。的确在没有吃到苦头之前，没有谁能看出有什么祸害。在这之前，人类还没有遭受灾祸，也没有过多的劳苦，或者疾病缠身的苦痛。但这个女子把这一切都带来了，她用双手捧着一样赠礼—— 一只巨大的密封着的盒子。她

刚到厄庇墨透斯跟前，就突然掀开盒盖，于是盒子里一下子飞出一大堆的灾害，迅速地散布到人间各处。盒子的底部还深藏着唯一一件美好的礼物——希望！但潘多拉依照万神之父的告诫，趁它还没有飞出以前，就赶紧放下了盖子，因此放置在盒子最底层的"希望"就永远被关在盒内了。无数各种形色的灾祸充满着大地、天空和海洋。疾病秘密地在人间徘徊，日夜不停，而又悄无声息，因为宙斯没有赋予它们声音。各种各样的热病侵袭着大地，而死神步履如飞地在人间狂奔。

这件事结束之后，宙斯开始了向普罗米修斯个人复仇的计划。他把这个罪人交给赫淮斯托斯和他的两个分别被称为强力和暴力的仆人克剌托斯和比亚。他吩咐他们把普罗米修斯拖到斯库提亚的荒原上。在那里，他们用坚固的铁链将普罗米修斯锁在高加索山的悬崖绝壁上，下面就是幽深凶险的峡谷。赫淮斯托斯虽然不得不执行他父亲的命令，但是也很勉强。因为他非常同情这提坦之子，他是自己的同族、同辈，也是神祇的后代，也同样是曾祖父乌剌诺斯的子孙。他被父亲逼迫必须执行这残酷的命令，但嘴里却说着同情的言语，尽管这言语不被他两个残暴的仆人所喜。最后，普罗米修斯被铁链笔直地吊着，锁在悬岩绝壁上，既不能入睡，疲惫的双膝也永不能弯曲。"无论你发出多少控诉和悲叹，这一切都没有用，"赫淮斯托斯说，"因为宙斯的意志是无法动摇的；凡是那些刚从别人手里夺得权力据为己有的人往往都是最狠心的！"

普罗米修斯被囚的苦痛是永久的，或者至少要三万年。他无法摆脱，只有大声悲吼，呼叫着风、河流、山川、无物可以隐藏的虚空以及万物之母的大地，来为他所承受的痛苦作证。他的精神极其坚强，"无论谁，只要他拥有定数的不可动摇的威力，"他说，"就必须要忍受命运女神判给他的痛苦。"不管宙斯如何威胁，也没能劝诱这个囚徒说出不吉的预言，即一种新的婚姻形式将使诸神之王败坏和毁灭。宙斯言出必行。他每天派一只鹫鹰去啄食这囚徒的肝脏，而且这肝脏无论被啄掉多少，很快又会长出来。这种周而复始的痛苦必须要延续到有人自愿出来代他受罚为止。

就宙斯对他所做的判决而言，这事终于出乎提坦之子的意料更早地来到了。当普罗米修斯被吊在高高的悬崖绝壁上度过许多悲苦的岁月之后，终于有一天，大力士赫剌克勒斯为了寻找赫斯珀里得斯的金苹果来到了这里。他看见这神祇的后代被锁链禁锢在高加索山上，正想询问他如何才能够寻到金苹果，却看见凶恶的鹫鹰正栖止于不幸的普罗米修斯的双膝上，同情之心油然而生。他将手里的木棒和狮皮放在地上，弯弓搭箭，射落了正在啄食普罗米修斯肝脏的凶鸷的鹫鹰；然后用石块砸开链锁，解下了苦难的普罗米修斯，使他重获了自由。但为了不违背宙斯规定的条件，他让马人喀戎做了普罗米修斯的替身。喀戎虽然也可以要求永生，但却心甘情愿为这位提坦付出自己的宝贵的生命。为了严格履行克洛诺斯之子宙斯的判决，在绝壁长期受刑的普罗米修斯必须要永远戴着一只铁环，并要镶上一块高加索山的石片，这样才可使宙斯能夸耀他的仇人仍然被禁锢在高加索山上。

精彩点拨

　　《普罗米修斯》是一篇精彩的古希腊神话。普罗米修斯是一个伟大的先觉者，他是宙斯所放逐的提坦神族的后代，是地母该亚与乌拉诺斯所生的巨人伊阿珀托斯的儿子。普罗米修斯创造了人类，而且成为人类忠实的朋友。为了帮助人类过上温暖、幸福的生活，他不惜承受众神之父宙斯的残忍惩罚，始终坚强不屈，将火种送给了人类，并教人类学会了用火。文章表达了人们对天神普罗米修斯英雄行为的赞颂、钦佩、感激之情。

　　这篇神话故事性强，语言生动感人。通过对本篇故事的学习，能够激发起读者对英雄行为的赞美和钦佩的情感，充分感受到语言文字的魅力。

阅读积累

普罗米修斯

　　普罗米修斯在希腊神话中是最具智慧的神明之一，是最早的提坦巨神后代，名字有"先见之明"的意思。提坦十二神伊阿珀托斯与克吕墨涅的儿子。普罗米修斯不仅创造了人类，给人类带来了火，还教会他们许多知识和技能。

人类的世纪

精彩导读

　　本篇故事继上篇普罗米修斯创造人类之后，对人类的发展做了解读。讲述了神创造二纪人类和天父宙斯创造二纪种族的故事。神创造了哪二纪人类？宙斯创造了哪二纪种族？是什么样的人类完全消失？是哪位诗人为人类发出感慨？请读者朋友仔细阅读本篇故事，从中找到答案。

　　神所创造的第一纪的人类是黄金的人类。这时统治天国的是克洛诺斯，人类无忧无虑地生活着，没有劳苦，也没有忧愁，简直如同神祇一样。他们不会衰老，他们的手脚永远有着青年的力量。他们四肢柔软，也从来不会生病，永生享受着幸福和快乐。神祇们也非常爱护人类，给他们丰饶的收获和牧畜。当他们的死期到来时，他们就会进入无扰的长眠；但是他们只要活着，就会有着许许多多的事物供他们随意享用。大地会自动地为他们生长出丰富的果实。他们所有的需要都能够得到满足，大家在一片和平安乐之中幸福地生活着。当命运女神判定他们离开大地的时候，他们便会变为仁慈的保护神，在云雾中自由行走，给予赠礼，主持正义，惩罚邪恶。

　　神所创造第二纪的人类是白银的人类；他们在外貌和精神上都与第一纪人类有所不同。他们的子孙，可以百年来保持着童年的状态，不会长大，一直受着母亲们的照顾和宠爱。最后，当这样的孩子成长到壮年阶段，留给他的也只有短短的一段生命。因为他们不会节制自己的情感，并且行为放肆，这使得这新的人类陷于灾祸之中。他们动作粗野，言语傲慢，并且互相抵触，也不再向神祇的圣坛祭献适当的祭品来表达敬意。由于他们对神祇缺乏崇敬，宙斯非常恼怒，就使这个种族从大地上消失。但因为白银的种族并不是完全没有道德，所以不能不拥有某种荣耀。在他们结束人类生活之后，仍然可以作为魔鬼在大地上漫游。

　　天父宙斯又创造了一种第三纪的种族，就是青铜的人类。他们粗暴残忍，喜欢战争，常常互相杀害，完全不同于白银的人类。他们还破坏田野里的果实并食用动物们的血肉；他们拥有金刚石一样顽强的意志，宽厚的两肩生长着无可抵抗的巨臂。他们身穿青铜的盔甲，居住在青铜的房子里，使用的是青铜的工具，因为那时候还没有铁。可是，他们虽然看起来高大可怕，还不断发动战争，却难以抵挡死亡的到来。一旦他们离开晴朗而光明的大地，就会下到地府的永远的黑暗里去。

青铜的人类完全消失之后，宙斯创造了第四纪的种族，他们可以依靠大地上的出产的东西来生活。这新的人类比之前的人类都更加高贵而公正，他们就是古代被称为半神的英雄们。但他们最终也陷于仇杀和战争之中，有的为了俄狄浦斯国王的国土战争跑到忒拜的城外，有的为了美丽的海伦乘船来到特洛伊原野。最后，当他们在战争和灾祸中结束了地上的生活之后，宙斯就把天边暗黑的海洋里向着光明的极乐岛分给了他们。他们死后就在这里过着宁静而幸福的生活，富饶的大地每年会带给他们三次甜美果实的丰收。

古希腊诗人赫西俄德谈到人类世纪的传说时，以这样的感慨而结尾："啊，假如我能够不生在当今的人类的第五纪，那就让我死亡得更早些，或者出生得更晚些罢！因为现在正是黑铁的世纪。这时的人类完全是罪恶的。他们<u>夜以继日</u>地工作，同时也夜以继日地忧虑，神使他们有越来越多、越来越深的烦恼。但是他们最大的烦恼却来自他们自身：父亲不喜爱儿子，儿子不爱父亲；客人憎恨主人，朋友憎恨朋友；弟兄彼此不坦诚交往，白发父母也得不到尊敬；老人们不得不听着无耻的话语，并忍受着痛苦的打击。无情的人类啊！你们难道忘记了神给予你们的裁判，忘记了父母的养育之恩了吗？到处都是强者得势，弱者受辱，人们<u>肆意</u>毁坏他们邻近的城市。那些诚信、善良、正直的人得不到好报，而那些为非作歹和铁石心肠的渎神者却备受荣耀。善良和文雅不再受人尊敬，恶人却被允许伤害良善；谎话成风，假咒遍地。这就是人们不幸福的原因。恶意的嫉妒追逐着他们，使他们眉头紧锁。那些原本常来地上的至善至美、尊贵庄严的女神，如今也悲哀地用白袍遮蔽着她们美丽的身体，回到了永恒的神祇中。除了悲惨以外，留给人类的也没有别的东西，而这种悲惨永远看不到边际！"

精彩点拨

本篇故事对当时人类的发展历程从五个方面进行了陈述。在希腊神话中，有神时代先于人类时代。依据希腊诗人赫西俄德的说法，是按神与人的关系把"人类时代"划分为五个阶段。神所创造的第一纪的人类是黄金的人类，可称为"黄金时代"。神所创造的第二纪的人类是白银的人类，可称为"白银时代"。天父宙斯又创造了一种第三纪的种族，可称为"青铜时代"。天父宙斯创造的第四纪的种族，可称为"英雄时代"。人类逐步走向了第五纪"黑铁时代"。

阅读积累

赫西俄德

赫西俄德是一位古希腊诗人，原籍小亚细亚，出生于希腊比奥西亚境内的阿斯克拉村。以长诗《工作与时日》《神谱》闻名于后世，被称为"希腊训谕诗之父"。从公元前5世纪开始文学史家就开始争论赫西俄德和荷马谁生活得更早，如今，大多数史学家认为赫西俄德更早。今天赫西俄德的作品是研究希腊神话、古希腊农业技术、天文学和计时的重要文献。

皮拉和丢卡利翁

精彩导读

天父宙斯降临人间查看，发现人类作恶的事情比传闻中的更厉害，他决定狠狠地惩罚人类。宙斯用什么方法惩罚的人类？是谁帮助宙斯惩罚人类的？大灾难结束后，人类只剩下哪两个人？是谁听从了神的旨意，像他父亲那样用石头创造了人类？请读者朋友仔细阅读本篇故事，从中找到答案。

在青铜人类的世纪里，世界的主宰者宙斯听说人类所做的坏事之后，决定变成人形到人间查看一番。结果，无论他到什么地方，看到的事实都比传闻中的要严重得多。

有一天快到深夜的时候，他来到阿耳卡狄亚国王吕卡翁的大客厅里。宙斯并不喜欢这个以粗野而闻名的人。他用神异的先兆和特征向吕卡翁证明了自己的神的身份，在场的人们立刻跪下向他顶礼膜拜。但吕卡翁嘲笑人们虔诚的祈祷。"让我们看吧，"他说，"我们的这位客人到底是一位神祇还是一个凡人！"于是他并暗下决定在半夜里趁宙斯熟睡的时候将他杀掉。

吕卡翁首先杀死摩罗西亚人送给他的一个可怜的人质，并把一部分还有着体温的肉体扔到滚水中，另一部分放在火上烧烤，然后把这作为晚餐献给客人。洞察一切的宙斯早已看出他所做的事情和想要做的事情，从餐桌旁一跃而起，抛出复仇的火焰，让这个不义的国王的宫殿陷于一片火海。吕卡翁惊慌失措地逃出宫外。但他的第一声绝望的呼喊就变成了动物的噪叫，他的皮肤变成粗糙多毛的兽皮，他的手臂变成动物的前腿。他最后被变成一只嗜血的狼。

之后，宙斯回到了奥林匹斯圣山，和众神商议，打算除去可耻的人类种族。他原想用闪电鞭挞整个大地，却又担心大火殃及天国，以致烧毁宇宙的枢轴。于是他便把库克罗普斯为他炼铸的雷电放在一边，决心降落暴雨到地上，用洪水来淹没人类。转眼间，能驱散雨云的北风和别的一切可使天空明净的风都被锁进了埃俄罗斯的岩洞里，只有能带来降水的南风被放出来。这南风隐藏在漆黑的夜里，扇动着湿漉漉的翅膀飞向大地。涛浪在他的白发里翻滚，云雾遮掩着他的前额，大水从他的胸膛喷涌而出。接着，他又升到空上，用手抓住块块巨大的浓云，然后用力挤压它们。于是，雷声轰隆，倾盆大雨从天而降。狂暴的大雨淹没了庄稼，农民的希望化为泡影。一年辛苦的劳作毁于一旦。

宙斯的兄弟，海神波塞冬也赶来帮助这场破坏的盛举。他把所有的河流都召集来，命令道："泛滥你们的洪流吧！吞没一切房舍，冲破所有堤坝！"他们全都一丝不苟地执行海神的命令。同时波塞冬也挥起他的三叉神戟刺穿大地，摇动地层，为洪流开辟道路。就这样，汹涌的河流流过空旷的原野，淹没了田地，并冲毁了树木，冲毁了庙堂和房屋。如果那里仍然隐隐地屹立着个别宫殿，大水也随时升到屋顶，最高的楼塔也被卷入漩涡卷没。顷刻间，再也分不清哪里是海，哪里是陆地，整个世界都变成了汪洋大海，无边无际。人类想尽办法来拯救自己，有的人爬到高山上，有的人划着小船航行在淹没的屋顶上或者自家的葡萄园上，船的底部甚至触到了葡萄藤。鱼儿在树枝间挣扎，逃遁的牡鹿和野猪转眼间就被波涛淹没。几乎所有的人都被大水冲去，那些没被波涛卷走的幸免者最终也饿死在只长着杂草和苔藓的荒山野坡上。在福喀斯的地面，依然高耸着一座山，它的山峰高出淹没一切的洪水之上。那就是帕耳那索斯山。丢卡利翁和他的妻子皮拉乘船漂到这座山上。丢卡利翁是普罗米修斯的儿子，父亲曾对他发出过有关洪水的警告，并为他造了一只小船。没有一个被创造的男人和妇人比他们善良和信神的。宙斯从天上俯视大地，看见整个大地变成了无边的海洋，千千万万人当中只剩下这两个人，而他们又敬畏神祇，善良而虔诚。于是，他派北风驱逐黑云并带走雾霭，再一次让大地看见了苍天，让苍天看见了大地。同时海神波塞冬也放下三叉神戟，使洪水退去。大海又现出海岸，河流又返回到它们的河床；沾满泥污的树梢也从深水里伸出来；接着，群山随之出现，平原也扩展开来，开阔而干燥，大地又恢复了原样。丢卡利翁张望四周，发现土地一片荒废，到处如坟墓一般死寂。看到这景象，他不禁难过地流下眼泪来，对皮拉说："我唯一挚爱的伴侣啊，无论往哪儿看，我都看不到一个活物。现在，我们两个是大地上仅存的人类了；别人都被淹死在洪水里了。而我们也不能确保能活下去啊！每一片云影都使我的灵魂充满恐惧。即使一切的危险都已经过去，现在，仅仅我们两个孤独无助的人在荒凉的大地上又能做什么呢？啊，我多么希望父亲普罗米修斯把捏造泥和给泥人注入灵魂的本领教给我呀！"他说了这么一席话，两人感到更加落寞，夫妻二人不觉相对哭泣起来。然后，他们屈膝跪在半荒废的正义女神忒弥斯的圣坛前，向永生的女神祈祷："女神啊，请告诉我们，我们怎样才能创造出像已经被毁灭了的人类种族。啊，请帮助这个世界重生吧！""从我的圣坛离开吧，"空中传来女神的声音，"蒙上你们的头，揭开你们身上的衣服，把你们母亲的骨骼扔到你们的身后。"

听到这谜语般的神谕，两人感到很惊异，沉思了很久，皮拉最先打破沉默。"请饶恕我吧，尊贵的女神，"她说，"我非常害怕，但是我不能服从你；因为我不想扔掷母亲的骨骼，来冒犯她的阴魂！"

但丢卡利翁一下子醒悟过来，他的心里好像闪过一道亮光。于是，他亲切地安慰妻子说："也许我的理解有错误，但神的命令是不会错的，神是不会叫我们做错事的，大地不就是我们的母亲吗？石头不就是她的骨骼吗？皮拉啊，神要我们掷到身后的正是石头呀！"一开始，他们对这样解释忒弥斯的神谕也十分怀疑。但他们转念一想，试一试又有什么妨碍呢？于是他们走到一旁，按照神的指示蒙上自己的头，松开衣服上的带子，然后开始向身后扔起石头来。这时，奇迹突然出现了：石头不再坚硬易碎，它们变得柔软富有弹性，而且变大了，成形了。渐渐地，显现出人的样子。起初还不是十分清晰，而是粗略的形象，颇像雕刻家刚用大理石雕凿成的轮廓。渐渐地，石头上沾着泥土的湿润部分变成了肌肉，坚硬结实的部分变成了骨骼，而石头上的纹理则变成了条条筋脉。就这样，在很短的时间内，由于神的帮助，丢卡利翁投掷的石头变成了男人，皮拉投掷的石头变成了女人。

人类也不否认他们的这种起源。这是坚强勤劳的人民，他们永远也不会忘记他们是怎样繁衍成长的。

> **比喻手法**
> 将神谕比喻成谜语，表达出了皮拉和丢卡利翁对女神的话的迷惑与不解。

精彩点拨

本篇故事非常精彩，承接上个故事。普罗米修斯创造人类后，人类的贪婪恶行传到神界。宙斯降临人间查看，发现比传闻中的还要恶劣。宙斯采取特殊手段惩罚人类，兄弟海神波塞冬也赶来帮助这场破坏的盛举。最后人类只有皮拉和丢卡利翁两人活了下来。因为两人对神敬畏，心地善良，得到宙斯的同情并以神的力量让两人繁衍人类。皮拉和丢卡利翁得到神的旨意，坚信自己，在普罗米修斯创造人类的精神的鼓舞下，奋力往后抛石头，终于让石头变成了人类。

阅读和累

摩罗西亚人

埃阿喀得斯王朝传说由埃阿喀得斯所建立，摩罗西亚人约在公园前370年开始在伊庇鲁斯中部建立摩罗西亚同盟，形成一个国家，并逐步扩张势力，逐渐把另外两个部族纳入他们的同盟中。摩罗西亚还与邻近日渐强大的马其顿王国结盟，公园前359年，摩罗西亚国王阿利巴斯把侄女奥林匹亚丝公主嫁给马其顿国王腓力二世，奥林匹亚丝之后生下亚历山大大帝。阿利巴斯被驱逐后，亚历山大一世继承王位，并且被历史学家冠上伊庇鲁斯国王的头衔。

宙斯和伊俄

精彩导读

美丽的伊俄在勒耳那草地上替父亲牧羊，她的美貌深深吸引了奥林匹斯圣山的大神宙斯，宙斯心中不由燃起熊熊爱火。宙斯下定决心一定要得到伊俄。为此，宙斯采用了哪些手段？他是怎样追求伊俄的？宙斯的妻子——作为诸神之母的赫拉，对宙斯的行为是怎样看待的？她采用什么手段对付宙斯？又是怎样对付伊俄的？这个神话故事情节曲折婉转，描述的每一位神都有着普通人的喜怒哀乐，读来使人荡气回肠。通过对本篇故事的学习，使人了解了希腊人浓浓的民主思想和人本意识。

珀拉斯戈斯王伊那科斯是一个古老王朝的国君，他有一个美丽的女儿，名字叫伊俄。有一次，伊俄在勒耳那草地上替父亲牧羊，奥林匹斯圣山的大神宙斯正巧遇见了她，被她的美貌吸引，心中不由燃起熊熊爱火。他变成一个英俊的男子，用甜言蜜语挑逗引诱她："年轻的姑娘，能够拥有你的人该多么的幸福呀！可是，这个世界上没有一个凡人配得上爱你，因为你只适宜于做万神之王的妻子。我便是他，我就是宙斯啊。不，你不要害怕地走开！看看，此刻正是灼热难挡的中午，快和我一起到左边的树荫中去吧，它会用它的阴凉接纳我们。你为何要在正午的炎热中如此劳苦呢？走进阴暗的树林里吧，你不必害怕！我会在这里保护你！那些野兽都蹲伏在幽深的溪谷，因为我手中执着天国的神杖，能够把嶙峋的闪电送达大地！"伊俄十分害怕，为逃避宙斯的诱惑，她飞快地奔跑起来。如果不是宙斯施展神威使整个地区陷入一片黑暗，她一定可以逃脱的。可现在，她被云雾包裹着，因为担心撞在岩石上或者失足落水，不得不放慢脚步。最终，不幸的伊俄陷入了宙斯的罗网之中。

词 苑撷英

甜言蜜语：像蜜糖一样甜的话。比喻为了讨人喜欢或哄骗人而说好听的话。

作为诸神之母的赫拉，很久以前就熟知丈夫的不忠。因为宙斯常常背着她，对半神或者凡人的女儿滥施爱情。她的愤怒和嫉妒与日俱增，一直密切监视着宙斯在人间的一举一动。现在她又在注视着宙斯瞒着她寻欢作乐的地方。她突然吃惊地发现，那地方在晴天也云雾迷蒙。那迷雾不是从河面升起，也不是从地上汇聚，也不是由于别的自然原因形成的。她顿时起了疑心。她寻遍了奥林匹斯圣山，都没有找到宙斯。"如果我没有弄错的话，"她恼恨地说，"我的丈夫一定又背着我在做着伤害我感情的事。"于是，她从天上高空驾云下降到人间，并将包裹着宙斯和他的猎获物的迷雾风迷驱散。宙斯已经预先知道赫拉会到来，为了让心爱的姑娘逃脱妻子的嫉恨，他把伊那科斯的可爱的女儿变成了一头浑身雪白的小母牛。即使成了这副模样，伊俄看起来仍然十分美丽。赫拉即刻识破了丈夫的诡计，她假意赞美这匹小牛如何美丽，并询问它是谁家的，它从哪里来，它爱吃什么。宙斯很是困窘，就撒谎说这头小母牛只不过是地上的一种生物，没有什么值得夸赞的。赫拉假装对他的回复很满意，就请求丈夫将这美丽的动物送给自己作为礼物。现在欺骗遇到了欺骗，该怎么办呢？如果他同意她的请求，他就会失去他可爱的情人；但如果他拒绝她的请求，无疑会使她酝酿已久的猜疑和嫉妒像火焰一样爆发，导致这个不幸的姑娘受到恶毒的报复。思考再三，他决定暂时放手，先把这光艳照人的小母牛送给妻子。赫拉装作很喜欢这个礼物。她用一根带子系在小母牛的颈子上，得意扬扬地把她牵走了。小母牛的一颗心满怀着人类的悲哀，在身体里跳跃着。但赫拉女神仍不放心，她知道如果不把她的情敌找到一个可靠的地方严密看守，她的心里是不会安宁的。于是，她找到阿瑞斯托耳的儿子阿耳戈斯，他好像最适合做看守的差使，因为他是一个百眼怪物，当他睡眠的时候，每次只闭一双眼，其余的眼睛都睁着，在他的前额和后脑像星星一样发着明亮的光，忠实于它们看守的职责。赫拉把伊俄交给阿耳戈斯，使得宙斯无法再夺走这个落难的姑娘。

可怜的伊俄被一百只眼睛严密监视着，漫长的白天，这头小母牛可以在长满青草的山坡上吃草；但是，无论她走到哪里都离不开阿耳戈斯的监视的目光，就算她走到他的身后，也会被看到，因为他的额前脑后都有眼睛。黑暗的夜里，他用沉甸甸的锁链锁住她的脖子。她只能吃着苦涩的干草和树叶，饮着污浊的池水，躺在冰冷坚硬的地上，因为她是一头小母牛。伊俄常常忘记她已经不再是人类了。她刚要举起手臂祈祷，这才想起她已经没有手臂。她想用甜美的言语祈求阿耳戈斯的怜悯和同情，但她一张口，便吓了一跳，因为她只能发出牛犊一样哞哞的吼叫。阿耳戈斯不总是在一个固定的地方看守她，因为赫拉吩咐他必须不断变换伊俄的居处，让宙斯难以找到她。

于是，伊俄和她的看护人在各地游牧着。直到有一天，她突然发觉来到了自己的故乡，来到了她儿时经常嬉游的河边。从清澈的河水中，她第一次看到自己改变后的样子。

当她看到一个有角的兽头从河面注视着她，她吓得不由自主地后退了几步，不敢再看下去。她怀着对姐妹们和父亲的依恋之情，走到他们身边，但是没有一个人能认出她。真的，伊那科斯抚摸着她美丽的身体，并且伸手从旁边的小树上给她摘下一把叶子。伊俄感恩地舔着他的手，用亲吻和眼泪爱抚着他的手，但是，这老人仍然猜不出自己抚慰的是谁，也不知道向他感恩的又是谁。最后这可怜的姑娘想出一个巧妙的主意拯救自己。虽然她变成了一头小母牛，但她仍然具备了人的思想。她用她的蹄子曲曲弯弯地在沙上划出一行字。这个奇异的动作引起了她父亲的注意，老人现在立刻明白了，原来站在他面前的就是自己的孩子啊。

"多么不幸呀！"老人惊呼一声，伸出双臂抱住呜咽着的女儿的长长的脖颈。"我走遍世界到处寻找你，想不到你成了这个样子！唉，现在见到你比不见不到你更悲哀！你为什么不说话呀？你不能给我一句安慰的话吗？你只是用一声牛叫来回答我么？以前我真傻呀！一心只想给你挑选一个般配你的女婿，可现在你却变成一头小牛……"伊那科斯的话还没说完，阿耳戈斯，这个残暴的监视人，就从他的手里抢走了伊俄，牵着她走得远远的，直到另一块荒凉的牧场。然后，阿耳戈斯爬到一座山顶上，用他那一百只眼睛警惕那看着四周，继续执行着他的任务。宙斯再也无法忍受伊俄遭受这样的折磨，于是，他把爱子赫耳墨斯召到跟前，命令他去诱使可恨的阿耳戈斯闭上他所有的眼睛。赫耳墨斯穿上飞鞋，戴上旅行帽，手握可以催眠的神杖。他整理好装束，离开父亲的宫殿，降落到人间。到了地上，他丢下飞鞋和帽子，只提着木棍一样的神杖，看起来就像一个牧羊人。他呼唤一群野羊跟随着他，来到了一片草地上。这儿正是伊俄吃着嫩草、在阿耳戈斯永久监视下的那片寂寞的草原。赫耳墨斯抽出一支古色古香、优雅别致的牧笛，开始吹奏乐曲，这曲音比人间所有的牧人吹奏的都美妙。

阿耳戈斯，这个赫拉的仆人，很喜欢这迷人的笛音。

神态描写
这段话形象生动地描写了伊俄看到自己的模样后的惊恐。

词苑撷英
古色古香：形容器物书画等富有古雅的色彩和情调。

21

他从高处坐着的石头上站起身，向着下面呼喊："吹笛子的朋友，我很喜欢你这迷人的笛音。请到我身边的岩石上休息一会儿吧。因为你的羊群不会找到比这儿更茂盛更鲜嫩的青草啦。看，那边一排茂密的树林也会给你和你的羊群舒适的阴凉。"

赫耳墨斯向阿耳戈斯表示了感谢，并爬上山坡，坐在他身边的山石上。两个人开始攀谈起来。赫耳墨斯的谈话那么使人入迷，时光不知不觉地流逝，阿耳戈斯感到自己的一百只眼皮变得沉重起来。赫耳墨斯又吹奏起他的牧笛，想让阿耳戈斯在他的笛音中尽快地进入梦乡。但是，阿耳戈斯害怕他的主人发怒，不敢玩忽职守。所以，他拼命和他的<u>瞌睡</u>做斗争，尽量让他的一部分眼睛先闭上，而让另一部分眼睛睁着。他用最大的努力征服自己的睡意，紧紧盯住小母牛，提防其乘机逃走。

阿耳戈斯从没见过这种牧笛，感到是那么的新奇，就询问这芦笛的来历。"我很乐意告诉你，如果你愿意耐心地听下去，"赫耳墨斯说，"从前，在阿耳卡狄亚的雪山上，住着一个著名的山林女仙，名叫绪任克斯。树神和牧神都被她的美丽所迷恋，都热烈地追求她，但她总是一再摆脱他们的追逐，因为她害怕结婚。她认为结婚就像束着腰带的狩猎女神阿耳忒弥斯一样不自由，她不想放弃她处女的独身生活。后来，强大的山林之神潘在树林中漫游时，看见了这个美丽的女仙。他凭借着自己的尊严和显赫的地位，急切地向她表达爱意。但她仍然拒绝了潘，并且逃向茫茫无边的荒野。最后，她逃到一条名叫拉冬的沙河边，河的水深恰好能够阻止她的渡过。她在河岸上非常焦急，只得请求她的姊妹山林女仙们帮助她，使她能够在被潘追到之前，改变自己的模样。正在这时，潘奔到她跟前，张开双臂，一把抱住了她。但结果使他大吃一惊，因为他发现他所拥抱的竟然是一株芦苇，并不是那个美丽的少女。他深深叹了一口气，没想到这悲叹声经过芦管，变得大了许多，发出了如泣如诉的回声。这奇

词苑撷英

瞌睡：由于困倦而进入睡眠或半睡眠状态。

妙的曲调总算给这个因失恋而悲痛的神一点儿安慰。'就这样吧，我变形的情人，'他痛苦而又快乐地呼喊道，'即使这样，我们也要合为一体，永不分开。'说完，他砍下芦苇，把它切成各种不同长度的小段，然后用蜡把它们粘接起来做成芦笛，并以美丽的女神的名字为芦笛命名。从那以后，我们就称牧人的牧笛为绪任克斯……"

这就是神祇之使者所讲的故事。他讲这个故事的时候，目不转睛地盯着阿耳戈斯的眼睛。结果，故事还没有讲完，阿耳戈斯的一只只眼睛就依次闭上了。最后，阿耳戈斯终于闭上了所有的眼睛，陷入了深深的熟睡之中。<u>赫耳墨斯停止了吹奏和讲述。用手中的神杖轻轻地触了触紧闭着的一百只眼睛，使它们的睡眠变得更深更沉了。最后他快速地拔出早已藏在腰间皮囊中的弯刀，一刀砍断了阿耳戈斯下垂的脖颈，阿耳戈斯的头和身体一下子断为两截，咕噜噜地滚下山去，喷涌的鲜血染红了山间的岩石。</u>

现在，伊俄终于获得了自由。虽然她仍然有着母牛的形体，但她不再受监视，可以无拘无束地奔跑了。可是，赫拉的慧眼也发现下界所发生的一切事情。她要再寻找一种东西来继续折磨她的情敌，正巧，她抓到一种牛蝇。这种昆虫专门叮咬牛，喝牛的血，结果它们把伊俄叮得几乎要发狂了。

情景描写

这段话生动地描写了赫耳墨斯杀死阿耳戈斯的经过。

它们追逐着她，从她的故乡直至世界各地：斯库提亚，高加索，阿玛宗部落，铿墨里亚海峡，迈俄提斯海，一直到亚细亚。经过长期艰苦的旅程，最后，她来到了埃及。在宽广的尼罗河岸边，她跪下前腿，昂起头，仰望着天上的宙斯，发出默默的怨诉。宙斯在天上看到了她，顿生怜悯之情。他立刻来到赫拉那里，深情地拥抱她，请求她怜悯怜悯这个可怜的姑娘。他再三解释她没有诱惑他，她是无辜的，并指着下界的河流发誓（因为神祇经常是那样发誓的），保证他从此以后将永远放弃对她的爱慕。在宙斯恳求的时候，赫拉也在澄明的天空中听到了小母牛的悲伤的哀鸣，她终于心软了，答应宙斯恢复伊俄的原形。

宙斯赶紧下到凡间，来到尼罗河边，用手抚摸着小母牛的脊背，奇迹发生了：小母牛身上的毛一下子消失了，牛角也渐渐隐去，眼睛渐渐变小，牛嘴变成人的唇，两肩和双手也渐渐出现，牛的四蹄转眼消失了，除了那美丽的白色，小母牛的身上的一切特征都消失了。伊俄站在那里，光彩照人，令人怜爱。就在尼罗河的岸边，她为宙斯生下一个儿子，名叫厄帕福斯。当地人民都很尊敬爱戴这个神奇地得救了的女人，把她如同女神一样尊奉。伊俄统治那儿很多年。但是，她始终没有得到赫拉的彻底宽恕。赫拉鼓动野蛮的枯瑞忒斯人抢走她的幼子厄帕福斯。伊俄不得不又开始了她四处漂泊的生活，寻找她的儿子。后来，宙斯用雷电击死了枯瑞忒斯，她才在埃塞俄比亚的边境找到了厄帕福斯，把他带回埃及，并让他帮助管理国家。他长大后娶了门菲斯作为妻子，生了个女儿叫利比亚。利比亚这个地方就是用她的名字命名的。当伊俄和厄帕福斯都死后，为纪念他们，尼罗河畔的人们为他们建立了神庙，把他们当作神来崇拜，她被称为伊西斯神，他被称为阿庇斯神。

精彩点拨

　　《宙斯和伊俄》是一篇情节曲折、想象丰富、感情饱满的爱情故事。伊俄是河神的女儿，宙斯爱上了她，并疯狂地追求她，最终得到了这个貌美如花的姑娘。但宙斯的妻子赫拉对此嫉妒、愤恨，并开始向情敌实施报复。宙斯为保护心上人，便抢先一步把伊俄变成了一头美丽的小牛犊。赫拉看穿了丈夫的诡计，想尽办法要走了小牛犊。赫拉将牛犊委托给长有一百只眼睛的魔鬼阿耳戈斯看管，使得伊俄无法逃脱。宙斯看到心上人受尽折磨，实在无法忍受，便令赫尔墨斯打扮成牧羊人给阿耳戈斯唱吹奏动听的乐曲，讲述漫长的故事，哄着阿耳戈斯入睡后，趁机杀死了这个他，救出了伊俄。

　　赫拉对宙斯的行为非常不满，她派了一些牛蝇去叮咬牛犊，使牛犊在痛苦中穿越了分隔欧亚大陆的海峡。从此，这片狭长的水域被称作博斯普鲁斯海峡，含义就是牛犊之路。变成牛犊的伊俄接着环游过海，这片大海被人称作伊奥尼亚海。

阅读积累

尼罗河

　　尼罗河是一条流经非洲东部与北部的河流，自南向北注入地中海。与中非地区的刚果河以及西非地区的尼日尔河并列非洲最大的三个河流系统。尼罗河长 6670 千米，是世界上最长的河流。尼罗河有两条主要的支流——白尼罗河和青尼罗河，还有阿丘瓦河、加扎勒河、索巴特河、阿特巴拉河等支流。

法厄同

精彩导读

　　法厄同来到华丽的宫殿找他的父亲——太阳神福玻斯。福玻斯放射着炽热的光芒。法厄同在远远的地方站着，向父亲提出驾驶飞马的要求。法厄同不顾自己的力量非要骑上飞马，结果死于非命。在故事的发展过程中，法厄同为什么要骑上父亲的飞马？他的父亲为什么不阻止呢？法厄同做了什么事情？这个故事给我们带来什么启示呢？请仔细阅读本篇精彩故事，从中找到答案。

景物描写

"华美发光的圆柱""闪亮的黄金""火红的宝石"等，将太阳神宫殿的富丽堂皇描写得淋漓尽致。

生字背囊

鬈（quán）：1.（头发）弯曲。2.形容头发美。

　　太阳神的宫殿，是用华美发光的圆柱支撑着的，上面镶嵌着闪亮的黄金和火红的宝石，高高地在天上耸立着。飞檐是雪白炫目的象牙，宽阔的银质的门扇上雕刻着美丽的花纹和人像，记载着古老的传说和神奇的故事。

　　有一天，太阳神福玻斯的儿子法厄同来到这华丽的宫殿找他的父亲。他不敢离父亲太近，只在远远的地方站着，因为他不能忍受父亲身上那炙人的亮光。

　　福玻斯身穿紫色的长袍，坐在用美丽耀眼的翡翠装饰的宝座上。在他的左右，依次分排站立着他的随从人员。一边是日神、月神、年神、世纪神。另一边是四季神：春神年轻美丽，头戴用鲜花装饰的发带；夏神戴着用金黄的谷穗装饰的花冠；秋神端庄大方，面容如醉；冬神则披着一头洁白如冰雪的鬈发。有着一双慧眼的福玻斯在他们中间正襟危坐，正要发话，突然看到这个正在默默惊奇于他周围威武的仪仗的青年。"你到这儿来有什么事情吗？"他亲切地询问道，"什么风把你吹到父亲的宫殿来的呢，我的孩子？"

　　"啊，尊敬的父亲。"法厄同回答，"因为大地上的人们都嘲笑我，还谩骂我的母亲克吕墨涅。他们说我自称天国的子孙，而实际上不过是一个普通的不知姓名的凡人的儿子而已。所以我来请求您给我一些凭证，能够向人间证明我确实是您的儿子。"

他说完这番话，福玻斯收敛了围绕着头颅的神圣光芒，吩咐儿子到他跟前。他亲切地拥抱着自己的儿子，对他说："我的孩子，你的母亲克吕墨涅已经把实情告诉了你，无论什么时候，我都不会在世人面前否认你是我的儿子。为了消除你的疑虑，现在，你向我要求一件礼物吧，我指着斯堤克斯河发誓，我一定会满足你的愿望，无论你要求什么。"

好不容易等父亲说完，法厄同立刻喊道："那么，请让我实现我梦寐以求的梦想吧，给我一天时间，让我独自驾驶一天您的太阳车吧！"

太阳神原本发光的脸一下子因恐惧而变得阴暗下来。他连续摇了三四次他那金光闪闪的头，大声说："啊，我的孩子哟，你诱使我做出了轻率的许诺。多希望我能收回我的承诺啊！因为你的要求远远超过了你的力量。你还很年轻，而且又是人类，但你所要求的却是神才能做的事，而且还不是全部神祇都能做的。因为除了我以外，没有谁能够做你十分想尝试的事情。只有我能够站在那从空中驶过时便喷射着火焰的灼热的车轴上。这辆车必须要经过<u>陡峻</u>的道路。即便在清晨，在马儿们精力最充沛旺盛的时候，那路途都很难攀登。路程的中点在天的最高处。我告诉你吧，当我驾着太阳车站在这样的天之绝顶，我也常常因为恐惧而心惊胆战。当我俯视下面遥远而辽阔的海洋和陆地，我感到<u>头晕目眩</u>。过了中点以后，道路又急转而下，这时候，需要双手牢牢地握紧缰绳。这种情况，甚至连在平静的海面上等待着我的海洋女神忒提斯也十分担心，生怕我会从天上摔下来，掉入万丈海底。此外，还有许多别的危险你也要想到，你必须牢记天在不停地旋转，驾驶时必须要竭力同它大回转的速度抗衡。即使我把车给你驾驶，你又如何能克服这些困难驾驭它呢？我的亲爱的孩子哟，放弃你的愿望吧，不要固执我对你的诺言。趁时间还来得及，改换一个愿望吧。你应该能从我的脸上看出我此刻的焦虑。你应该能从我的目光中体会我此刻的

> **词苑撷英**
>
> 陡峻：（山峰或地势）既陡又高。

> **词苑撷英**
>
> 头晕目眩：头晕眼花，感到一切都在旋转；有时也形容被繁琐的事情弄得不知所措。

心情，你的父亲是多么忧虑啊！现在，你可以挑选天上地下任何一样东西，我指着斯堤克斯发誓，它将永远是你的！为何伸出手臂拥抱着我呢？唉，还是不要提出这最危险的要求吧！"

可是，这个青年再三恳求，不想改变自己的愿望，而且福玻斯·阿波罗已经立下神圣的誓言，又能怎么办呢？他只得牵着儿子的手，带领他来到赫淮斯托斯制作的太阳车跟前。多么精美的车呀！车辕、车轴和轮边全是金子制成的，车轮上的辐条是银子制成的，马的辔头镶嵌着闪闪发光的橄榄石和别的宝石。

当法厄同正对着这完美的工艺品惊叹不已的时候，东方的黎明女神醒来了，她打开直通向她的紫色寝宫的大门。星星渐渐稀疏，天上坚守岗位最久的晨星也渐渐隐没。同时新月的弯角也变得惨白，渐渐消失在西边的天际。福玻斯命令长着翅膀的时光之神开始备马。他们便从华丽的马槽旁，将喂饱了仙草、身上闪着光辉的马匹牵出来，套上闪闪发光的鞍鞯。然后福玻斯把一种神异的膏油涂抹在儿子的面颊上，使他能够抵抗熊熊燃烧的火焰。福瑞斯又给儿子戴上光芒万丈的金冠，不断叹息地警告他说："孩子，千万别用鞭子，但一定要紧紧握住缰绳，因为马儿们自己会飞驰，你要做的就是控制它们，让它们跑得尽量慢些。你要沿着一条宽阔而微弯的弧线行走，但也不能靠近南极和北极。你将会从原先留下的车辙中发现道路。不能驶得太慢，否则地面上会着火；也不能站得太高，否则会烧毁天空。既然你非去不可，好吧，现在你就去吧，黎明前的黑暗就快要过去了。两手紧握住缰绳吧，或者，可爱的孩子哟，现在你还来得及放弃这个愿望！把车子交给我，让我把光明送给大地，而你留在旁边看着吧！"可是，这孩子好像没有听到父亲的话，他一下子就跳上了太阳车，兴高采烈用两手握住缰绳，微笑着朝忧心忡忡的父亲点点头，表达由衷的谢意。

四只长着翅膀的马嘶鸣着，它们灼热的呼吸使得空气仿佛在燃烧。此刻，忒提斯并不知道她的孙儿即将开始的冒险，她亲自打开大门。一个广阔无垠的世界展现在法厄同的

词苑撷英

忧心忡忡：形容心事重重，非常忧愁、担心。

眼前，马儿们登上路程，冲破拂晓的**雾霭**飞速向前。

但没过多久，马儿们就感到它们的负重比往常轻了不少，如同一艘没有载够重量的在大海中摇晃着的船舶。太阳车在空中不断地颠簸摇摆，毫无目的地奔突，如同空的一般。当马儿们觉察到这异常的情况，野性在急躁中奔突起来，它们离开往常的道路肆意奔驰。法厄同从最初的兴奋变得害怕起来。他不知道应该往哪边拉马的缰绳，也不知道自己此刻到了什么地方，也不能控制肆意奔驰着的马匹。当他偶尔从天顶向下观望时，他看见一望无际的大地遥远地展开在下面。他紧张得面色惨白，恐惧得两膝颤抖。他向后望去，看到自己已经走了那么远；望望前面，更觉路途辽远。他暗暗计算着前后的广阔距离，更不知所措，只呆呆地望着远处，无计可施。他无助的双手抓住缰绳，既不敢放松，也不敢拉得太紧。他想吆喝马儿，但又不知道它们的名字。慌忙之中，他看见许多星星散布在天空，它们的形状奇异可怕，如同魔鬼一般。这情景使他更加恐惧而麻木。他在绝望中感到浑身发冷，不由自主地松掉了手里的缰绳，于是，马儿们拉动太阳车脱离了轨道，漫无边际地在空中的陌生的地方奔驰。它们有时飞跑向上，有时又奔突而下，有时几乎碰到高空的星星，有时差点儿坠向遥远的地面。太阳车掠过云层，云层就被炙烤得开始冒烟。马儿低低地向下飞奔，太阳车的车轮差点儿撞在地上的高山顶上。

大地因为炙烤而灼热，土壤里的水分全蒸发了，土地开裂，各种生物的液汁都被烤干。草原枯槁，树叶因枯萎而起火。大火蔓延到广阔的平原，烧毁了庄稼。无数城市冒着浓浓的黑烟，到处都烧成一片灰烬。据说埃塞俄比亚人的皮肤就是在此时变成黑色的。山丘和树林都被烧毁，河流干涸或者逆流，大海急剧凝缩，原本有水的地方现在全变成了沙漠。全世界都在冒着火，空中的法厄同也开始感到这灼热难以忍受。他感觉自己的每一次呼吸都好像是从滚热的火炉里冒出的，脚下的太阳车也烧灼着他的脚心。燃烧的大地散发出来的火焰和浓烟使他感到很痛苦。黑烟、热气团团围绕着他，马车不停颠簸着他。最后，他的头发也被乱窜的烈焰燃

词 苑撷英

雾霭：形容雾气腾腾的样子。

词 苑撷英

漫无边际：形容非常广阔，一眼望不到边；也指谈话或写文章没有中心，离题很远。

着了，他从太阳车上跌落下来，在空中急旋而下，就像天空的流星一样滑落下来。广阔的厄里达诺斯河接纳了他，并埋没了他震颤着的肢体。

他的父亲，尊贵的太阳神，亲眼看到这悲惨的情景。他褪去头上的神光，陷于深深的悲愁之中。据说，这一天全世界都没有阳光，广阔的田野只见熊熊的大火。

精彩点拨

太阳神的儿子法厄同纠缠他的父亲，要求驾着太阳神的飞马在空中驰骋一天。慈爱的父亲深知儿子的本事，便谆谆告诫他的儿子：你的要求太过分了，你的力气和年纪都办不到，它的名字叫作"灾难"。但是法厄同骄傲自大，不听父亲的劝说，非要父亲答应他的要求。

阅读和累

埃塞俄比亚人

埃塞俄比亚人指埃塞俄比亚各族人民。大部分为黑白混血人种，属闪含语系闪米特语族或库希特语族。全国有 80 多个民族。

欧罗巴

精彩导读

　　阿革诺耳王国国王的女儿名叫欧罗巴，她常年深居在父亲的宫殿。有一天夜里，天神托给她一个神奇的梦。梦中那个异国打扮的妇人要把她带走。最奇怪的是欧罗巴既没有挣扎也没有企图摆脱她。欧罗巴梦醒后，到了牧场，看到的一切和梦中的完全一样。漂亮迷人的欧罗巴被宙斯看上了。宙斯是如何追求欧罗巴的？欧罗巴会接受宙斯的爱情吗？请仔细阅读本篇精彩故事，从中找到答案。

　　太尔与西顿这片地方是阿革诺耳王国的领地，国王的女儿名叫欧罗巴，她常年深居在父亲的宫殿。有一天夜里，正当人们都在做着虚幻的但总是包含着真实的梦的时候，天神托给她一个神奇的梦。好像是两块大陆——亚细亚及其对面的大陆——变成两个妇人为了夺走她而正在争斗。其中一个妇人有着一种异国人的打扮。另一个妇人外表和装束都和欧罗巴一样，温和而热情地拥抱着她，说这个可爱的女孩是她诞生并哺育的。但那个异国打扮的妇人却用一双强壮有力的手要把她带走。最奇怪的是欧罗巴既没有挣扎也没有企图摆脱她。

　　"跟我来吧，小小的情人哟，"这异国妇人慈爱地说，"我要把你带到宙斯那儿去，也就是那个威严的持盾者，因为命运女神早已指定你要做他的情人。"

　　欧罗巴从梦中醒来，不由感觉血液直涌上面颊。她从床榻上坐起身，梦中的情景就如同白天的真事一样历历在目。她呆呆坐了很久，睁大眼睛望着，分明看见这两个妇人还在她的面前。她的嘴唇动起来，惊惧地问自己："到底是什么样的神托给我的梦呢？当我安全地躺在我父亲的宫殿里，这

铺垫手法

异国妇人的话语，为下文宙斯看上漂亮迷人的欧罗巴做了铺垫。

么奇怪的梦为何要诱惑我呢？这陌生的妇人到底是谁呢？看到她，我为何就产生了一种奇怪的欲望呀？她那样可爱地向我走来，甚至准备将我带走的时候，却又用母亲一样的慈爱眼光看着我。请让神使我的梦是一个好梦吧！"

早晨时，白昼的美好的阳光使梦中的暗影从欧罗巴的心头消失了。她起床之后，和其他女孩子一样，忙着自己的日常生活和娱乐。那些和她同龄的贵族家的女儿们，都聚拢在她的周围，和她一起散步、歌舞和祭神。她们引导她来到海边鲜花盛开的草地上。这里是女孩子最喜欢的地方，她们一起集合在这儿欣赏盛开的花朵，倾听冲激着海岸的浪花声。所有的女孩都提着花篮，欧罗巴也提着一个美丽的金花篮，花篮上雕刻着神祇生活的光辉灿烂的场景，那是火神赫淮斯托斯的作品。很久很久以前，大地之撼震者波塞冬向利彼亚求爱的时候，就是将这作为礼物献给了她。它作为一种家传的宝物，一代一代地流传下来，直到阿革诺耳这代。美丽的欧罗巴持着这更像新娘的饰品而不像日常用品的花篮走在人群的最前头，一直来到海边的这花团锦簇的草地上。女孩子们在一起快乐地嬉戏、欢笑，她们在草地上尽情地奔跑，每个人都去采摘她们喜爱的花朵。有的人采摘了洁白的水仙花，有的折取芳香的风信子，有的又选中美丽的紫罗兰，有些人喜欢百里香，又有的喜欢金黄的番红花，欧罗巴也很快地找寻到了她要寻觅的花朵。她站在朋友们中间，个子比她们都要高一些，她双手高高地举着一大枝火焰一样鲜艳的红玫瑰，就好像从水沫所生的爱之女神站在美惠三女神中间一样光彩夺目。当女孩子们采集了她们所需要的一切，她们开始蹲在柔软的草地上编制花环，准备把它们作为谢恩的礼物挂在绿树的枝上献给此地的女神们。但是，她们都不知道，从这精美的工作中得到的欢乐很快就要中断，因为昨夜那个奇怪的梦所兆示的命运闯进了无忧无虑的欧罗巴的心里。

宙斯，这克洛诺斯之子，又被爱神阿佛洛狄忒的金箭射中了。在诸神中只有她能够征服这难以征服的万神之父。因此，宙斯的心被年轻的欧罗巴的美貌打动了。但由于害怕嫉妒成性的赫拉发怒，同时也担心若以自己的形象出现，很难

词 苑撷英

无忧无虑： 意思是没有一点儿忧愁、顾虑和担心。形容烦恼尽除，得到解脱，心情安然自得，快乐舒心。

打动这纯洁可爱的姑娘。于是，他想出一种办法，变形为一头公牛。这可不是一头平凡的公牛！它不用行走在常见的田野山间，背负着轭，拖着沉重的大车。他高贵而华美，粗颈宽肩，膘肥体健。他的双角细长而美丽，就像人工精心雕凿的一样，而且晶莹剔透，比无瑕的珠宝还要透明。他全身金黄色的，前额正中则闪烁着一个新月形的银色的胎记。一对燃烧着爱火的蓝汪汪的眼睛在眼窝里不停地转动着。在变形以前，宙斯曾经把赫耳墨斯召到奥林匹斯圣山，吩咐赫耳墨斯为他做一件事。"快点儿过来，我的孩子，我的命令的忠实执行者，"他说，"你看到我们下面的那块陆地了吗？往左边看，那就是腓尼基。赶快到那里，把那正在山坡上吃草的阿革诺耳国王的牧群统统赶到海边去。"这长着翅膀的神按照父亲的吩咐，立刻飞到西顿的牧场，把阿革诺耳国王的牛群全部驱赶到欧罗巴和女孩子们快乐地采集着鲜花、编制着花环的草地上。赫耳墨斯却不知道，他的父亲已经变为公牛，混在这牧群中。

牧群逐渐散开，在距离女孩们很远的地方吃着青草。宙斯化身的那只美丽的公牛朝着欧罗巴和她的女伴们所在的那片葱绿的小山坡的方向，十分优雅地移着步。他的前额并不咄咄逼人，闪亮的眼光也不使人害怕。他看起来非常温和。欧罗巴和她的女伴们远远地看到这公牛，都夸赞它的高贵和温顺。她们很想走到近处更仔细地观察它，轻抚它油光闪耀的背部。这公牛好像知晓她们的心意，越走越近，最后终于来到欧罗巴的跟前。起初欧罗巴还有点儿吃惊，她瑟缩着后退了几步，但这牛并不跟着她移动，表现得非常温顺，所以她又鼓起勇气走过去，把散发着香气的玫瑰花朵放在他的沾着白色泡沫的嘴唇边。它撒娇地舔舐着女孩献给他的花朵，舔舐着那只给它擦去嘴角泡沫并温柔爱抚它的美丽的手。女孩渐渐地被这漂亮的公牛迷住了。她甚至冒险用嘴唇去吻它锦缎一般光滑闪耀的前额。公牛发出快乐的鸣叫，但这可不是普通的牛叫声，而是如同吕狄亚人的芦笛的声音一样，在高山峡谷中回荡。接着，这公牛温顺地躺倒在姑娘的脚边，无限爱恋地望着她，扭着头好像向她示意，坐到它宽阔的牛

背上去。

欧罗巴高兴地呼唤着她的女伴们。"快过来呀，走近些！"她喊道，"让我们坐到这美丽的公牛的背上去吧。它的背多么宽广，我想一定能够同时坐得下四个人。看看它是多么的驯良，多么的温柔啊！它和别的公牛一点儿也不一样！我相信它和我们人类一样会思想，有灵性。它只是不会说话而已！"她一边说着，一边取过同伴们手中的花环，将它们一一地挂在低着头的公牛的角上。最后，她灵巧地跃上牛背骑在上面，但别的女孩们则犹犹豫豫，不敢向前。

这公牛终于达到了自己的目的，便从地上一跃而起。起初，它行走缓慢，但始终保持着欧罗巴的女伴们追赶不上的速度。渐渐地，走到了草原的尽头，空旷辽阔的海岸一览无遗地展现在眼前，公牛开始加快速度，像骏马一样飞驰。欧罗巴还没来得及弄清发生了什么事情，就被它驮着跳到了海里。那公牛背负着它的俘虏泅泳着离开海岸。姑娘用右手紧紧攀着一只牛角，左手牢牢地抱着牛背，以便让自己坐稳。海风吹起她的外衣，就像风帆一样。她十分害怕，回转头望向越来越远的海岸，呼唤着她的女伴们——但是没有一点儿回应。

海浪拍击着公牛的腹部，欧罗巴恐怕弄湿衣裳，就紧缩着她的双脚。这公牛在海里浮游着，就像一艘大船一样。渐渐地，海岸消失了，太阳也沉落到海里。朦胧的夜色中，除了激起的浪花和闪烁的星光以外，她什么也看不到。

就这样，直到第二天一整天，这公牛背负着姑娘，在海里越游越远。但它十分灵巧地分开水波，竟然没有一滴水珠沾湿到它背上的姑娘。到了傍晚，公牛载着姑娘，终于到达遥远的海岸，来到一块陆地上。公牛跳到岸上，走到一棵树冠如伞的树下，它让这姑娘从它的背上滑下来。可是，它突然消失了，它刚才的位置却站着一个美如天神的男子。他告诉姑娘，他就是她所来到的这个海岛（即克瑞忒岛）的管领者，如果姑娘同意嫁给他，他愿意保护她。在忧愁和孤独之中，欧罗巴朝他伸出她的手，表示同意他的要求，宙斯此刻也达到了他的夙愿，后来，他又像来时一样消失了。

词 苑撷英

泅泳：意思是浮游，泅水。

比 喻手法

将公牛比作大船，形象生动地将公牛之大表现了出来。

欧罗巴从昏迷的长睡中渐渐苏醒时，太阳已经升得很高了。她独自一人，感到非常无助而惶惑，她抬头向四周张望，多希望还和当初在自己家里一样。"父亲，父亲啊！"她在绝望中大声呼喊。终于，她想起发生的一切，她哀伤地说："我怎敢再喊'父亲'这两个字呢，我这个不慎失身了的人！到底是怎样的一种狂热使我失去了处女的纯洁和真诚？"她又继续望着她的四周，渐渐地，一切事情都回想起来了。"我是从哪里来的，我现在又是在哪里呢？"她自言自语地说，"我竟然失了身，我真是该死啊！但我现在真的清醒了吗？我所为之悲伤的这件丑事是真的吗？或者他只是一个迷雾一样的噩梦在困扰着我，只要我再闭上眼睛它就会立刻消失？我怎么会主动爬到那个怪物的背上，越过这茫茫的大海，而不是幸福而又快乐地在海边的草地上采花呢！"

她这样说着，不由得用手揉着眼睛，就好像要把这梦魇一样的思绪驱走一样。她再次睁开眼睛，看见的一切仍然是陌生的：陌生的树林和山石，洁白的浪花击打着远处的岩石，然后流向她从来未曾见过的海岸。"啊，现在，请将那头公牛再交给我吧！"她愤怒地叫喊着，"我将用剑劈裂他的身体，我还要折断他的双角。可是，这又是多么愚蠢的念头啊！我莫名其妙不顾羞耻地离开了自己的家，看来如今我唯有一死！如果神祇们全都丢弃了我，那你们至少送一只饥饿的狮子或老虎过来吧。也许我的美貌会引起它们的食欲，那样，我就不用专门等着饥饿来雕残我面颊上的花朵了。"

但是，并没有狮子、老虎或者其他什么野兽出现。那些陌生的风景，仍然明丽而幽静地铺展在她的眼前，阳光普照，万里无云。就仿佛被复仇女神们追逐着一样，这女郎一下子跃起来。"可怜的欧罗巴呀，"她大声呼喊着，"你没有听到你父亲的声音吗？他虽然在很远很远的地方，但仍然会诅咒你，除非你主动结束你那可耻而卑劣的生命。你没有看到他所指点那棵白杨树吗，你可以在那里用带子把自己吊死；还有那陡峭险峻的悬崖，你也可以从那里跳进狂暴的大海让自己淹死。或者你干脆变成一个野蛮暴君的妾妇吧，那样，你就能做他的女佣，夜以继日地纺织羊毛而忘记这一切。啊，你这个高贵而有权力的国王的女儿！"

就这样，她想象出各种各样死的方法却又苦恼自己没有死的勇气。突然，她听到身后传来一种低低嘲弄的声音，她以为有人在偷听她的自语，吃惊地扭头向后张望。只见，一片闪射着耀眼非凡的光辉中，站立着女神阿佛洛狄忒和她带着小弓箭的儿子厄洛斯。女神嘴角含着微笑。"赶快平息下来你的愤怒吧，不要再妄图反抗了，"她说，"你所憎恶的那头公牛很快就会过来，并会伸着他的双角让你折断。那个夜晚，在你父亲的宫殿里，给你托梦的那妇人便是我呀。请息怒吧，欧罗巴！把你带走的神祇就是宙斯呀，命中注定你要做不可征服的宙斯神的人间的妻子。你的名字将永世不朽，从此以后，这块收容你的大陆就叫作欧罗巴吧。"

精彩点拨

　　希腊神话中的腓尼基公主，被爱慕她的宙斯带往了另一个大陆，后来这个大陆取名为欧罗巴，也就是现今的欧洲。根据神话，欧罗巴是欧洲最初的人类，也就是说欧洲人都是她的孩子。

　　公主欧罗巴从梦中醒来，走到空气清新、绿意盎然的大牧场，看到的一切和梦中的完全一样。此时，宙斯又被爱神阿佛洛狄忒的金箭射中了。在诸神中只有她能够征服这难以征服的万神之父。宙斯被年轻美貌的欧罗巴吸引了，但由于害怕嫉妒成性的赫拉发怒，同时也担心若以自己的形象出现，很难打动这纯洁可爱的姑娘。于是，宙斯想出一种办法，变形为一头公牛，并驮着欧罗巴跨越了大海。

　　有一天，在一片闪射着耀眼非凡的光辉中，女神阿佛洛狄忒和她带着小弓箭的儿子厄洛斯降临到欧罗巴面前。女神微笑着对欧罗巴说："那个夜晚，在你父亲的宫殿里，给你托梦的那个妇人便是我呀。请息怒吧，欧罗巴！把你带走的神祇就是宙斯呀，命中注定你要做不可征服的宙斯神的人间的妻子。你的名字将永世不朽，从此以后，这块收容你的大陆就叫作欧罗巴吧。"

阅读和累

腓尼基人

　　腓尼基人是历史上一个古老的民族，自称为迦南人，是西部闪米特人的西北分支。创立了腓尼基字母；生活在地中海东岸，相当于今天的黎巴嫩和叙利亚沿海一带，他们曾经建立过一个高度文明的古代国家。公元前10世纪至公元前8世纪是腓尼基城邦的繁荣时期。腓尼基人是古代世界最著名的航海家和商人，他们驾驶着狭长的船只踏遍地中海的每一个角落，地中海沿岸的每个港口都能见到腓尼基商人的踪影。

卡德摩斯

精彩导读

　　卡德摩斯是欧罗巴的兄长，腓尼基王阿革诺耳的儿子。宙斯看上了欧罗巴，点燃了炽热的爱情，要把欧罗巴娶为妻子。宙斯变成一头强壮的公牛把欧罗巴带走了。腓尼基王阿革诺耳失去可爱的女儿，感到非常悲痛，就派遣卡德摩斯和他的兄弟们到处去寻找，并发布命令：卡德摩斯和他的兄弟们如果找不到欧罗巴，就永远不要回来了。由此，卡德摩斯和他的兄弟们踏上了寻找欧罗巴的道路。在寻找妹妹的过程中，卡德摩斯遇到了什么？他做了哪些事情？他完成找到妹妹的任务了吗？最后的结局如何？请仔细阅读本篇精彩故事，从中找到答案。

　　卡德摩斯是欧罗巴的兄长，腓尼基王阿革诺耳的儿子。当欧罗巴被变成公牛的宙斯带走之后，阿革诺耳就派遣卡德摩斯和他的兄弟们到处去寻找她，他告诉他们，如果他们找不到他可爱的女儿，就永远不要回来了。

　　结果，过了很久很久，卡德摩斯和他的兄弟们徒然地漫游在世界各处，都没有找到被宙斯用诡计骗去的妹妹的一点儿消息。他害怕父亲发怒，也不敢回到故乡去，于是，就请求福玻斯·阿波罗赐予神谕，告诉他应该在什么地方度过他的晚年。太阳神告诉他："在一片荒寂无人的牧场，你将发现一头从没有背负过轭的小牛犊。然后你就跟随着它，当它累了躺在草地上休息的时候，你就在那地方建立一个城市并为它命名为忒拜。"

　　于是，卡德摩斯带着随从离开阿波罗赐给他神谕的卡斯塔利亚圣泉，来到一片绿色的牧场，突然就看见一头牛犊，而且脖子上也没有背负过轭的痕迹。他心里默默地向福玻斯祈祷着，然后就跟随在这头小牛犊的后面往前走。小牛犊带

生字背囊

轭（è）：牛鞅，牛拉东西时架在脖子上的短粗曲木。

着他蹚水涉过刻菲索斯的浅流，走了好长一段路，才停下来。它抬头两角指着青天，发出高声鸣叫，然后回头望了望卡德摩斯和他的随从，最后屈腿躺在芳草萋萋的草地上。

满怀着感激之情，卡德摩斯也伏卧在草地上，亲吻这块陌生的土地。然后，他准备向宙斯献一份祭品，于是派遣手下到处寻找可以做灌礼用的清泉。在一个地方，有着一座从来没有被采伐过的古老森林。森林中树木盘根错节，沟涧幽深曲折，正潺潺地流着干净的泉水。山林洞穴里面蛰伏着一条可怕的毒龙。它紫色的龙冠闪闪发光，明亮的眼睛赤红如火焰；它庞大的身体含着剧毒；它的口里排着三层利齿，闪烁着一条三叉戟一般的舌头。当这些腓尼基人来到树林里，正要用水罐打水时，突然那毒龙从岩洞中伸出青蓝色的脑袋，同时还发出使人恐惧的嘘嘘声。腓尼基人吓得连水罐都从手中落下来，身上的血液也仿佛被冻结在血管中。毒龙把它长满鳞甲的身躯盘成一团，高高地昂着脑袋，目光狰狞地注视着下面的人们。最后，它突然冲向腓尼基人，把他们冲得七零八落，有的被它用毒牙咬死，有的被它用身体缠住勒死，有的被它用口中流出的毒涎和喷出的毒气而毒死。

卡德摩斯等了半天也不知道他的仆人为何还不回来。最后，他只好去找寻他们。他穿上一件用整张狮皮制成的紧身服，手执一支矛和一支标枪作为武器，此外，还怀着一颗比任何武器更好更坚强的勇敢的心。他刚刚走进树林里，就看见一大堆尸体，那都是他死去的仆人们；他还看见那条得意地盘踞在尸体上面的仇敌。它肚子膨胀着，正吐着血红的信子，舔食着那些可怜的牺牲者的鲜血。

"唉，我的可怜的朋友们啊，"卡德摩斯痛苦地叫着，"请让我替你们复仇吧，否则我就要和你们死在一起！"说着，他弯腰捡起一块又大又圆的石头向那毒龙投去。如此巨大的石块连岩壁都会被击穿震颤，可是那毒龙却安然无恙。它漆黑的厚皮和坚硬的鳞甲如同铁甲一样保护着它的身体。卡德摩斯于是开始投掷他的标枪攻击毒龙，标枪的枪尖一下子刺穿毒龙的身体，深入到毒龙的内腑。那毒龙因为伤痛而发怒了，就一转头想把标枪咬碎，但枪头却牢牢地刺在它身上。紧接着，卡德摩斯又狠狠地刺了一剑，这使它更加狂怒。于是它张着血盆巨口，嘴里喷吐着白色的毒沫，像一支利箭直冲向卡德摩斯。卡德摩斯束紧身上的狮皮，灵巧地一跃，闪过它的进攻，迅速地用枪头一下刺到毒龙的口里。毒龙用毒牙紧紧咬住枪头不放，它的力量渐渐消耗。最后，这怪物支撑不住，松开枪头，口吐鲜血染红了周围的草地。它还想做最后的挣扎，被卡德摩斯看准时机，一剑刺穿了脖颈。这一剑刺得又重又狠，不仅穿透恶龙的脖颈，还刺入后面的一棵大橡树里，毒龙被紧紧地钉在树身上。因为那毒龙太大太重啦，连大橡树都被压弯了。

卡德摩斯久久地凝视着这条被刺杀的毒龙，若有所思。后来他转移视线向远处眺望，突然看见帕拉斯·雅典娜正从天上下降到凡间，她命令卡德摩斯翻起泥土，把巨龙的毒牙拔下播种在泥土里，并告诉他，这就是一个未来种族的种子。他按照女神的吩咐，在地上挖了一条又长又宽的沟，然后把龙牙撒入土内。转眼间，那土块就凸了起来；紧接着，土里露出一杆长矛的枪尖；然后又冒出了一顶带着鸟毛的武士的头盔；接着，泥土下面又露出了两肩、胸脯、四肢；最后，一个全副武装的武士从泥土里站了出来。而且，同时在别的许多地方也都发生了这样的情形。不大一会儿，就在这腓尼基人眼前的土地里，长出了一整队的全身武装的战士。

卡德摩斯十分惊愕，以为是毒龙变化的新的敌人。他拿起武器准备开始一场新的战斗。这时，一个从泥土中所生的武士叫住他："千万不要动手攻击我们！也不要参加我们兄弟之间的战斗！"他一面说，一面抽出身上的利剑刺向另一个武士，而他自己同时又被别人的标枪刺中，而那投射标枪的人也被另外一个武士刺伤而倒在地上。就这样，一整队的武士都在恶战中互相厮杀。没过多久，绝大多数武士都受伤躺在地上，在死亡的痛苦中挣扎，而诞生他们的地母却在吞饮着她那些仅有着刹那生命的儿子的血液。最后，所有的武士只剩下五个人。其中的一人，后来被人们称为厄喀翁，他最先听从雅典娜的吩咐，放下武器，愿意和解，别的人也都跟随着他放下了武器。

就这样，这个从腓尼基来的异乡人卡德摩斯就在这五个泥土所生的武士的帮助下，建立了一座新的城市，并依从神的指令，把这个城市称为忒拜城。

精彩点拨

卡德摩斯是古希腊神话中的英雄。他的妹妹欧罗巴失踪后，父亲派他和弟兄们四处寻找。他来到德尔斐，神示让他停止寻找，尾随他离庙后将会遇到的牛犊，在牛犊停下的地方定居。他遵照神示，来到彼奥提亚，修建卡德摩亚堡（后发展成忒拜）。建堡之前，他被迫和战神所生的巨龙交战，将它杀死，并遵照雅典娜的劝告，拔下它的牙齿，播进地里。从龙牙中长出一些武士——斯帕托斯（意为"播种下去的人"），他们自相残杀，最后剩下五个人，帮助建起了卡德摩亚堡，成为忒拜名门的始祖。卡德摩斯因为杀死了巨龙，为战神服役八年，然后成为卡德摩亚堡的统治者。

卡斯塔利亚圣泉

河神阿刻洛俄斯的女儿卡斯塔利亚是个美丽、善良的女孩子，她的美貌打动了音乐之神阿波罗。阿波罗深深地爱着卡斯塔利亚，并向她发起疯狂的追求。卡斯塔利亚为躲避阿波罗的追求，逃至帕耳那索斯山上化为山泉。人们为纪念这位美丽的姑娘，就把山泉称为卡斯塔利亚圣泉。在现代语言中，"卡斯塔利亚圣泉"意即灵感的源泉，指写作、创作时来了灵感。

彭透斯

精彩导读

　　彭透斯是泥土所生的厄喀翁与阿高厄的儿子。他从卡德摩斯手中接过了王位。彭透斯侮慢神祇，尤其憎恨他的亲戚狄俄尼索斯。彭透斯顽固不化，不听从别人的警告和劝说。狄俄倪索斯对待朋友宽厚大方，但是对不相信他是神祇的人却常常给予残酷的惩罚。本篇故事讲述了彭透斯和他的亲戚狄俄倪索斯之间发生的战争，两人采取了什么对策？得到了哪些人的帮助？谁胜谁败？故事跌宕起伏、扣人心弦，请仔细阅读本篇精彩故事，从中找到答案。

　　在忒拜城里，卡德摩斯的外孙，即宙斯与与塞墨勒的儿子酒神巴克科斯，又被称作狄俄倪索斯，是在一种很神异的情况下诞生的。他被尊为果实之神，是葡萄的发现者。从小，他在印度长大，但不久之后，就离开了那些养育和庇护他的女仙们，到世界各地旅行，向人们传播他的新思想，教人们种植葡萄藤的技术，并要求人们建立神庙来供奉他。他给予朋友们的都是伟大的宽厚和仁慈，但他给那些不承认他是神的人的东西往往是巨大的灾祸。他的名声渐渐传遍了希腊，并且传到了诞生他的城市忒拜。

　　当时，忒拜正处在彭透斯的统治之下。他的王位是卡德摩斯国王传给他的。彭透斯是泥土所生的武士厄喀翁与酒神母亲的妹妹阿高厄所生的孩子。但是，他却<u>侮慢</u>神祇，而且特别轻视他的亲戚狄俄倪索斯。所以当巴克科斯和他那些狂热的信徒来到这里，并且表明自己是一位神时，彭透斯表现得非常傲慢，对年老的盲人预言家忒瑞西阿斯的劝说和警告置若罔闻。他看到忒拜的男人、妇女和女孩子们都追随着赞美这新的神祇，感到非常生气，于是开始迫害他们。

"你们难道发疯了吗？"他问道，"你们这些忒拜人，你们都是毒龙的后代，你们从不临阵逃缩，也从不害怕刀剑。而如今，你们却愿意向一群懦弱的傻瓜和疯癫的妇人投降吗？而你们这些腓尼基人啊，你们来自遥远的海外，你们还建立了一座坚固的城池来供奉你们的先祖，你们忘记了你们英勇的祖先了吗？你们能忍受一个懦弱无知的孩子来征服忒拜么？他是一个懦夫，他头上戴着的是葡萄藤花冠而不是战盔，他穿着的是紫金的长袍而不是战斗的铠甲，甚至连马匹都不能驾驭，他是一个没有任何战斗力、一无用处的人。希望你们赶快清醒过来，不要再受人迷惑。我很快就要强迫巴克科斯承认他自己只不过是一个凡人，就如同我——他的堂兄弟一样的凡人。宙斯也不是他的父亲，他所做的那些教仪都是虚假的一套。"

接着，他又扭头转向着他的仆人们，命令他们去把这新的疯狂的教主抓捕起来，不管在哪里碰到他，都要给他套上脚镣手铐带到城里来。

彭透斯的亲戚和朋友们听了他傲慢的言语和命令，都感到很吃惊和害怕。他的祖父卡德摩斯年事已高，但仍然很健朗，他也摇着白发苍苍的头表示反对。但彭透斯一点儿也听不进大家的劝告和诤言，反而更加愤怒，那愤怒如同决堤的汹涌的河流一般，仿佛能冲溃所有的阻拦。

这时，他派出去执行任务的仆人们也都回来了，只见他们一个个头破血流的。"狄俄倪索斯到底在哪里啊？"彭透斯气愤地冲着他们大声喊叫。

"我们根本没有找到他，"他们老老实实地回答道，"但是，我们抓来了他的一个信徒。不过，他好像跟随他的时间还没有多久。"

彭透斯用愤怒的目光瞪着这个抓来的俘虏，厉声喝道："你这该死的东西！我必须立刻处死你，作为对其他人的警告。你叫什么名字？你的父母是谁？你是从什么地方来的？你还要赶紧交代你们为什么要信奉这种愚蠢而怪异的教仪？"

抓来的犯人毫无畏惧，开始回答彭透斯的问题，他的声音平静而坦然："我叫阿科忒斯，我的家乡在迈俄尼亚，我的父母都是普通人，我的父亲没有留给我土地，也没有留给我牧群。他只教给我怎么持竿钓鱼，因为这技术是他唯一的财富。后来，我又学会了如何开船，我还认识了星星和星座，学会了观察风向，我还知道哪里是最好的港口。我现在成为一个航海者了。有一次，我开着船正朝着得罗斯航行，我们到达一处不知名的海岸，并在那里抛锚停船。我从船上跳下来，独自一人在润湿的沙滩上过了一夜。第二天，我一大早起来，爬上一座小山想观察一下风向。这时候，我船上的同伴们也纷纷离开了船舶跑到岸上；在回船的途中，我遇见他们拖着一个男孩，那男孩是他们从空阔的海岸上捉到的。他长得很俊秀，就像女孩一样漂亮。他好像是喝醉了酒，昏昏沉沉，步履蹒跚。我走近观察他，觉得他的长相和他做的动作，好像不是个凡人。'我不知道是不是有什么神隐藏在这个孩子的心里，'我向船上的水手们说，'但我敢确定他是一位天神。'于是我转向那个男孩，'不管你是谁，'我说，'我恳求你对我们怀有善意并且保佑我们一切顺利。请饶恕那些将你带走的人们吧！'

"'你这样做是多么荒唐啊！'船上的一个船员大叫起来，'别向着他作祷告！'别的人也都跟着一起嘲笑我。他们捉住这个男孩不放，并打算将他拖上船去。我怎样反对都没有人理会我。他们当中有一个最年轻而且最凶悍的小伙子，他是一个凶狠的杀人犯，曾经在堤瑞尼亚城犯过杀人案，后来又逃亡出来。他一把抓住我的衣领，要将我从船上丢下去。如果不是我的脚钩住了船索，我真的会被他扔下去淹死。

"这孩子最终被这些人弄到甲板上，他一直躺在那里，好像睡得很熟的样子。后来，他好像是被吵闹声惊醒了，只见他站起身来，很清醒地走到水手们中间。'这到底是怎么一回事呀？'他大声问道，'谁能告诉我，我怎么会到了这里？你们又要打算带我到什么地方去呀？'

"'不要害怕，亲爱的孩子，'众人中有一个阴险的船员假装安慰他说，'告诉我们你愿意去的地方，无论是哪

细节描写

通过阿科忒斯的举动及在沙滩上过了一夜，说明他胆大心细，做事沉着有力的性格。

词语撷英

步履蹒跚：走路一瘸一拐的样子。形容走路腿脚不方便，歪歪倒倒的样子。

里，我们都会按照你的心愿，将你送到岸上。'

"'那么，请你们把你们的船开到那克索斯岛去吧，'那男孩回答道，'因为那里就是我的故乡。'

"这些骗人的家伙指着诸神向男孩发誓，说一定照他所说的去做。并且吩咐我扬起风帆，准备启程。那克索斯本来位于我们的右侧，可是，当我相应地升起风帆时，他们却向我眨着眼睛并低声说：'你打算到哪里去，你这笨蛋！你难道疯了么？向左边走呀！'

"'好像我们的航行真离不开你似的！'一个粗暴的人对着我嘲弄地叫着，同时他走过来，坐在我的位置上升起了风帆。船头被掉转过来，朝着背向那克索斯的方向前进。此时，这男孩正站在船尾的甲板上眺望着大海。他的嘴角挂着一丝轻蔑的冷笑，好像他才发觉水手们对他的欺骗似的。他假装哭泣，哀求道：'唉，水手们，这好像并不是你们所答应我要去的海岸呀！这不是我要去的那克索斯的方向呀！你们以为你们是成年人，就可以随意欺负小孩子吗？'但是，那些不信奉神的水手嘲笑地看着他，并不理会他的哀求，反而更快地摇荡着船桨，飞速地向前进。

"忽然，船停在大海中，一动也不动，就好像搁浅了一般。无论水手们用船桨如何划拨着水，就算挂上所有的帆，加倍用力摇桨都没有用。一会儿，人们看到船桨都被葡萄藤缠住了，而且那藤蔓很快就爬上桅杆，并迅速向上生长，成为一个伞盖，所有的船帆上都挂满了成熟的葡萄。狄俄倪索斯——原来那男孩就是他呀，则神采奕奕地站在那神圣的光辉里。只见他的前额束着葡萄叶做成的发带，手中握着被葡萄藤缠绕着的神杖。在一片神奇的异象中，猛虎、猎豹和山猫都伏在他的周围，一种芳香的葡萄酒的味道如水一般流过整艘大船。

"看到这一切，水手们一个个吓得失神落魄。有一个人刚要叫喊，就发现自己的嘴和鼻子连在一起，已变成鱼的嘴。其他的人还没来得及发出惊怖的叫声，也发生了同样的变化。他们的身体一点点缩小，皮肤变得坚硬并长出淡蓝色的鳞片。他们的脊骨也变得弯曲起来，两臂缩成了鱼鳍，两只脚则变成了鱼的尾巴。所有的船员都变成了鱼，他们纷纷从甲板上跳到海里，随着浪涛上下地漂游。船上总共二十人，我是唯一剩下没有被变成鱼的人。我吓得四肢战栗着，想到下一秒钟我可能就要失去我的人形。但因为我没有伤害过他，所以狄俄倪索斯友好地走上前来，神情和蔼地对我说话，'别担心，'他说，'请将我送到那克索斯去吧。'当我们到达那克索斯岛之后，他就开始向传授我在他的圣坛前供奉的教仪。"

"我们已没有耐心再听下去了，"彭透斯国王大叫道，"赶紧来人，给我抓住他！"他吩咐他的随从们。"先叫他尝尝千种苦刑，然后再将他拘押到地牢里！"他的随从们遵照他的指令，给这个水手带上枷锁，并把他囚禁在黑暗的地牢里。但是，他却被一只看不见的手放走了。

这件事更让彭透斯感到愤怒，他开始对狄俄倪索斯的信徒加以迫害。彭透斯的生母阿高厄和他的姊妹们也都参加了这异教神的礼拜教仪。他便派人去捕捉她们，并将她们连同其他所有的巴克科斯的信徒统统都关押在城中的监狱里。但同样，没有任何人力的帮助，她们仍然都逃脱了。监狱的大门自动打开，她们冲出监狱，来到树林里。她们一个个都满怀着对巴克科斯敬仰的狂热。同时，那些带着整队武士奉命去捉拿酒神本人的仆人也回来了，但是他们十分惶惑，因为狄俄倪索斯微笑地伸出双手等待他们束缚，一点儿反抗的意思也没有。

词苑撷英

惶惑：惶恐疑惑。

现在他就站在彭透斯国王的面前，他那么年轻而充满朝气，他那光辉四射的美使得国王也暗自称奇。但彭透斯太固执了，他坚持将狄俄倪索斯视作一个恶汉、一个敢于以神祇自居的狂人来处置。他命人给他的俘虏套上锁链，关押在宫殿后面靠近马厩的一间黑屋子里。但是，酒神一声令下，顷刻间地动山摇，墙倒壁塌，他手脚上的锁链也松开了。他毫无损伤地走了出来，回到他的追随者中间，甚至比以前更漂亮，更英俊了。

这时，又有一名报信的人来到国王彭透斯跟前，向他汇报那些狂热的妇人在树林中所做的奇迹，而他的母亲和姊妹们正是这些妇女的率领者。她们只要用她们手中的神杖敲击岩石，光秃秃的石头缝里就会汩汩地流出清澈的泉水或芳香的美酒。只要在酒神的神杖的点触之下，清凉的溪水就可以变成新鲜的牛奶，干枯的老树里就能够流出甜美的蜂蜜。"啊，伟大的国王，"一个报信的人又说道，"如果您当时也在那里，亲眼看到这神奇的一幕，那您也一定会俯伏在您曾经讥嘲过的神祇的脚下，您的口中也一定会说出赞美他的颂辞。"

听到这些，彭透斯更加怒不可遏。他命令他的骑兵和步兵立刻全副武装，去驱散这大群的信徒。没想到，这时狄俄倪索斯却亲自来到彭透斯国王的面前。他向彭透斯许诺将他的信徒们全部都带走，但彭透斯必须穿上妇人的衣裳，因为自己担心那些信徒看见他是一个还未入教的男人，会将他撕

词苑撷英

怒不可遏：愤怒得难以抑制。形容十分愤怒。

成碎片。彭透斯非常怀疑这种说法，但还是勉强接受了这个提议。最后他跟随着酒神来到城外，而此时，他已经中了狄俄倪索斯的魔法。

他觉得眼前好像有两个太阳，忒拜城也变成了两个，而且每一座城门也都是双重的。此时的狄俄倪索斯，在他眼里好像一只公牛，一只头上长着奇伟的角的野兽。他祈求巴克科斯给他一根神杖；神杖拿到手以后，他就在狂热和兴奋中往前跑去。

他们来到一处幽深的峡谷，那儿到处是清澈的泉水，四周布满了松杉的浓荫。巴克科斯的女信徒们都聚拢过来，向着她们的神祇唱着赞美的圣诗，也有的用新鲜的葡萄藤缠绕着她们的神杖，但彭透斯已经双目失神，或许是巴克科斯故意引他走着迂回的路，所以他看不见狂热地拥挤着的妇人们。现在酒神举起一只手——奇迹出现了——那只手一直伸到最高的松树的树冠上，然后他抓住树冠向下弯曲，就好像弯曲一根柳枝一样。最后，他让彭透斯坐在那高高的树冠上面，然后渐渐地放手让树枝直立，慢慢地回到先前的位置。奇怪的是，彭透斯并没有从树冠上坠落下来。他稳稳地坐在高高的树冠上，山谷里所有的巴克科斯的女信徒都能够看见他，可是他却看不见她们。这时，狄俄倪索斯对着峡谷中大声呼喊着，声音是那样的高亢而清晰："看呀，那个人就是嘲笑我们神圣教仪的人！大家尽情地看他并且惩罚他吧！"

突然，森林里陷入一片寂静。没有一片树叶颤动，没有任何生物的气息。巴克科斯的信徒们都抬起头来，她们听到了教主召唤的声音，眼睛里顿时闪烁着狂热的光芒，她们飞快地奔跑起来，如同鸽子一样。在神圣的狂欢中，她们穿过湍急的河流，越过茂密的丛林，最后终于走近了，她们可以清清楚楚地看到她们的国王现在被挂在高高的松枝上。她们先是投掷石块，然后又投掷从树上折下的树枝甚至是她们的神杖，但这些东西都不能扔到国王所在的松针茂密的树冠上。后来，她们又用橡树的硬木棒挖掘着松树周围的泥土，直到树根被刨出。大树轰隆一声倒了下来，彭透斯悲哀地叫着，和树身一起倒在地上。

酒神在他的母亲阿高厄的眼皮上画上了符咒，所以她认不出自己的儿子。现在由她来开始执掌刑罚。无边的恐怖终于使彭透斯恢复了知觉。"啊，这不是你吗，我的母亲啊！请你不要惩罚你的亲生的儿子呀！"他大声呼喊着，想伸出两臂拥抱着她，"你难道不认识自己的儿子了吗？我就是你在厄喀翁的屋子里生下来的彭透斯呀！"但这位巴克科斯的狂热的女信徒，却口吐着白沫，斜着眼睛望着他。出现在她眼前的并不是她的儿子，而是一只凶狠无比的狮子。她一把抓住他的右肩，猛地一用力，撕断了他的右臂。她的姊妹们也蜂拥而上，一起扭断他的左臂。最后，所有暴怒的妇人都涌上前来，大家七手八脚的，每人都从他的身体上撕去一部分皮肉，他的身体被肢解得七零八落。阿高厄用血淋淋的两手捧着他的脑袋，并将它穿在她的神杖上，她一直相信那是一个巨大的狮子的头，并且兴奋地带着它穿过喀泰戎的森林。

这就是狄俄倪索斯对那些轻视侮辱他的神圣教仪的人的可怕的报复。

精彩点拨

　　彭透斯是个胆大妄为的人。他不信神，连天父宙斯都不放在眼里，他天生就非常憎恨表亲狄俄倪索斯。当酒神狄俄倪索斯带着一群狂热的信徒来到底比斯阐述神道时，彭透斯认为他的权力受到挑战，愤怒极了。由此，他加快了迫害狄俄倪索斯的步伐。从此底比斯国不得安宁，两人的争斗也由此开始。

阅读积累

符　咒

　　符咒，在道门宗派修炼中是一个重要的组成部分。符咒，不仅仅是道门宗派的法术，也包括古今中外的其他一些教派、宗派、门派的符咒法术。

　　道家的符咒与咒语，就是起源于古时的巫祝。画符时要念咒语，用符时也有咒语，做一切法都有一定的咒语。咒语成为施法者精诚达意、发自肺腑的声音，才能保证一切法术奏效。祈祷时，咒语都是一些赞颂神灵，和祈诉如愿之词；治病时，咒语是要求法术显灵、百病俱消等辞；修炼时，咒语多为安神、定意澄心，及要求神灵帮助等语。

珀耳修斯

精彩导读

　　阿克里西俄斯下令将母子二人装在一个木箱子里扔到海中。宙斯在波塞冬的帮助下防止母子二人丧生。他们漂流到基克拉迪群岛上的一个岛上，在那里他们被渔人狄克堤斯收养。狄克堤斯是国王波吕得克忒斯的兄弟。后来波吕得克忒斯试图向达那厄献殷勤，但达那厄受到狄克堤斯和珀耳修斯的保护。故事就此全面展开，故事中珀耳修斯经历了哪些风险？他为什么要保护达那厄？最后结局怎样？请仔细阅读故事，从中找到答案。

词苑撷英

狂风巨浪：猛烈的风，巨大的浪。指来势迅猛或同时有强劲冲击力的变化。

　　有一道神谕告诉阿耳戈斯国王阿克里西俄斯，说他女儿达那厄的儿子最终会将他逐下王位，同时还会谋害他的性命。于是，他将女儿达那厄以及她与宙斯所生的儿子珀耳修斯一起装到一只大箱子里，然后派人投到大海中。宙斯知道后，在波塞冬的帮助下，导引着这只箱子穿过<u>狂风巨浪</u>，最后，潮水将它冲到塞里福斯岛上。这个小岛属于狄克堤斯和波吕得克忒斯两兄弟所统辖的领土。当时，狄克堤斯正在海里捕鱼，他看到这只浮在水面的木箱，便将它拖到岸边，救出了达那厄和珀耳修斯。他和哥哥都非常喜爱这母子俩，波吕得克忒斯还娶了达那厄作为妻子，他们共同抚育宙斯的儿子珀耳修斯。

　　后来，珀耳修斯长大成人了，他的养父波吕得克忒斯便鼓励他出去闯荡，并鼓励他从事一些能够让他得到荣耀的冒险行动。这个年轻人也非常乐意。最后，他们决定让他去寻访蛇发女妖墨杜萨，然后割下她的可怕的蛇头，并将它带回到塞里福斯岛。

　　珀耳修斯开始出发，进行他这个艰巨的探险。在神的引导下，他来到遥远的众怪之父福耳库斯所居住的地方。在那儿，珀耳修斯遇到了海洋之神福耳库斯的三个女儿格赖埃。她们一生下来就长着满头白发，而且她们三个只有一只眼睛和一颗牙齿，三个人轮流使用着它们。珀耳修斯设法取走了她们的眼睛和牙齿。当她们要求他归还她们的无价之宝时，他向她们提出一个条件：她们必须告诉他到女仙那里去的道路怎么走。

这些会魔法的女仙，拥有几件让人羡慕的宝物：一双飞鞋，一只皮囊，一顶狗皮帽子。不管谁佩戴上它们，都可以任意飞到自己所想去的地方，而且还可以看见他所想看见的任何人，而自己却不会被那人发现。福耳库斯的三个女儿告诉了珀耳修斯到女仙那里去的路，于是，他把眼睛和牙齿归还给她们。珀耳修斯按照指引到了女仙那里，找到了他所需要的三件宝物。然后，他把皮囊挂在肩上，把飞鞋捆绑在脚上，把狗皮帽子戴在头上，最后他手持赫耳墨斯借给他的青铜盾，飞到了大海深处，福耳库斯的另外三个女儿——戈耳工们所居住的地方。这三个女儿中，只有名叫墨杜萨的三女儿是个肉身，珀耳修斯就是奉命来割取她的头颅的。他到达时发现戈耳工们都在熟睡着。她们身上没有一点儿皮肤，全部是龙鳞一样的鳞甲；她们也没有一根头发，头上缠绕着一条条毒蛇。她们的牙齿就像野猪的獠牙一样可怕，她们的手臂和胳膊全是坚硬的金属，还长着一对可以乘风而行的金色翅膀。珀耳修斯知道，无论什么人，包括他自己，只要一看到她们便会立刻变为石头，所以他背向熟睡的戈耳工们站着，他手中的盾牌闪闪发光，映出了她们的三个头的形象，珀耳修斯立刻认出了墨杜萨。在雅典娜的指点下，他手脚麻利地割下了这个怪物长满毒蛇的脑袋。

没想到，那头颅刚刚离开身体，一只叫珀伽索斯的飞马立刻从她的身体里一跃而出，紧接着又跃出了巨人克律萨俄耳。这两者都是波塞冬的儿子。珀耳修斯把墨杜萨的头装到皮囊里，仍然如来时一样，飞奔着离开了。墨杜萨的两个姐姐醒过来了，她们看到被杀死的妹妹的血淋淋的尸体，立刻飞到空中去追逐凶手。但是，珀耳修斯戴着女仙的神奇的狗皮帽子，所以她们看不到他。珀耳修斯在空中快速地飞行，大风吹荡着他像一朵浮云左摇右晃，他的皮囊也随着身体左右摇摆着。皮囊中装着的墨杜萨的头颅渗出的血液，洒落在利比亚沙漠的荒原上，变成各色的毒蛇。从那以后，利比亚这里经常遭受蝮蛇和毒虫之害。珀耳修斯继续向西飞行，一直飞到阿特拉斯国王的国土上才停下来休息。

阿特拉斯国王有一片结着金果子的小树林，他派了一条巨龙在上空看守着这树林。珀耳修斯请求在这儿住一夜，但没有得到阿特拉斯国王的允许。因为国王担心他的宝物被偷走，而且还派人将他逐出宫殿。珀耳修斯非常愤怒，他说："虽然你拒绝了我的请求，但是，我倒想送一件礼物给你呢！"于是，他从皮囊里取出墨杜萨的头颅，把它对着那国王的方向举了起来。国王看到这头颅，转眼间就变成了一块大石头；说得更确切形象一点儿，是变成了一座山。他巨大的身躯变成了山石，他浓密的须发变成了茂盛的森林，他的肩膀、两手和骨骼则变成了山的脊背，他的头颅变成了高耸入云的山峰。接着，珀耳修斯

又绑好飞鞋，挂好皮囊，戴上狗皮帽子，飞腾到空中继续前行。

他这回来到了刻甫斯管辖的埃塞俄比亚的海岸。在海边一块突出的悬崖上，他看见一个女子被锁在那里。如果不是因为她那在空中飘拂着的头发和眼中滴着的眼泪，他还以为她是一尊大理石雕像呢。那女子如此美丽，他一下子就被陶醉了，差点儿忘记了扇动他正在飞翔的翅膀。"快点儿告诉我，"他请求她，"你这本该用璀璨的珠宝装饰的美人，为何会被锁在这儿呢？告诉我你的家乡在哪里，告诉我你叫什么名字。"

那女子起初显得很羞涩，沉默不语，或许她害怕同陌生人说话。如果她能够动弹，她一定会羞涩地用双手遮住美丽的脸庞。但是，她不想使这青年认为她有着不能言说的罪过，就回答道："我叫安德洛墨达，是埃塞俄比亚的国王刻甫斯的女儿。我的母亲向海洋的女仙，也就是涅柔斯的女儿们夸耀，说她长得比她们更美丽，结果惹怒了女仙们。她们的朋友海神就涌起一片洪流，使大地泛滥。随着这洪水，来了一个遇到什么东西都吞的妖怪。神谕宣示：只有将我——国王的女儿送给妖怪来食用，这灾祸才能避免。我的父亲被子民逼迫着要拯救他们，只好忍着悲痛把我锁在这高高的悬崖上。"

她话刚落音，波涛就"哗"的一声分开了，从海洋深处浮上来一个妖怪，它宽阔的胸膛平铺在水面上，显得非常庞大。安德洛墨达吓得尖声喊叫起来，她的父母也忙着赶过来，神情悲痛，她的母亲也许觉得这一切都是由于她的过错造成的，神情显得更加痛苦。他们拥抱着自己的女儿悲伤地哭泣，但是除这之外还有什么更好的办法呢。

见状，珀耳修斯对他们说："哭什么时候都有时间，但行动的机会却转眼就消逝了！我叫珀耳修斯，是宙斯和达那厄的儿子。神的翅膀能让我在天空飞行，墨杜萨也死在我的剑下。如果安德洛墨达是自由的，并可以在众人中选择她的伴侣，我也许能够配得上她。但现在，她这个情形，我却要向她求婚，我还要从妖怪的手里解救她。"悲痛的父母不仅把女儿许配给他，还把自己的王国作为她的嫁妆。

他们正在谈论的时候，这妖怪又像一艘扯满风帆的大船一样游了过来。眼看着离悬崖只有一投石的距离了。珀耳修斯用脚使劲一蹬，身体一下子腾空而起。妖怪看见他海上的影子，意识到有人要夺走它的猎物，就飞速地向影子游去。珀耳修斯如苍鹰一样迅速地从天空俯冲下来，稳稳地落在妖怪的背上，用那柄杀戮墨杜萨的宝剑一剑直刺入它的后背，那一剑刺得很深，只剩下剑柄在外。他抽出宝剑，这长着鳞甲的妖怪疼得一下子跃到空中，又忽然潜入水底，就如同被一群猎狗追逐着的野猪一样东奔西窜。珀耳修斯再次刺向这怪物的脖颈，一股黑血从它的喉管喷涌而出。在这激烈的斗争中，珀耳修斯的翅膀被沾湿了，他担心这水淋淋的羽毛使他不能飞起来。恰好，他发现一根露在水面的帆柱的尖顶，他左手紧紧地抓住那尖顶，支撑住自己的身体，右手牢牢地握着宝剑，一连刺了那怪物四剑，怪物的肚子被刺得千疮百孔。海浪涌过来，一浪又一浪，将它的巨大尸体卷得无影无踪。很快，海面变得风平浪静。珀耳修斯跳到海岸上，爬上那高高的悬崖，解开捆绑着那女郎的锁链。女郎怀着不尽的感谢和爱恋望着他。珀耳修斯带着她回到正庆幸着女儿得救的父母跟前，金殿的宫门早已大开，来迎接这个勇敢的新郎。

结婚的盛宴还没有结束，大家正在欢庆之时，宫廷中突然传来一阵喧闹声。原来国王刻甫斯的弟弟菲纽斯来了，他以前曾经向他的侄女安德洛墨达求过婚，但是后来却在她遭到厄运的时刻背弃了她。现在他带着一支全副武装的队伍，想再次向她求婚。只见他挥舞着一柄长矛径直闯入结婚的殿堂，对着珀耳修斯高声叫骂。珀耳修斯一时摸不着头脑，很吃惊地望着他。"我是专门来找抢去我未婚妻的贼人复仇的！任你有一双翅膀，就算你的父亲是宙斯，我都不会使你逃脱！"菲纽斯一边说着，一边举起矛头对准珀耳修斯。

刻甫斯王站起身来，大声制止他的兄弟。"难道你发疯了吗！"他说，"到底是什么念头驱使你干这种荒唐的坏事？珀耳修斯并没有抢走你的未婚妻。当我们被迫同意牺牲她做怪物的美食时，是你舍弃了她。身为一个叔父或者一个情人，看着她被绑走，你袖手旁观而不施以援手。你当初为何不去悬崖上解救她呢？现在珀耳修斯保全了我的女儿，并且正当地赢得了她的爱，同时也安慰了我的晚年，你没有理由和权力阻止他们结婚。"

菲纽斯没有回答。他用凶恶的眼光一会儿望向他的哥哥，一会儿又瞪着他的情敌，似乎是在暗暗思考着应该对谁先下手。犹豫了一会儿之后，他在暴怒中用尽全力把他的长矛投向珀耳修斯。可惜，没有命中目标，矛头深深地扎进座榻的垫子里。而珀耳修斯也明白了一切，他也一跃而起，朝着菲纽斯进来的那扇大门的方向投出他的长矛。幸亏菲纽斯一下子闪到祭坛后面躲开了，否则那长矛一定会刺穿他的胸脯。长矛继续往后飞，刺中了菲纽斯的一个随从的前额，其他随从全都一拥而上，一时间，短兵相接，菲纽斯的人马和参加婚礼的宾客们斗起来。争斗持续了很久，但因闯入者与宾客之间人员数量相差太多，珀耳修斯最后发觉自己被菲纽斯和他的武士们团团围住了。箭镞在空中飞来飞去，就像暴风雨中的冰雹。珀耳修斯背倚着一

生字背囊

厄（è）：指灾难，困苦。

词苑撷英

袖手旁观：把手笼在袖子里，在一旁观看。比喻人置身事外、不帮助别人。多指看到别人有困难，不帮助别人。

根大柱子，利用这有利的形势对付着敌人，阻止他们进攻，他非常英勇，杀死了很多武士。但是，对手人数太多了，珀耳修斯知道仅靠勇气已经无法取胜，他不得不采用最后的手段。"是你们逼着我这样做的，"他高声叫喊，"我的过去的仇敌将有助于我了！请这里所有的友人都扭过头去！"说着，他从挂在肩上的皮囊里取出墨杜萨的头颅，举向最靠近自己的攻击者。这人刚瞥了一眼，就发出轻蔑的大笑声。"去你的吧，让你的狗屁魔法去糊弄别人去吧，"他高叫道。但当他刚想举矛攻击珀耳修斯时，就变成了一尊石像，而他的手仍然高高地举在空中。同样，别的攻击者也逐一遭到了这样的命运。最后对手只剩下两百个人了，珀耳修斯高举着墨杜萨的头，大喝一声，使他们都能够立刻看见这头颅，这两百个人也都转瞬变成了石像。

直到此刻，菲纽斯才后悔发动了这场不义的战争。可是，除了石像之外，他的左右已经一无所剩。他大声叫唤他们，可是没有一人可以回答他。他非常疑惑，用手指轻轻触了一下离他最近的一个武士的身体，但那身体十分坚硬，因为他们已变成了石头！菲纽斯陷入深深的恐怖中，他由原先的不可一世变得狼狈不堪。"请饶我一命吧！"他向珀耳修斯祈求说，"我什么也不要，整个王国和新妇都给你！"但一想到死了那么多无辜的新朋友，珀耳修斯非常悲痛，不想和他和解。"可恶的贼徒，"他回答，"不要作无谓的挣扎，我将在我岳父的宫殿里为你建立一个永恒的纪念碑。"菲纽斯企图逃避，但最终没有逃脱，被逼迫着看到了那可怕的头颅，变成了一尊石像。他胆怯地站在那里，眼里的泪水也冻结成了石头，双臂下垂着，完全是一副卑贱的奴仆模样。

珀耳修斯终于可以带着他心爱的安德洛墨达回家了，还有很多美好而光辉的日子等待着他，而且他还找到了母亲达那厄和她团聚。没有谁能逃脱那些可怕的预言，他也同样避免不了带给他祖父阿克里西俄斯的灾难。因为害怕神谕，阿克里西俄斯逃亡到外地，来到了珀拉斯戈斯国王的领土。在

生字背囊

瞥（piē）：很快地看一下。

词苑撷英

狼狈不堪：指窘迫得不能忍受，形容疲惫、窘迫的样子。

这里他参加了一个节日的赛会。而这时，珀耳修斯也正向着亚耳戈斯航行，途经这里，也参加了这次赛会，结果在举行掷铁饼的比赛时，他不幸失手打死了阿克里西俄斯。当时，他们彼此不认识。后来，他才知道这一切，才知道他所伤害的人是谁。为此，他悲痛不已，并卖出他所继承的王国，将外祖父安葬在城外。

神谕应验了，嫉恨的复仇女神终于停止了对他的迫害。安德洛墨达为他生育了许多可爱的儿女，他们也都一直保持着父亲的英名。

珀耳修斯的故事是希腊英雄传说中比较少的一个有好结果的故事。从心理分析的角度，上来看他的故事也可以这样来理解：珀耳修斯是一个有天赋的少年，但他的童年非常不幸，因此，他的性格狡诈、没有使信用、好怒和残忍。但一个女性感化了他，使他成为一个有责任心和有信用的人。他放弃了他的宝贝，让它们各归其主，放弃了他的王国，在新的地方创造了自己的王国，成为一个影响后代和世界的人物。

阅读 和 累

珀耳修斯

珀耳修斯是古希腊神话中的英雄，是众神之王宙斯和阿戈斯国公主的儿子，是一个半神。珀耳修斯的生母达那厄是古希腊阿戈斯国王阿克里西俄斯的女儿，神王宙斯的情人之一。

预言说阿戈斯国王阿克里西俄斯的女儿达那厄的儿子将对他不利，因此他将他的女儿锁在王宫下的一个地窖里（一说锁在一个铜塔里）。宙斯化为金雨与达那厄交配，由此珀耳修斯出生。

克瑞乌萨和伊翁

雅典国王厄瑞克透斯的女儿克瑞乌萨貌若天仙，她在郊游的时候遇见了太阳神阿波罗，两人一见钟情，互相倾慕，于是结为夫妻。克瑞乌萨为阿波罗生了一个儿子。儿子生下来了，克瑞乌萨不敢带回家，她害怕父亲生气。她不知所措，毫无办法，只能把这个孩子遗弃在两人幽会的山洞里。她希望有谁能够，领养这个孩子，于是又把手上的珠串挂在孩子身上，做个标记。然后眼含热泪离开了孩子。克瑞乌萨留给孩子的是什么珠串？还留下什么？他们母子相认了吗？太阳神阿波罗为他们母子又做了什么？后来，是谁把孩子抚养大的？请仔细阅读本篇精彩故事，从中找到答案。

雅典国王厄瑞克透斯有个美丽的女儿，名字叫克瑞乌萨。她隐瞒着双亲，偷偷成为太阳神阿波罗的情人，而且为他生下一个儿子。由于害怕父亲的愤怒和惩罚，她悄悄把这孩子藏到一个篮子里，并把篮子放在了她和阿波罗秘密幽会的岩洞里。她希望神祇们能可怜这个孩子。<u>为使这个新生的孩子有一些身份的凭证，她为他戴上一根由许多小金龙连成的项链，这是她佩戴过的东西。</u>阿波罗的一双慧眼也看到了儿子的诞生，他既不愿辜负他的美丽的情人，也不愿放弃对儿子的营救。于是，他找到神祇们的使者——他的兄弟赫耳墨斯，因为这个人对天上和人间的事情都很熟悉，如果他到人间去，就不会引起人们的注意。

"亲爱的兄弟啊，"福玻斯说，"有一个美丽的女孩，足雅典国王的女儿，她为我生下一个儿子；因为害怕她的父亲，只好把他藏在一个岩洞里。现在，请你帮助我救救我的孩子吧！到了那里，你会发现一只篮子，他用麻布包裹着，就躺在那只篮子里。请把他带到我的得尔福神堂来吧，把他放在神庙的门槛上。余下的事情你就不要管啦，因为他是我的儿子，我会看顾好他的。"

于是，赫耳墨斯，这长着翅膀的神祇即刻飞到雅典，在阿波罗所描述的那个隐蔽的山洞里，找到了这个孩子。他将盛着孩子的柳条篮子连夜带到了得尔福，放到神庙的门槛上，并且故意掀开篮子的盖子，使篮子里的孩子很容易被人发现。

第二天早晨，太阳升起来了，得尔福的女祭司开始工作了，她向神庙方向走来，一眼就看到了这正在篮子里熟睡的孩子，她认为这可能是个私生子，就打算把他从神圣的门槛上丢出去。这时，神祇却突然使她充满对这孩子的怜悯之情。她无限慈爱地抱起孩子，并决定自己抚育他长大。这个孩子整日在父亲的神坛前嬉游，却从不知道谁是他的父母。他渐渐长大，个子高大，容颜俊美，得尔福的居民都把他称作神庙的小卫士。后来，人们又让他管理献给神祇的珍贵的祭品。就这样，他在福玻斯·阿波罗的圣庙内一直过着尊贵的生活。

在很长一段岁月中，克瑞乌萨没有得到一点儿丈夫阿波罗的消息。她常常设想他或许已经忘记了她和她的孩子。这时，雅典人向邻国欧玻亚岛的人们发动了一场异常惨烈的战争。欧玻亚人最后战败了，主要是因为一个从阿开亚来的外乡人带给雅典不少有效的援助。这个外乡人就是克苏托斯——宙斯之子埃俄罗斯的儿子。他看到克瑞乌萨非常美丽，就请求和克瑞乌萨结婚，作为他援助雅典的报酬，雅典人答应了他的要求。也许是太阳神惩罚他的情人与别人结了婚，所以她一直没有再生下孩子。很多年以后，她很想再有一个孩子，就到得尔福神堂去求子，而这一切正是阿波罗所希望的。

在一群奴仆的伴随下，克瑞乌萨和她的丈夫浩浩荡荡地前往得尔福神庙。就在他们刚刚到达神庙门口的时候，阿波罗的儿子正好跨过门槛，依照惯例准备用桂枝打扫院子。他一眼就看见了这个正朝着神庙走来的贵妇人，只见她一迈入神殿就开始啜泣起来。她的态度那么庄重，使他感到很惊

呼应上文 神祇突然使女祭司充满对这孩子的怜悯之情，呼应上文中的"她希望神祇们能可怜这个孩子"。

词苑撷英 浩浩荡荡：原来形容人多声势广大的样子，后来形容事物的广阔壮大或前进的人流声势浩大。

讶，于是就冒昧地询问她为何如此悲痛。

"我并不感到奇怪，"她看了一眼年轻人，叹了一口气，回答道，"我的悲痛之所以能引起你的注意，是因为你从我的脸上看出了我悲惨的命运啊。"

"我并不想打听你的伤心事，"这年轻人说，"但是，如果您愿意，请您告诉我你是谁，你的故乡又在哪里。"

"我叫克瑞乌萨，"克瑞乌萨回答道，"我的父亲叫厄瑞克透斯，我的故乡在雅典。"

年轻人兴奋地大叫起来："多么荣耀的地方呀！您所在的家族又是多么的有名望啊！你说的是真的吗？我们在图画上见过你的曾祖父厄里克托尼俄斯，他就像一棵从土里长出来的树苗一样，雅典娜女神把这泥土所生的孩子放到了匣子里，并派遣两只巨龙看守着，然后把它带给刻克洛普斯的女儿们去保护，同时嘱咐她们一定不能打开匣子。但他们在强烈的好奇心的驱使下，打开了匣子，结果一眼看见里面的幼儿，便突然发了疯，自己跑到碉堡高处的岩石上跳下来摔死了。"

克瑞乌萨默默地点点头，若有所思，因为她的先祖们的故事让她想起那个早已失去的孩子的命运。但是，双方都不知道的是，儿子正站在母亲的面前，继续进行着他天真的问题："尊贵的公主，请您告诉我，那件事也是真的吗？因为遵守神谕，您的父亲厄瑞克透斯为了对付敌人而牺牲了他的女儿，也就是你的姊妹们？如果这是真的，为什么唯独您一个人还活着？"

"那时，我还刚刚出生，"克瑞乌萨说，"我还躺在母亲温暖的怀抱里吮奶呢。"

"后来大地真的裂开，并吞食了您的父亲厄瑞克透斯吗？"这青年又继续追问道，"波塞冬真得用他的三叉戟杀掉了他吗？他的坟墓真的就在我目前所供奉的阿波罗所喜欢的岩洞附近吗？"

"啊，年轻人哟，别再提起那岩洞了！"克瑞乌萨悲痛地打断了他的问题，"那儿正是一个发生背信弃义和重大错误的场所啊。"她神情激动，只好沉默了一会儿，然后才慢

词 范撷英

若有所思：好像在思考着什么。形容静坐沉思的样子。

慢平静下来。她认为这个年轻人不过是神庙的一个普通卫士而已，所以便告诉他自己此番前来的原因：她是王子克苏托斯的妻子，他们一起到得尔福神庙来，为的是祈求神赐给她一个孩子。"只有福玻斯·阿波罗，"她叹息着说，"只有他明白我为什么没有儿子，只有他才能帮助我。"

"您真的连一个孩子都没有吗？"这年轻人充满同情地问道。

"真的没有，"克瑞乌萨看着年轻人说，"我嫉妒你的母亲有你这样一个英俊的儿子。"

"我对我的母亲一无所知，我也不知道我的父亲是谁。"这年轻人伤心地回答，"我从不知道躺在自己母亲的怀抱里是什么滋味，我也不知道我是如何来到这儿的。我的养母是这座神庙里的女祭司，她告诉我的只不过是她因为可怜我，才将我抚养长大。从我记事的时候，我就一直住在这神庙里。我是神的仆人。"

克瑞乌萨一面听着年轻人的话，一面陷入了沉思，但她的思绪混乱，模糊不清，没有条理。"我知道有一个妇人，她的命运和你的母亲非常像，"她说，"也就是因为她的缘故，我才来到这神庙祈求神谕。你既然是神的仆人，那么趁她的丈夫还没有到来之前，我就将她的秘密明明白白地告诉你吧。他之所以和她一起到这里来，是因为他想听听特洛福尼俄斯的神谕。这妇人宣称，在她和现在的丈夫结婚以前，她是太阳神福玻斯·阿波罗的妻子，她还说自己曾为阿波罗生下一个孩子。后来，她将这孩子放在某个秘密的地方，从此以后再也不知道孩子的死活。为此，我代替我这个朋友来问问太阳神，究竟她的儿子现在还是着还是早已死去。"

"这是很多年以前的事情吗？"年轻人问道。

"如果这孩子还活着的话，"克瑞乌萨悲伤地说，"他正是像你一般大的年龄。"

"啊，您朋友的孩子的命运和我的命运多么相似啊！"年轻人悲愁地叫起来。"她在苦苦找寻她的儿子，而我也在一直找寻我的母亲。但她的故事发生在很远很远的地方，而我们彼此又都不认识。不过您千万别指望神祇会给您满足您愿望的答复。因为您用您朋友的名义来指控他的不义，而神是不会自认错误的。"

"哦，请停一停！"克瑞乌萨说，"我刚才所提到的那个妇人的丈夫从那边过来了。年轻人，赶快忘记我所告诉你的一切吧，也许我太冒失太坦率了。"

克苏托斯神情愉快地朝着妻子走过来。"克瑞乌萨哟！"他高声呼喊她，"特洛福俄尼斯已经带给我一个吉利的消息。我们一定会带着一个孩子回去的！哦，这个和你说话的年轻人是谁？这个年轻的祭司叫什么？"

年轻人很有礼貌地走向克苏托斯王子，并告诉他，自己只不过是阿波罗的一个仆人，那些命运垂青的得尔福男子中最高贵的人都在圣殿的最里层，此刻，他们正团团围坐在女祭司准备在那里宣示神谕的三脚圣坛的周围呢。克苏托斯王子听到这些话，就吩咐克瑞乌

萨赶紧用祈求者必须持着的花枝来装饰自己，准备在那周围用桂叶花环装饰的露天神坛前祈求阿波罗的吉祥的神谕。他自己则赶忙退到神龛的后面。年轻人仍然在神庙的前庭守护着。

没过多久，年轻人听见大门砰然启闭的响声，接着就看到克苏托斯满面欢喜地跑过来，一直跑到他跟前。他热切地用两臂紧紧拥抱着这个年轻人，大声呼唤他"儿子"，一连叫了好多声，然后还要求年轻人也拥抱他并热烈地亲吻他。阿波罗的这个年轻仆人认定他是发了疯，于是用有力的双臂把他推往一旁。但是，狂热的克苏托斯并不理会他的拒绝，"神已经给了我启示，"他固执地说，"神谕指示我，我出来遇见的第一个人就是我的儿子，——这是神祇的赐予。我不知道为什么会这样，因为我的妻子从来没有替我生过一个孩子。但我信任神灵的启示，如果神灵愿意，那么，就让我们请求他揭开这秘密吧。"

年轻人听到这段话，也不再反对克苏托斯的热情了，而且他自己也感到很快乐。但是，他还感到不满足。因为当他拥抱并亲吻自己的父亲时，他悲叹地想："啊，亲爱的母亲啊，您在哪里呢？什么时候我能够看见您慈爱的面孔呢？"同时，他还十分担心那个没有孩子的克苏托斯夫人会对他这个意外的义子说些什么话？他以为自己从没有见过她呢，雅典城又会如何接待他这个并非他父亲合法子嗣的儿子呢？克苏托斯看出了他的担忧，便再三嘱咐他勇敢些，还许诺不把他作为儿子而是把他作为一位客人来介绍给自己的妻子和人民。克苏托斯还给他起了个名字叫伊翁，就是步行者的意思，因为当他把自己当作儿子并拥抱他的时候，他正在神庙的院子里漫步呢。

此时，克瑞乌萨正一动不动地趴在阿波罗的圣坛前真诚地祈祷。她的仆人急急忙忙地跑过来，打断了她的祈祷，悲哀地叫着："不幸的女主人啊！您的丈夫现在是多么快乐啊，但您却永远得不到自己的孩子了，您再也无法把他抱在手里或让他偎在您的怀中吃奶了。阿波罗已经赐给他一个儿子，一个已经长大成人了的儿子，也许是很多年以前一个只有天晓得的娼妇替他生的吧。克苏托斯从神庙里走出来的时候正好遇见了他。现在做父亲的正欢喜地和他刚得到的儿子在一起，而您将像弃妇一样独守空房。"

克瑞乌萨，这个可怜的公主，她的心一定被神祇彻底搅糊涂了，竟然没有看穿这样一个浅显的秘密。她在沉默不语中，暗暗思忖着自己悲惨的命运。过了好大一会儿，她才想起来询问有关这个已经是自己的义子的人的情况。

"他是神庙里一个英俊的卫士，也就是刚才和您说话的那个年轻人。"她的仆人们回答说，"他的父亲为他起名叫伊翁。没有人知道他的母亲是谁。现在您的丈夫已经到狄俄倪索斯的圣坛为他刚刚得到的儿子做秘密的祭献去了。不久，将在那儿举行一次庄严的宴会。他恐吓我们不许把这事告诉您，否则我们就要被处死。但因为对您的爱护，我们还是违抗了他的命令。请您千万不要让他知道这件事情是我们告诉您的！"

这时，一个全心效忠于厄瑞克透斯的家族的老仆人，因为十分尊敬自己的女主人，便离开众人，开始恶狠狠地咒骂克苏托斯王子，骂他是无情无义的奸夫。老仆人狂热之极，甚至想杀掉这个私生子，以免他将来会非法地要求继承厄瑞克透斯的权力。克瑞乌萨想到自己之前就被自己的情人抛弃，如今又将要被自己的丈夫所遗弃，心里也非常难过。在迷惑和悲愁之中，她也同意了这老仆人的阴谋，并向他说明了她和太阳神的关系。

克苏托斯带着伊翁离开了神庙之后，来到帕尔那索斯山的双峰上。得尔福的人们经常到那里来礼拜狄俄倪索斯，他们认为他和太阳神是同等的神圣，他们举行狂欢的盛会来赞美他。克苏托斯把酒洒在地上，向神感谢他得到了儿子。之后，伊翁在众多仆人的帮助下，在露天底下搭了一个巨大而豪华的帐篷。帐篷上面盖着从阿波罗神庙带来的编织精美的花毡，里面安置着气派的长桌，长桌上摆满盛着精美食物的银盘和斟满美酒的金杯。克苏托斯派遣使者来到得尔福城，邀请所有的人都来参加这场盛宴。

很快，巨大而明亮的帐篷里挤满了头戴花冠的宾客。他们在喜悦和光辉中尽情地畅饮，宴席快要结束的时候，来了一个姿态奇怪、让宾客欢乐哗笑的老人，他为宾客们一一敬酒。克苏托斯知道他是克瑞乌萨的老仆人，向众人赞美一番他的辛勤和忠诚，也就不再去管他了。老仆人走到酒桌旁边开始侍候宾客。终席的音乐演奏起来了，他吩咐侍童们取走餐桌上宾客们的面前小杯，换上金银制成的大杯。他自己则拿了一只最美丽的金杯，里面斟满美酒，准备向他的年轻的新主人致敬，但里面却已经偷偷地加入了致命的毒药。

他端着酒杯来到伊翁面前，并先向地上洒了几滴酒作为灌礼。这时，一个站得离伊翁很近的仆人不经意地说了一句不吉利的话。从小沐浴在神庙的神圣的教仪中的伊翁当然知道这是一种很不祥的预兆，就把杯子里所有的酒都倒掉，并命令换一个新的杯子斟满新酒，然后再用这杯新酒举行庄严的灌礼。全体宾客也都跟随着这么做。正在此时，一群一直养育在阿波罗神庙被神所护佑着的圣鸽，呼啦一下飞到了帐篷里。它们看见地上四处流溢的美酒，都飞下去伸着脖子呷饮。别的鸽子都安然无恙，唯有那只呷饮伊翁倒掉的第一杯酒的鸽子，嘴刚一沾酒，就扑棱着翅膀，摇摆着身体抽搐而死。宾客们看到这一幕，都非常吃惊。

伊翁从他的座位上站起身，愤怒地甩掉长袍，握着拳头，冲着老仆人大叫道："是谁？想谋杀我的是谁？说呀，老人啊，你是一个帮凶。是你在酒里掺毒，并把杯子递给我的呀！"他紧紧地抓住老人不放。这老仆人十分害怕，他承认了自己的罪恶，但却把更多的罪过推托给克瑞乌萨。接着，伊翁，这个在阿波罗的神谕下许为克苏托斯做儿子的年轻

人，转身离开了帐篷，在场所有的人都很惶惑，不知道他要干什么，于是都拥挤着跟在他的身后出了帐篷。在露天之下，在得尔福贵族们的环绕中，伊翁高举双手进行宣示："神圣的大地啊！请你做个见证吧，这个厄瑞克透斯家族的异国的妇人要毒杀我呀！"

"用石头把她砸死，用石头把她砸死！"众人异口同声地高声喊着，潮水一样跟随伊翁去寻找克瑞乌萨。克苏托斯也被这个突如其来的事情弄得昏头昏脑，不知道自己该怎么做，也跟在众人的后面而去。

克瑞乌萨此刻正在阿波罗圣坛前，焦急地等待这个不顾死活的阴谋带来的结果。但不幸的是，这结果和她所希望的恰恰相反。远处传来喧闹声，她从沉思中站起身来。喧闹声渐渐朝着她的方向而来，她丈夫的仆人，一个更忠实于她的侍者从暴怒的人群中飞快地跑过来，告诉她这可怕的阴谋已被揭发，得尔福的人们决定要除掉她。"赶紧靠到圣坛的边上去吧，"她的女仆们再三劝告她，"如果这神圣的地方不能从这些人的手里挽救你，但至少他们所犯下的流血的罪恶也是不能救赎的。"

暴怒的得尔福人在伊翁的率领下越来越近，他们已经到达了神庙门前。顺着风声，克瑞乌萨听到那个年轻人愤怒的言语。"神保佑我吧！"他喊着，"这个没能实现的阴谋原来是要我摆脱那个心肠狠毒的继母啊。她现在在哪里啊？这条长着满口毒牙、两眼闪射着死亡的火焰的毒蛇在哪里啊？让我们把这毒妇从最高的悬崖上扔下去吧！"拥挤在他周围的喧嚷的人群也高呼着响应他。

众人终于来到圣坛前。伊翁用年轻健壮的手臂一把抓住这妇人，那正是他的母亲啊，但此刻对于他就像他的死敌一样。他想把她拖离开那可以当作屏障的圣坛。但阿波罗神不愿儿子杀害母亲的事情发生，便把他的神意暗示给养育伊翁的那位女祭司，使她心灵顿悟，突然明白了这刚刚所发生的一切事情的来龙去脉，并知道了她的养子伊翁正是阿波罗与克瑞乌萨所生的儿子，而不是她自己在模糊的预言中所宣示的克苏托斯的儿子。她立刻离开三脚圣坛，取出那只她在庙门口发现的新生婴儿的篮子，以及她一直小心谨慎地保存着当时婴儿身上的信物。她急急忙忙拿着这些东西，再次回到圣坛跟前，克瑞乌萨和伊翁正在拼死对峙着。伊翁看到女祭司，赶紧松开手，恭恭敬敬地向她走来。"亲爱的母亲，欢迎您，"他说，"虽然您不是我的生母，但我必须要这样称呼您。您也听说这个我刚刚逃脱的恶毒的阴谋了吗？我刚才得到一个父亲，可是，这可恶的继母就谋划着要毒杀我。现在请您告诉我，我该怎样去做吧，我一定会听从您的命令！"

女祭司抬起胳膊，竖起一只手指警告伊翁说："孩子，带着你洁净的双手，现在就到雅典去吧。"

女祭司的话让伊翁迟疑了一会儿，他反驳说："杀死自己的仇敌难道还算有血污吗？"

"在我的话说完之前，千万不要杀害她，"女祭司威严地警告他，"你没有看到我手中的这只篮子吗？没有看到这陈旧的枝条上我新缠绕的花环吗？你过去就是被遗弃在这篮子里；我就是从这里抱出你并养育了你。"

伊翁非常惊异。"母亲啊，这事您之前从没有告诉过我呀，"他望着她说，"您为什么要把这秘密保持到现在呢？"

"这不是我的意思，这是神要求你必须在这样长的岁月中侍奉他，"她回答道，"如今，他给了你一个父亲，并要求你必须到雅典去。"

"但现在这篮子对我来说，还有什么用呢？"伊翁问道。

"篮子里面有曾经包裹过你的麻布啊，亲爱的孩子！"女祭司回答说。

"麻布？"伊翁发出惊异的叫声，"怎么，那也算是一种信物吗？它能够引导我找到我的亲生母亲吗！"

女祭司把篮子递给伊翁，他心情急切地伸手去取那块折叠得整整齐齐的麻布。看着这珍贵的纪念物时，他不由得眼含热泪。

克瑞乌萨一开始也被这一切惊呆了，现在也渐渐地恢复平静。刚一看到这个篮子，她就明白了早已发生的一切。她激动地从圣坛的后面跑出来，高兴地叫了一声："我的孩子呀！"就一把将伊翁紧紧地搂抱在自己的怀里。

伊翁被她的举动弄得很疑惑，努力要摆脱她的拥抱，他以为这不过是她要的另一种新的阴谋。克瑞乌萨放开他，退后一步，看着他说："这块麻布将会证实我说的话。赶快打开这麻布吧。你很快就会看到我要对你说的信物是什么。看看上面的刺绣吧，那是多年以前我还是女孩的时候自己绣的。在那当中你还会看到周围缠满毒蛇的戈耳工的脑袋，就像你在雅典娜的盾牌上所看到的一样。"

伊翁迟疑地打开麻布，立刻惊喜地叫了起来："啊，全

61

能的宙斯呀，这就是墨杜萨呀，这就是那些毒蛇呀！"

"还不止这些啊，"克瑞乌萨激动地说，"篮子里面一定还有一根由许多黄金制作的小龙连成的项链，那是用来纪念看守厄里克托尼俄斯的箱子的巨龙的。"

伊翁在篮子里面搜寻了一下，立刻找到了那根项链，他高兴地微笑着取出项链。

"最后一件信物，"克瑞乌萨说，"就是我亲手戴在我新生的儿子头上的那只永远不会凋零的橄榄叶花环，那些叶子是我亲自从雅典的第一株橄榄树上采摘下来的。"

伊翁急切地把手伸到篮子的最底部，取出一只仍然新鲜葱绿的橄榄叶的花环。"母亲啊，母亲啊！"他在哽咽中哭泣起来，他用有力的臂膀拥抱着母亲，连连地亲吻着母亲的面颊。终于，他松开了手，开始打听他的父亲克苏托斯的情况。克瑞乌萨此刻也不再隐瞒，向他合盘说出了他身世的秘密，告诉他，他就是自己在神庙中虔信地侍奉了许多年的阿波罗神的儿子。现在他明白了过去的一切，也消除了和母亲的误会，并且原谅了她对她所不知道的人所犯下的罪过。

克苏托斯也高兴地拥抱着伊翁，不仅把他当作义子爱护他，而且还把他当作一种神赐的礼物来接待他。一切真相大白，全家人一起到神庙感谢阿波罗的神恩。

女祭司庄严地坐在三脚圣坛上，预言伊翁将来会是一个荣耀的种族的祖先，为了纪念他，这个种族就被称为伊俄尼亚人。对于克苏托斯，她预言克瑞乌萨将来会为他生一个儿子，名叫多洛斯，他将是广为人知的多里亚人的祖先。克苏托斯和克瑞乌萨满怀着快乐和希望，带着再次回来的儿子前往雅典去，得尔福的所有百姓都从家里出来夹道欢送。

精彩 点拨

太阳神阿波罗为帮助人间的妻子克瑞乌萨和刚出生的儿子，便请求兄弟赫尔墨斯给予帮助。赫尔墨斯答应了阿波罗的请求，来到人间把孩子放在神殿的门槛上。女祭司发现了孩子，便把孩子抚养起来。孩子长大后却不知道父母是谁。神庙女祭司早已暗中查明孩子的身份并一直隐瞒，因为这事没法公开。待到克瑞乌萨夫妇到来祭祀时依然不敢公布实情，怕引发克苏托斯妒恨，便先安排神谕认子，让克苏托斯先认养这个儿子。后来，太阳神阿波罗把神谕暗示给女祭司，让她明白了事情的原委。女祭司找出从前盛放伊翁的小箱子，并说明抚养伊翁的情况。克瑞乌萨看到小箱子以及里面的东西，明白了原委。母子二人终于相认。女祭司预言，伊翁将成为伊俄尼亚人的祖先。克苏托斯夫妇带着伊翁返回雅典，得尔福的所有百姓都出门夹道欢送。一个离奇曲折、惊险刺激的故事得到一个完美的结局。

祭 司

　　祭司，又称司祭，祭师，是指在宗教活动或祭祀活动中，为了祭拜或崇敬所信仰的神，主持祭典，在祭台上为辅祭或主祭的人员。根据不同的信仰，祭司被认为具有程度不同的神圣性。无论是在实用的社会职能还是神秘的宗教层次，祭司都具有不可替代的重要性。

　　祭司的等级与职务责任相一致。地位最高的是高级祭司，也叫作殡葬祭司，拥有"神的第一先知"的头衔。高级祭司经常由智慧的长者出任。他不但要向法老提供决策建议，而且是他所辖神庙的政治领导者。同时他也控制着占卜仪式与其他典礼。除了享有相当的宗教地位，高级祭司还常被法老选为顾问。

代达罗斯和伊卡洛斯

精彩导读

　　雅典城里居住着代达罗斯，他是著名的建筑家、雕刻家，他还被称作当代最伟大的艺术家。他的作品被世界各地的人们交口称赞。代达罗斯有个外甥叫塔罗斯，他跟着代达罗斯学习技艺。塔罗斯的天赋比舅舅高出许多，名气也越来越大。代达罗斯满怀着可怕的嫉妒之情，秘密地杀害了塔罗斯。因此他被指控谋杀，法庭判他有罪。但是，狡猾的代达罗斯侥幸逃脱了。他是用什么办法逃跑的？在逃亡的路上，他的儿子伊卡洛斯掉进了大海，伊卡洛斯得救了吗？是谁帮助了代达罗斯？他的结局又会是怎样呢？请仔细阅读本篇精彩故事，从中找到答案。

人物描写

将代达罗斯技艺高超、生性嫉妒而自负的特点简明扼要地概括了出来。

　　雅典城里居住着代达罗斯，他是墨提翁的儿子，厄瑞克透斯的曾孙子，他同时也属于伟大的厄瑞克提得斯家族。他是一个著名的建筑家、雕刻家，他还被称作当代最伟大的艺术家。他的作品被世界各地的人们交口称赞，凡是见过制作的雕像的人都说那些雕像就像是活的、能动的、能看东西的；他们还说那些雕像不仅仅是外表相像，简直是有了生命。因为过去的那些雕刻大师们，雕刻的石像只是闭着眼睛，双臂生硬地连接在身上，无力地下垂着；是他第一次使那些雕刻的大理石像睁开了眼睛，它们一个个伸着双手，好像能够迈开双脚走路一样。但是，这个完美的艺人却生性嫉妒而自负，正如同他拥有的艺术天才一样；这些天生的缺陷常常诱致他做下恶行，而且使他因此陷入悲惨的境地。

　　他的姐姐有个儿子叫塔罗斯。塔罗斯曾经向代达罗斯学习技艺，而他的天赋却比老师高出许多。当塔罗斯还是个孩童的时候，就发明了陶工辘轳；而且还模仿一种自然工具发明了为人们所惊叹的锯子。有一次，他杀死了一条蛇，发现用蛇的颚骨能够切割一块薄木片。于是，他根据这个原理，在一块薄的金属片上刻了一排锯齿，制成一种比蛇的颚骨还要锐利的东西；然后，他又用两根金属横档把它们连接起来，一个固定，一个能够转动，这就制成了最早的旋转车床。他还设计出了许多机巧的用具，而这一切都没有依靠他舅父的帮助和指导。

随着塔罗斯的名气越来越大，代达罗斯开始担心这个学生最终会超过自己。于是，他满怀着可怕的嫉妒之情，秘密地杀害了塔罗斯，并把他的尸体从雅典的卫城上扔了出去。但是，碰巧有人看见他在为被杀的人挖掘墓穴，纵使他撒谎说自己埋掉的不过是一条毒蛇，他仍然被指控谋杀，并且由阿瑞俄帕戈斯法庭宣判有罪。

但是，他侥幸逃脱了。先是流亡到阿提刻，后来又逃到了克瑞忒。在克瑞忒，弥诺斯国王很欣赏他，并且尊他为上宾，还赞美他是一个杰出的艺术家。国王委派代达罗斯给牛头人身的怪物弥诺陶洛斯建造一处宅院。这个艺术家为了建造这所迷宫般的宅院可谓用尽了心思。迷宫中迂回曲折，任何进入里面的人都会被迷惑得晕头转向。无数的柱子盘旋环绕在一起，就像佛律癸亚的迈安德洛斯河的迂回的河流一样，好像是在倒流，又折回到它的源头。当宅院完工以后，代达罗斯自己走进去，也差一点儿找不到出路。

后来，弥诺陶洛斯就在这迷宫中居住着，每九年吞食七对童男童女，这些童男童女都是根据古老的约定，由雅典进贡给克瑞忒王的。

时间久了，就算享受着这些赞美和优待，代达罗斯也难免会产生思乡之情。他越来越感到从故乡放逐、流落孤岛的孤寂，再加上不再被弥诺斯国王所信任的痛苦。他想设法逃离这里。经过一段长时间的思考之后，他终于想到一个好办法，高兴地叫起来："任凭弥诺斯从海上陆上封锁我吧！我还可以从空中逃脱呀！即便他这样伟大又有权力，但他在空中也是无能为力的，我要从空中逃出去！"

代达罗斯开始为他的计划而行动起来。他再次运用他非凡的想象力来驾驭自然的力量。他找来许许多多的鸟儿的羽毛，把它们按照一定的次序进行排列，起先是最短的，其次是稍微长些的，就这样依次而下，就像自然生长的鸟翼一样。所有的羽毛都排好了，成为一个整体，然后他用麻线在中间束上，用蜜蜡在末端粘上。最后把它慢慢地弯成一个弧形，这时看起来完全像鸟翼一样了。

代达罗斯有个儿子，名叫伊卡洛斯。这孩子看着父亲忙忙碌碌地工作着，也好奇地来参与。他时而伸手按按被风吹起的羽毛，时而用拇指和食指搓揉金黄的蜜蜡。代达罗斯也不去管他，只是看着孩子笨拙可爱的动作微笑。

终于，一切都完工了。代达罗斯把这翼绑在肩膀上，取得身体的平衡之后，然后试着飞到空中，果然轻盈得和鸟雀一样。他降落到地上之后，又开始训练伊卡洛斯学习飞行，因为他也已经为儿子制造了一对较小的羽翼。"亲爱的孩子，记住要永远飞在太阳和大海中间，"他说，"如果飞得太低，你的羽翼就会触到海水，一旦羽翼被海水浸透，你就再也飞不起来，而跌落到大海里。如果飞得太高，你的羽毛就会因为靠近太阳而着火。所以

一定要飞在大海与太阳的中间，同时还要紧紧跟随在我的后面。"他一面警告着儿子，一面把羽翼绑在儿子的双肩上。代达罗斯的手指颤抖着，担忧的泪水滴落在手背上。最后，他伸出双手紧紧地拥抱这个孩子，最后一次亲吻他。

父子两人开始出发了。他们一起扇动羽翼升到空中，父亲就像一只带领着初出巢的幼雏的老鸟一样飞在前面。他一边机敏而谨慎地鼓动着他的羽翼，一边命令他的孩子照着他的样子做，还时不时回头看看孩子是否跟随在后面。

起初，一切都非常顺利。他们先是飞过萨摩斯岛，接着又掠过了得罗斯和帕洛斯。在高高的天空，他们看到那些海岸都飞快地向后退去并且渐渐消失在身后。伊卡洛斯也飞行得越来越熟练，他逐渐变得更加大胆起来，并且越出了父亲再三叮嘱的航线，凭着青年人的勇气一下子飞到了高空。

可怕的惩罚也飞快地随之而来。强烈的阳光悄悄烤化了那黏合着羽毛的蜜蜡，可是伊卡洛斯却丝毫没有觉察到，他的羽翼开始分解，并从肩上滑落下来。这可怜的孩子妄图用两只光光的手臂飞行，但这根本不可能。他的身体像石头一样从空中坠落下来。他刚想呼唤他的父亲救助他，但还没来得及张嘴，澄碧的海浪就把他吞没了。

事情的发生来得太突然。等代达罗斯再一次回过头来，就像他之前时常做的那样回头看看孩子，可是，他再也看不见他的儿子了。"伊卡洛斯，伊卡洛斯呀，"他在空中焦急地呼唤着，"你在哪里呀？我怎么无法找到你了呀？"看着空荡荡的天空，他担忧极了，于是把搜寻的眼光转向下面。他看到散落的羽毛漂浮在海水上。他降落下来，解下他的羽翼放在一边，在海岸边悲伤地走来走去。最后，汹涌的海浪把伊卡洛斯的尸体抛送到海边的沙滩上。至此，代达罗斯谋害塔罗斯的罪恶行动终于得到了报复。

怀着无比的悲痛，代达罗斯继续前行，他来到西西里岛。统治小岛的是科卡罗斯国王，和克瑞忒的弥诺斯一样，他也十分热情地接待了代达罗斯。艺术家的工作带给岛上的人们很多惊奇和欢喜。许多年来，岛上的名胜之一就是代达罗斯建造的一个人工湖，有一条宽阔的河流连着人工湖和附

词 范撷英

机敏：机警灵敏。

知识延伸

西西里岛：位于意大利南部，地中海中部，形状类似一个三角形，东北端隔3千米宽的墨西拿海峡与亚平宁半岛相望。面积2.57万平方千米，海岸线长1484千米，是地中海最大的岛屿。

近的大海。高山上有一块地势险要的地方，上面荒凉地生长着很少几株树，他在那儿建造了一座城堡，通到城堡的是一条狭窄曲折的羊肠小道，这儿易守难攻，只需三四个人就足够防守。科卡罗斯国王把这个不易到达的要塞作为他的珍宝存放地。代达罗斯在这岛上完成的第三项工程是一处幽深的洞穴。在这里，他采用一种奇妙的设计引来了地下的热气，所以原本普通而湿冷的岩洞，现在却暖和舒适得像温室一般，人待在里面，只会微微地出汗，但不会感觉太热。他还扩建了厄律克斯半岛上的阿佛洛狄忒神庙，同时还献给这女神一个黄金的蜂房，那些六角形的小蜂窝制造得非常精巧，简直就像蜜蜂们自己筑成的一样。

后来，弥诺斯王也知道他逃亡到了西西里岛，决定亲自带领一大队人马去追捕他。他专门装备了一支大的舰队，从克瑞忒出发，一直航行到阿格里根同。这队人马上岸之后，先派了一个使者拜见科卡罗斯，要求他立即归还这个逃亡者。科卡罗斯被这个异国暴君的无理要求激怒了，就盘算如何能够除掉他。他假意答应弥诺斯王的要求，并许诺一切照办，还盛情邀请弥诺斯王赴会当面商量。弥诺斯王来到后，受到了异常热情的款待。他们特意准备了热水浴帮助弥诺斯洗去一路旅途的疲劳。但当他躺入浴缸后，科卡罗斯就悄悄命人加大火力，最后把这个傲慢的贵宾煮死在滚水里。西西里王派人把他的尸体交还给克瑞忒人，对他们解释说是弥诺斯王在沐浴时自己不慎失足跌落热水之中淹死的。于是，克瑞忒人在阿格里根同的附近选了一块地方，用一种盛大的葬仪埋葬了他，还在他的墓旁建立了一座阿佛洛狄忒的神庙。

代达罗斯仍然平安地留居在西西里岛，继续享受着科卡罗斯人的不倦的礼遇。他还引来很多著名的大师，后来，他还创办了一所雕刻学校。但是，自从他的儿子伊卡洛斯死后，他从来没有感受过真正的快乐。他的劳动和智慧使他的庇护所成为一个庄严灿烂的地方，他本人却进入了充满烦恼和忧伤的晚年。最终他死在西西里，并被永远埋葬在那里。

词 苑撷英

羊肠小道：指狭窄曲折的小路（多指山路）。

比 喻手法

将引来地下的热气后的岩洞，比作暖和舒适的温室，可见设计之巧妙。

精彩点拨

代达罗斯虽然是个著名的艺术家，但他害怕学生超越他，竟不择手段，残忍地杀害了自己的学生。人算不如天算，他的丑行被人发现，受到了法律的审判。但他开动聪明的头脑，躲避、逃脱法律的制裁。在逃亡的路上，他被复仇与命运之神纠缠不休，搭上自己儿子伊卡洛斯的性命。他最终也在烦恼和忧伤中客死他乡。

阅读积累

萨摩斯岛

萨摩斯岛是希腊第9大岛屿，位于北爱琴、希俄斯岛以南，帕特莫斯岛和多德卡尼斯以北，东临安纳托利亚海岸。该岛面积478平方千米，首府瓦瑟，为主要港口城市。该岛大部分覆盖着葡萄园，葡萄酒曾多次获得国际和国内大奖，享有特别高的声誉。

在古希腊时代，萨摩斯岛是一座富有和强大的城市，为伊俄尼亚文化的中心。奢侈品为著名的葡萄酒和萨摩斯红色陶器。最著名的建筑是为女神赫拉而建的赫拉古庙，赫拉神庙和岛上的毕达哥利翁遗址在1992年被指定为联合国教科文组织世界遗产。

阿耳戈英雄们的故事

精彩导读

　　美狄亚，又译米蒂亚。在希腊神话中，她是科奇斯岛会施法术的公主，也是日神赫利俄斯的后裔。她爱上了来到岛上寻找金羊毛的伊阿宋王子，为了帮助伊阿宋取得金羊毛，她施展了自己的法术。美狄亚在帮助伊阿宋的过程中使用了什么法术？伊阿宋有没有取得金羊毛？美狄亚向伊阿宋提出了哪些条件？请仔细阅读本篇精彩故事，从中找到答案。

伊阿宋和珀利阿斯

　　伊阿宋是克瑞透斯之子埃宋的儿子。克瑞透斯最初在忒萨利亚的海港上建立了城池，成立了伊俄尔科斯王国，并把这传给自己的儿子埃宋。但后来，克瑞透斯的小儿子珀利阿斯却阴谋篡夺了埃宋的王位，并将他放逐到了城外。埃宋死后，他的儿子伊阿宋逃到喀戎那里。喀戎是一个半人半马的贤者，他曾经教育许多孩子成为伟大的英雄。同样，他也给伊阿宋选择了一种适合做英雄的训练。

　　珀利阿斯垂暮之年，曾经被一个奇异的神谕所困扰，那神谕警告他要提防一个穿着一只鞋子的人。珀利阿斯绞尽脑汁也猜不透这些话的含义。这时，被喀戎教育了二十多年的伊阿宋却悄悄地回到自己的故乡伊俄尔科斯，向珀利阿斯要求归还王位的继承权。

　　就像那些古代的英雄人物一样，伊阿宋手持着两根长矛，一根是用来刺杀的，一根是用来投掷的。他穿着一身轻便的旅行衣，上面扎着豹皮，长长的头发披在肩上。半路上，他需要渡过一条宽阔的河，河边有一位老妇人请求他帮助自己渡过河去。那老妇便是天后赫拉伪装的，她是珀利阿斯王的仇人。伊阿宋虽然不知道她的身份，却也怜悯地用双手高举着她渡过了那条河。但不巧的是，半途中，他的一只鞋子陷入了河底的淤泥中找不到了。当他来到伊俄尔科斯的广场上时，他的脚上就穿着一只鞋子。当时，他的叔父珀利阿斯正被人群包围着，在广场上庄严地祭献海神波塞冬。人们看到这个高大英俊的小伙子，都感到很惊奇，以为是太阳神阿波罗或者战神阿瑞斯突然出现在这里。正在举行祭献活动的国王珀利阿斯也注意到这个外乡人，而且一眼就看到他只穿一只鞋子，心里不由一阵惶恐。祀神的仪式结束了，国王忐忑不安地向这个年轻人走过来，装作若无其事的样子询问

他的名字和他来自哪里。

伊阿宋语调平淡、不卑不亢地回答说，他是埃宋的儿子，多年来一直被养育在喀戎的山洞里，现在长大了，想来访问一下父亲的旧居。阴险狡滑的珀利阿斯竭力隐藏着自己的惊慌，装作认真地听着。他派人带着他的侄儿来到宫殿中，伊阿宋用渴慕的目光望着他幼年时生活过的华丽的殿堂和宫室。一连五天，伊阿宋与朋友和亲戚们都是在庆祝他归来的欢乐饮宴中度过的。直到第六天，他才走出为宾客们临时建立起来的帐篷，来到珀利阿斯国王的跟前。伊阿宋温和有礼地对叔叔说："啊，亲爱的国王，我的叔叔，您应该知道，我才是合法的王室继承人，您现在所拥有的一切原本都是属于我的。但是，我会把所有的牛群和羊群都留给您，把所有您从我的父母那里夺得的土地都留给您。这些我都不要，我只要父亲留下的所有的王位和王杖。"

听到这话，珀利阿斯心里飞快地盘算着。他恳切地回答道："我愿意答应你的要求，但是，你必须答应我并替我做一件事。因为，那是你们年轻人所能做到的，而我太老了，没有这力量了。很长时间以来，佛里克索斯的阴魂一直出现在我的梦里，他要求我做一件事情，让他的灵魂得以平静。这件事情就是去科尔喀斯的埃厄忒斯国王那里，取来那里的金羊毛。这个光荣的任务将由你来完成，当你带着你的荣耀归来时，你就会得到你梦寐以求的王国和王杖。"

伊阿宋和美狄亚

就在阿耳戈斯忙着将这个可喜的信息带到船上时，天刚刚破晓，美狄亚麻利地从床榻上起来，整理好披散到面颊上的金色秀发，并洗去脸上悲愁的泪痕，涂上散发着名贵的脂膏。接着，她穿上美丽的长袍，用弯曲的金钩扣紧，又在头上罩上雪白的面纱。现在，一切的悲哀都消失了。她双手提着长袍，蹑手蹑脚地穿过大厅，吩咐她的十二个侍女为她套上那辆经常载着她前往赫卡忒神庙去的骡车。眼看一切即将准备好，美狄亚从一只小匣子里取出一种称作普罗米修斯之油的油膏。不管是谁，在祈祷地狱女神之后，身上只要涂抹了这种油膏，当天就不会受到任何刀伤或火伤，而且能够击败任何强大的敌人。这种油膏是用一种树的树根流出的黑汁做成的，这种树的根深深扎在高加索山脚下的草地上，吸收着从普罗米修斯的肝脏里渗滴到地下的血液。美狄亚亲自收取了这树根的黑汁，盛在坚硬的介壳里，将它作为罕见的万能的魔药珍藏了起来。

骡车套好了，两个贴身侍女陪着她们的女主人坐上了车。女主人亲自执着缰绳，拿着鞭子，驾车出城，其他的侍女们则快步跟随在车后。一路上，遇到的人们都恭敬地站在两旁，目视公主的马车通过。

最后，马车穿过广阔的田野，来到神庙门前，美狄亚动作轻捷地从车上跳下来，哄骗她的侍女们说："我想我一定犯了一个很大的错误，因为我没有远远避开那些到我们国内来的外乡人。现在，我的姐姐和她的儿子阿耳戈斯要我去接受他们的领袖的礼物，并施用法术使他免受伤害。我假意应允了他，并约他来到这个神庙里，让我独自一人和他会见。他一旦到来，我自然会接受他的礼物，然后我们大家平分，但那时我给他的却是一种置人死地的药。现在你们都赶紧散开躲起来，以防引起他的怀疑，因为按照约定，我应该是独自一人和他见面的。"

听到她的这个计策，侍女们都很高兴。在她们一个个退到神庙里去的时候，阿耳戈斯和他的朋友伊阿宋带着预言家摩普索斯也开始出发上路了。这一天，赫拉施了法术，使伊阿宋看起来非常英俊，甚至从来没有一个人或者神的子孙能比他英俊。她把一切美好的特征都赋予了他。无论何时，无论哪个角度，甚至连他的两个同伴从旁边看到他，也为他的神采而暗暗惊奇，他的神采就好像是一颗化为人形的星星一样引人注目。与此同时，美狄亚和侍女们正在神庙里等待着他。时间漫长，尽管她们用唱歌来消磨时间，但由于她们的女主人心里装着和她们不同的事，所以，没有哪支歌能引起她长久的兴趣。她并不理会那些侍女，只是急切地注视着神庙门外的大道。每一声脚步声，每一阵微风的吹动，都会使她焦急地抬起头来张望。

终于，伊阿宋来了。他一迈进神庙，那高大美丽的形象就如同海面升起的天狼星一样，让人眼前一亮。站在伊阿宋面

比喻手法
将伊阿宋的神采比作化为人形的星星。由此不难看出伊阿宋的神采奕奕，引人注目。

前，美狄亚感觉自己的心快要跳出来了。她觉得眼前的世界突然变黑了，热血一下子涌到她的面颊上。此刻，她的侍女们按照吩咐都已经离开了她。好大一会儿，这个年轻的英雄和美丽的公主就这样面对面地无言地望着。就好像两棵在山头上深深扎下了根并且互相挨着的笔直的橡树，周围安静极了，连一丝风都没有。但转眼间忽然一阵暴风雨到来了，枝干上所有的叶子都在风雨中颤抖、震动、摇摆。正如同他们两人一样，由于爱的感触，两个年轻人突然热烈地交谈起来。

伊阿宋首先打破沉默。"你为何要怕我呢？现在这里没有其他人，只有我独自一人和你在一起。"他问她，"我从不像别的男子那样骄傲自负，从来没有，即使在我自己的家里。别再担心，别再犹豫，想问什么你就问吧，说你心中想说的话吧。但是要记住，这是一个神圣的地方，在这里如果说谎便是亵渎神灵。因此，千万不要用假话欺骗我。还记得你答应你姐姐要给我的那种神药吗？我来这儿就是请求你给我那神药的！我非常迫切地需要它，我必须请求你的帮助！现在，你可以随便提出你所要求的报酬。要知道，你的帮助将会消除我的同伴们的母亲和妻子的深深的忧虑！此刻，她们也许已经开始在我们故乡的海岸上哀悼我们了。而从此你不朽的英名也将传遍整个希腊。"

听他一口气说了这么多话，美丽的女郎低垂着眼皮，嘴角隐约泛起微笑。她的心沉醉在他的赞美声中了。她抬眼看着他，千言万语涌到唇边。她迫不及待地想说出所有的心事，但突如其来的爱情使她的舌头变得迟钝，她无法言语。所以她只能从散着香气的包巾里取出那只装着神奇油膏的小匣子。他十分欢喜地从她的手上接过小匣子。此刻，就算他向她索要她的灵魂，她也是愿意给予的，因为厄洛斯已经在伊阿宋的金发上燃起了爱的火焰，她已经沉迷在这爱的光辉和气息之中难以自拔。仿佛玫瑰花上的露珠在朝阳映照下开始发热一样，她的心中激起爱的暖流。两人都羞涩地低垂着眼睛，然后又不约而同地抬眼相望，眼睛里闪着爱慕的眼光。过了很长很长时间，用了很大的努力，她才开始说话。

"听着，我将要告诉你必须怎么做。等我的父亲把可怕的毒龙的牙齿交给你要你播种之后，你便要独自一人在河里沐浴。沐浴结束你要穿上一件黑袍，并要挖掘一个圆形的土坑。然后你要往坑里堆上柴草，再宰杀一只小羊羔，用柴草将它烧成灰烬。接着，你就要向赫卡忒献上祭蜜的奠礼，从你的杯里倾洒蜜汁，并离开火葬场。这时，你可能会听见步履声，听见犬吠声，但是你一定不要回头，否则献祭就不会生效。第二天早晨，你要把这神奇的膏油涂抹在你身上。它会带给你意想不到的巨大威力和难以想象的臂力。你将会感觉到你不仅能战胜任何一个人，甚至也能与神匹敌。你也一定要把这油膏涂在你的长矛、你的剑和你的盾上，那样，任何人类的金属制成的武器甚至神牛喷出的火焰都不会伤害到你或者抵挡住你了。由于这些油膏只能在当天有效，所以我还要给你别的帮助。当你驾驭那些硕大的神牛，耕犁过土地，而那种下去的毒龙的种子也已经开始收获的时候，你就往这些泥土所生的人群当中投掷一块巨石。他们便会像狗争夺食物一样去争夺这块石头，当他们混作一团，自相残杀的时候，你便可以冲过去杀死他们。然后你就可以从科尔喀斯那里轻易地取走金羊毛了，并且可以随意到你所喜欢的地方去。"

生字背囊

掷（zhì）：扔，投。

美狄亚说到这儿，想到这年轻高贵的英雄马上就要航海离开，她不禁簌簌地流下眼泪。她难掩自己的悲伤，一边说一边用手拉着他，她的悲痛已经使她忘形了。"当你回到家的时候，请千万不要忘记美狄亚的名字啊。你离开以后，我会想念着你。现在请告诉我你要乘着美丽的船归去的那个地方的名字吧。"

伊阿宋也早已被这难以抗拒的爱意所征服。他急切地回答道："尊贵的公主啊！如果我能够得以活命，我每一时每一刻都不会忘记你。我的家在遥远的伊俄尔科斯，普罗米修斯的儿子丢卡利翁在那里建筑了许多城市和庙宇。在我们那个地方，甚至于你们的国家都不大被人所知。"

"那么，你是生长在希腊了，"美丽的女郎说，"或者你们那里的人比这儿的人更亲切些，不要告诉他们你在科尔喀斯的遭遇吧，请你在孤独的时候也想念我吧。至于我，当这里任何人都忘记了你时，我都不会忘记你。我会永远想念你的！但是如果你忘记了我，——啊，但愿那时会有一阵风带着一只从伊俄尔科斯飞来的鸟儿到我这儿来，借助它，我能够使你想起你曾经因为我的帮助而逃脱。啊，但愿那时我

能够在你的屋子里，亲自使你想念起我来。"说到这儿，她忍不住哭泣起来。

"让风儿去吹，让鸟儿去飞吧，"伊阿宋回答道，"这些都是闲谈。但如果你真的能够到希腊并到我的家里去，那时，所有的男人和女人都会无比地尊敬你，甚至像崇拜女神一样崇拜你，因为正是因为你的帮助，他们的儿子、兄弟和丈夫才得以逃脱了死亡的威胁，并平安而健康地回到家乡。而那时，你将是我的人，永远属于我一个人的，我们将永远相爱，至死不渝。"

这番情真意切的话，让美狄亚神心神俱醉。她同时也隐约感觉到一种将要离开自己的故国的莫名的恐惧。不过另一种强力已驱使她渴望着遥远的希腊，因为赫拉女神已将这种渴望安放到她的心里。这女神希望美狄亚离开科尔喀斯前往伊俄尔科斯去，把毁灭带给珀利阿斯。

在两个年轻人互诉衷肠的时候，侍女们正沉默而焦灼地等待着她们的女主人，因为早已经到了她们该回家的时间。如果不是细心的伊阿宋提醒她，她自己真的会因为这快乐的谈心而忘记回家了。当然，就算是伊阿宋，也沉浸在谈话的喜悦中，也是刚刚才想起来。"该是分别的时候了，"他终于提醒说，"如果日落黄昏时，我们还在这里，恐怕别人会疑心我们了。让我们约定以后在这里再相会吧。"

精彩点拨

本篇故事从题材而言，讲述了一个"爱恨情仇"的传统故事。这类话题，自古以来就是畅谈不倦，生生不衰的主题。通过爱恨情仇架起了人类情感的舞台和桥梁。

这个故事从情节上讲，大起大落，有因有果。故事起初，两人亲密无间，山盟海誓，大有白头偕老的趋势。但随着故事的发展，两人各自选择了不同的道路。

从意识上来说，本篇故事关注到了人性深层的角落。一个人，有脑子，有思想，就会有情感；有情感，就会有爱恨；有爱恨，就会有得意和惆怅，就会有收获和贫富。故事也从开始的幸福自由，变成了悲剧的结局，故事证明一个道理：世界上没有无缘无故的爱，也没有无缘无故的恨。

坦塔罗斯

精彩导读

　　坦塔罗斯，是希腊神话中主神宙斯之子，起初甚得众神的宠爱，也获得了别人不易得到的极大荣誉——能参观奥林匹斯山众神的集会和宴会。坦塔罗斯也变得越发骄傲自大，竟做出了侮辱众神的恶行，因此他被打入地狱，永远受着痛苦的折磨。后遂以其名喻指受折磨的人；以"坦塔罗斯的苦恼"喻指能够看到目标却永远达不到目标的痛苦。读完本篇故事，大家一定会对坦塔罗斯这个人物有着更加全面的了解。

　　坦塔罗斯是宙斯的儿子，他一直统治着吕狄亚的西皮罗斯。在亚洲和希腊，他以他的财富而著名，他拥有人世间各种各样的物品。如果说奥林匹斯圣山的神曾经向一个人类致敬，那个人就是他。因为他的祖先就是神，他们像对待一个友人一样对待他，还允许他坐在宙斯的餐桌旁饮宴，听着神祇们的言谈。但他的那颗虚荣的人类的灵魂承受不了上天的福祉，他开始用各种各样的方法对诸神犯下罪行：他泄露诸神的秘密，他从神的餐桌上偷取美酒和香膏，分给他人世间的朋友，他还把别人从克瑞忒的宙斯神庙里偷来的用黄金铸成的小狗隐藏起来。当诸神之父宙斯要他归还金狗时，他却发誓说自己没有看见。最后，他在无比的傲慢中，邀请诸神到他的宫殿里来做客，并想试探诸神是否真的能够明察世间的一切。他杀了自己的亲生儿子为诸神准备酒席。只有得墨忒耳吃了这可怕的菜肴——一块人类的肩胛骨。别的神早已知道摆在他们面前的是什么，所以都将这孩子的被分割的肢体扔在了一只盆里。命运三女神之一的克罗托从这盆里将孩子取出，仍然是美丽完整的，但孩子其中一只被吃掉的肩膀却是象牙做成的！

　　坦塔罗斯恶行累累，神祇们将他打入十八层地狱，使他

知识延伸

肩胛骨：为三角形扁骨，贴于胸廓后外面，介入第2至第7肋骨之间。可分为二面、三缘和三个角。腹侧面或肋面与胸廓相对，为一大浅窝，称肩胛下窝，背侧面的横嵴称肩胛冈。冈上、下方的浅窝，分别称冈上窝和冈下窝。肩胛冈向外侧延伸的扁平突起，称肩峰，与锁骨外端相接。

承受着严酷痛苦的惩罚。他站在一个大湖中央，湖水正好深齐他的下颌，他焦渴难忍却不能有滴水沾唇。因为，每当他弯腰想喝水的时候，湖水就立即退下去，他的脚下只剩下一片焦干的黑土。同时，他还必须要忍受饥饿的痛苦。在他身后面的湖边，生长着各种美丽的果树，树上果实累累，树的枝叶低垂到他的头上。他抬头就可以看见饱满的蜜梨、滚圆的苹果、通红的石榴、甜蜜的无花果和绿色的橄榄。但是，当他伸手想要摘取时，一阵大风就会把树枝吹到天上去。而他的最可怕的痛苦则是永续不断的对于死亡的恐惧。因为，他的头上永远会悬挂着一块仿佛随时会落下来的巨石，永久地威胁着要将他砸成碎片。就这样，这个嘲笑神祇的坦塔罗斯，注定要在这可怕的地狱里永久地遭受着这三种苦刑。

精彩点拨

坦塔罗斯原本是天父宙斯众多凡人儿子中最受宠爱的一个，他的母亲是海洋女神普路托。在人间，他是高高在上的国王，统治着西庇洛斯，富可敌国。人们非常羡慕他，尊敬他。众神都知道他特别受宙斯的宠爱，他可以到奥林匹斯山与众神共进晚餐。他能够毫不遮掩地听众神之间的对话。而被上天眷顾的坦塔罗斯并没有感恩，他不满足自己所得到的一切，他的虚荣和私欲不断膨胀，他产生了要挑战天神们的想法。他觉得天神们没有什么可怕的，兴许还不如自己呢！

坦塔罗斯对自己的言行不但不进行反思，反而变本加厉更加骄傲自大，后来，他终因侮辱众神，被打入地狱，永远受着痛苦的折磨。

阅读积累

无花果

无花果，是一种开花植物，隶属于桑科榕属，主要生长于一些热带和温带的地方，属亚热带落叶小乔木。无花果已知有八百个品种，绝大部分都是常绿品种，只有长于温带地方的才是落叶品种。果实呈球根状，尾部有一小孔，花粉由黄蜂传播。无花果除鲜食、药用外，还可加工制果脯、果酱、果汁、果茶、果酒、饮料、罐头等。无花果汁、饮料具有独特的清香味，生津止渴，老幼皆宜。无花果树枝繁叶茂，树态优雅，具有较好的观赏价值，是良好的园林及庭院绿化观赏树种。

珀罗普斯

精彩导读

　　珀罗普斯是雅典神话人物坦塔罗斯的儿子。坦塔罗斯骄傲自大，亵渎神祇，而他的儿子珀罗普斯却与父亲相反，对神祇十分虔诚。父亲被罚入地狱后，他被邻近的特洛伊国王伊洛斯赶出了国土，流亡到希腊。珀罗普斯尚且年轻，稚嫩的下巴刚刚长出柔毛，但他的心里却早已为自己选好了妻子。珀罗普斯选好的妻子是谁？他是怎样得到这位美女的？他寻求了谁的帮助？请仔细阅读本篇故事，从中找到答案。

　　坦塔罗斯对诸神犯下了罪行，但他的儿子珀罗普斯却非常虔诚地敬奉着神祇。他的父亲被打入地狱之后，由于和邻国特洛伊发生战争，他被迫离开自己的家乡吕狄亚，来到了希腊。珀罗普斯尚且年轻，稚嫩的下巴刚刚长出柔毛，但他的心里却早已为自己选好了妻子。她就是希波达弥亚，厄利斯的俄诺玛俄斯国王的女儿，一个最不容易得到的姑娘。因为有一个神谕预言：俄诺玛俄斯国王的女儿结婚时，国王就会立刻死亡，所以俄诺玛俄斯千方百计地阻止那些前来求婚的人。他布告全国，所有愿意和他的女儿结婚的人，必须要在乘车的比赛中胜过自己。这样的话，如果国王获胜，对手就得丧命。这比赛最初起源于庇塞，最后终结于科任托斯海峡的波塞冬神坛。比赛的规则当然是由国王制定的。他规定自己在比赛之前必须先向宙斯祭献一只羔羊，同时让求婚者乘着一辆四马战车先出发。祭献的仪式结束之后，他才开始参加比赛。国王手执长矛，坐在由车夫密耳提罗斯驾驶的车子上去追赶前面那位早已出发的竞赛者。如果国王能在目的地之前追到竞赛者，他就有权用长矛刺穿对手的胸脯。如果竞赛者先到达目的地，就可以娶走国王的女儿。

那些爱慕希波达弥亚的年轻人听到这些条件，都跃跃欲试。因为他们以为国王只不过是个衰弱的老者，知道自己不能比过年轻人，所以故意在出发时给他们很大的便宜，好用长者的宽宏大量来掩饰自己很可能遭到的失败。小伙子们一个接着一个地来到厄利斯，向国王请求要和他的女儿结婚。国王很有礼貌地一一接待了他们，给他们备好壮美的四马战车让他们先行；而自己则恭敬地把已经宰杀好的羔羊献祭给宙斯，没有显出一丝匆忙的样子。祭献结束，他才不慌不忙地乘上由他的两匹母马费拉与哈耳品娜拖曳着的车子出发追赶。这两匹马跑得简直比疾风还快，国王的车子每次离目的地很远就能够追上求婚者，残酷的国王就举起长矛刺穿了他们的胸脯。就这样，他已经杀死了十三个前来求婚的年轻人。

珀罗普斯朝着他所爱的女郎的方向走来了，半途中他曾经在一个半岛登陆休息，这个半岛后来便因他而得名。后来，他也听到了所有那些发生在厄利斯的可怕的事情。晚上，他趁着夜色来到海岸，呼唤他的保护神波塞冬寻求帮助，随着他的呼唤，只见海浪分开了，波塞冬手持三叉戟从海里涌出来。"啊，波塞冬，"珀罗普斯向着他祈求道，"如果阿佛洛狄忒的礼物能够使您欢喜的话，那么俄诺玛俄斯的长矛也不会刺穿我吧。赶快用最快的车把我送到厄利斯去，让我获取比赛的胜利。俄诺玛俄斯国王已经杀死了十三个求婚者，致使他的女儿现在仍然不能结婚。这种巨大的危险需要一个勇敢的灵魂来应对。我决定去试试我的运气。反正早晚有一天我总是要死的，那么为何要整日愁苦地坐着，默默无闻地等待暮年到来而不去参加这光荣的冒险呢？我要去参加这次竞赛。请求您保佑我，助我成功！"

珀罗普斯的祈求立刻见效了，海浪又汹涌地分开了，只见一辆由四匹长着翅膀的马拉着的发光的金马车像箭一样从深海中升起，来到珀罗普斯跟前。珀罗普斯乘着这金色马车，轻松地指挥着这海神之马，风驰电掣一般来到了厄利斯。俄诺玛俄斯看见他驾着波塞冬的神车来到这里，立刻吓得惊慌失措。但他并不能拒绝按照先前的条件和这个外乡人进行比赛。

珀罗普斯驾着金马车首先出发了，就在他快要逼近目的地时，依照比赛惯例，献祭过羔羊的国王开始飞快地驱车追赶，只见他速度越来越快，眼看就要追上他，国王举着手中的长矛正准备给这个勇敢的求婚者以致命的刺杀。但珀罗普斯的保护神波塞冬却在国王奔跑得最快的时候弄松了他的一只车轮，车子失控，摔得粉身碎骨，国王也顷刻坠地而死。就在这一瞬间，珀罗普斯到达了目的地。他回头一看，一道闪电一闪而过，国王的宫殿突然燃起了熊熊大火，转瞬间整座宫殿烧得只剩下一根柱子。珀罗普斯立刻调转车头，飞奔到火海中，从废墟里救出他早已钟情的女郎并娶为妻子。

精彩 点拨

珀罗普斯为求婚来到 G 这座海滨半岛，这座岛后来就叫作珀罗普纳索斯。不久，他听到有关求婚者在厄利斯惨死的消息。于是他趁着黑夜来到海边，大声地呼唤强大的守护神波塞冬。波塞冬应声驾浪来到他的面前。珀罗普斯早已选好的妻子就是希波达弥亚，厄利斯的俄诺玛俄斯国王的女儿，一个最不容易得到的姑娘。珀罗普斯凭着胆大心细，机智勇敢，在波塞冬暗中帮助下，终于战胜了国王，从大火中救出了希波达弥亚，实现了娶她做妻子的愿望。

阅读 和累

宫 殿

宫殿，是帝王处理朝政或宴居的建筑物，宫殿是帝王朝会和居住的地方，规模宏大，形象壮丽，格局严谨，给人强烈的精神感染，突现王权的尊严。中国传统文化注重巩固人间秩序，与西方和伊斯兰建筑以宗教建筑为主不同，中国建筑成就最高、规模最大的就是宫殿。从原始社会到西周，宫殿的萌芽经历了一个合首领居住、聚会、祭祀多功能为一体的混沌未分的阶段，发展为与祭祀功能分化，只用于君王后妃朝会与居住。在宫内，宫殿常依托城市而存在，以中轴对称规整严谨的城市格局，突出宫殿在都城中的地位。

尼俄柏

精彩导读

　　尼俄柏是一个悲剧人物，她是被众神打入地狱承受三大折磨的坦塔罗斯的女儿。她的丈夫安菲翁是底比斯的国王。他们夫妻生养了七个帅气的儿子和七个漂亮的女儿。尼俄柏因此不可一世，骄傲自大，得意忘形，结果招致杀身之祸。她冒犯了什么人？亵渎了哪些神灵？她的孩子们是被谁射死的？请仔细阅读本篇故事，从中找到答案。

　　尼俄柏是忒拜的皇后，她有着许多值得骄傲的资本。掌管文艺、美术的九女神曾经馈赠给她的丈夫安菲翁一具竖琴，这竖琴的声音非常的美妙。有一次，当安菲翁弹琴的时候，竟然引来许多的石头，这些石头在美妙的琴音下自动组合，建成了忒拜的宫殿。尼俄柏的父亲叫坦塔罗斯，是神祇的座上宾。尼俄柏自己也统治着一个强大的国家，而且她还凭着自己的美丽、庄严以及高贵的灵魂而远近闻名。但更值得她欢喜的是她的十四个子女——七个儿子和七个女儿。人们都艳羡她是人间最幸福的母亲，如果不是由于她太过分地夸耀自己的幸福，也许会真的如此。但最后，她的自满终于给她带来了灭顶之灾。

　　一天，忒瑞西阿斯的女儿，女预言家曼托在街道上高声呼叫，要求忒拜的妇人们都来敬奉勒托和她的子女阿波罗和阿耳忒弥斯。她吩咐妇人们先把花冠戴在头上，然后再祭献供品，同时还要做热烈诚挚的祈祷。当妇人们正聚在一起听她安排的时候，尼俄柏突然带着她的侍从来了。只见她身穿一件金线织成的华美长袍，波浪一般的长发优雅地披散在两肩上。但此刻，她美丽的容颜却带着一丝怒色。她来到那些

形象描写
这句话描写了尼俄柏优雅的形象。

正忙着准备在露天下面举行献祭仪式的妇人中间，用傲慢的目光向众人环视了一圈，说道：

"你们难道发疯了吗？你们敬奉这荒诞的神祇，却忘记了你们身边的被天国所宠信的人类！你们竟然要为勒托建立神坛敬奉她！你们为何不为我的神圣的名字而焚香呢？我的父亲坦塔罗斯难道不是唯一一个能在宙斯的餐桌旁宴饮的人类吗？我的母亲狄俄涅的姊妹是那在天上像灿烂的星座一样照耀着我们的七星普勒阿得斯们。我的祖先阿特拉斯<u>力大无比</u>，曾经把苍天扛在了肩上。我父亲的父亲就是伟大的宙斯。就连佛律癸亚的人们都要服从于我。你们都知道卡德摩斯的城池吧，它的城墙就是听着安菲翁弹奏的竖琴而自己建立起来的，它们都听命于我和我的丈夫。我居住的宫殿的每间屋子里都堆满了奇异的珍宝。另外，我还拥有女神一般的美丽容貌，还有着一群别的母亲们所不能夸耀的孩子：七个无比美丽的女儿和七个英俊健壮的儿子。而且，不久的将来，我还将拥有同等数目的女婿和儿媳。可是，你们却胆敢敬奉勒托而不敬奉我。勒托，这个不知名的提坦的女儿，当她为宙斯诞生孩子的时候，大地曾经连一小块地方都不愿意给她，直到得罗斯的浮岛可怜她，才给她一个暂时的栖身之所！在那里，这可怜的东西生下两个孩子，也只不过是我的可喜的收获的七分之一罢了。谁敢不认可我的幸福？谁又敢怀疑这幸福不能永远如此？就算命运女神要折损我的财富，她们也会感到厌烦和为难。就算她们要夺去我的其中一两个子女，那也不可能如同勒托一样只剩下两个。所以，赶紧把供品拿开吧！摘下你们头上的花环！赶快散开回家去！千万不要让我再看见你们做出这样愚蠢的举动。"

听了尼俄柏一番训斥，妇人们都非常畏惧。她们纷纷取下头上的花冠，还没等祭献仪式结束，就急急忙忙各自回家了，并以沉默的祈祷来敬奉这个被得罪了的女神。

与此同时，勒托和她的孪生子女正站立在得罗斯的铿托斯山的高峰上，用他们的慧眼明察着遥远的忒拜正在发生的

词苑撷英

力大无比：指力量极大，无人可比。

生字背囊

诞（dàn）：1. 诞生。2. 生日。3. 荒唐的；不实在的；不合情理的。

事情。"看哪，我亲爱的孩子们，"她说，"我，你们的母亲，如此幸运地孕育了你们，除了赫拉之外我并不比其他任何女神身份低微，难道我就要忍受这傲慢的人类的侮辱么？可是，如果得不到你们的帮助，我就会被人从这古老的神坛赶出去。是的，尼俄柏说你们比不上她自己的子女，这也同样地侮辱了你们！"她絮絮叨叨地正抱怨着，福玻斯却打断了她的话。

"母亲，不要再悲痛了，"他说，"这只会白白地耽误惩罚的时机。"他的妹妹也随声附和。两个孩子立即行动起来。他们身披云霞，穿越天空，降落在卡德摩斯的城边。这儿是一片宽敞的空地，没有种植庄稼，只是供车马竞赛之用。这时，安菲翁的七个儿子正在这里快乐地嬉戏着。年龄最大的伊斯墨诺斯正骑着马围绕着圆形的赛道飞奔，他只用一只手控制住缰绳，另一只手几乎要抓住衔在满是泡沫的马嘴里的马嚼子。突然，他痛苦地呻吟了一声，"哎哟！"缰绳便从他的手上无力地滑落下来。原来他的心窝被谁射中了一箭，他的身体渐渐地从马的右侧跌落下来。与此同时，离他最近的兄弟西皮罗斯也听到空中传来箭翎飞鸣的声音，他立即策马飞奔，就像大海中的舵手扬帆急行，要赶到港湾里去躲避暴风雨一样。但是，他也没有躲过这从天而来的一箭。箭镞射穿了他的后颈，从喉管穿出。他也从飞奔着的马上跌落下来，地上满是鲜血。别的两个孩子，一个是用外祖父之名而命名的坦塔罗斯，另一个是淮狄摩斯，他们两人正抱在一起，互相角力。弓弦声再一次响起，这一箭同时射穿了两人。他们痛苦地悲号着，在地上打滚挣扎，两具肢体绞扭在一起，同时停止了呼吸。第五个儿子阿尔斐诺耳看见两个哥哥倒在地上，捶击着胸脯跑到他们跟前，双手抱起两个哥哥冰冷的尸体，企图给他们以温暖。但当他正用这样的方式表达着他对哥哥的爱时，阿波罗却给了他胸口致命的一箭。他拔出箭镞，很快流血而死。第六个儿子达玛西克同是一个可爱的长发青年，他被箭射中了膝窝。他刚仰起身想拔取那箭镞，第二箭却紧跟而来，一下子深深地射进他因痛苦而张着的口中，只留箭翎在口的外面。他流血如注，最后也死去了。最小的伊利俄纽斯，还仅仅是一个孩子。他目睹他的哥哥们一个接一个地死在面前，于是双膝跪在地上，张开两臂，仰头向神祇祈求："啊，神祇，所有的神祇啊，请饶恕我吧！"面对这样一个年幼的孩子，即使再残忍的射手也会因同情而难以下手，可是，已经太晚了，已经射出去的箭不可能再收回。这孩子也倒地死去了，但这一箭却没有带来太多痛苦，因为那箭头正中他的心脏。

这可怕而不幸的消息很快就传到忒拜的城中。安菲翁听到这恐怖的噩耗，难以承受，自己拔剑刺心而死。那些仆人和城里的人们也大声悲号不已。尼俄柏也很快知道了这个消息，但她很久很久都不能接受她遭遇的不幸。她不愿相信神祇们有这么大的威力，她不愿相信神祇们敢这样做，她不愿相信神祇们已经这样做！但很快她便明白这的确是真的了。

哦，现在的尼俄柏与刚才多么不同啊！刚才，她还高傲地从伟大女神的神坛前驱散祭献的妇人们，并在城中高视阔步！那时的样子，甚至连她最亲爱的朋友们都要艳羡她、妒忌她，但现在恐怕连她的敌人都要怜悯她、同情她了。她独自一人奔到城外的旷野上，痛苦地伏在她的孩子们的冰冷的尸体上哭泣，又一个一个地亲吻他们。最后，她向天空举起疲乏的手，仰着头悲愤地哭叫着："神啊！幸灾乐祸地看着我的不幸吧！你愤怒的心此刻得到满足了吧，残酷的勒托啊！这七个儿子的死，也会很快把我送到坟墓里去！你征服了我了，你胜利了！"

她的七个女儿也来了。她们穿着丧服，披散着头发，痛苦地站在她们已死的兄弟的旁边。尼俄柏看到女儿们，惨白的脸上立刻闪射着一种怨毒的光芒。因为极度的悲痛，她忘记了自己的身份了。她用侮蔑的眼神睨视着天空，高声说："你胜利了吗？不，即使我在这样的不幸中，我现在所拥有的也比在胜利中的你拥有的还要多！虽然我的七个儿子都已死去，但我还有七个女儿，我仍然是比你富有的人！"

她万万没有想到的是，她话音刚落，空中就传来一声弓弦的声音。其他所有的人都战栗着，但尼俄柏除外，因为悲痛已经使她变得迟钝了。突然，其中一个女儿以手抚摩着胸脯，拔出了一支箭。她倒下的瞬间还把垂死的目光转向身旁的兄弟的尸体上。另的一个女儿赶忙到母亲身边，想去安慰伤痛的母亲，但一支看不见的箭嗖的一声射来，使她永远再不能开口。第三个女儿刚要转身逃跑，也立即中箭倒下。别的几个女儿俯下身去想去看一看她们死去的姐妹，也一个个中箭而亡。现在，只剩下最小的女儿了。她恐惧地跑到母亲那里，把脸藏在母亲的双膝中，紧紧地抱着母亲，躲藏在母亲的裙裾里面。

"把这唯一的一个留下给我吧！"尼俄柏在无限的悲痛中仰天哭喊，"这是许多孩子中最幼小的一个呀！"但即使她开始祈求宽恕，这最小的孩子也终于松开她的双腿，无力地躺在地上。现在只有尼俄柏一个人了。她坐在儿女们的尸体中间，一语不发。她的神情因为悲痛而变得僵硬，她的长发不再在微风中飘动，她的脸颊也失去了光彩，她的双眼在丑陋的面颊上木然地凝视着，血液仿佛冻结在她的血管中，她的脉搏也停滞了，她的脖子、她的手臂、她的两腿也失去了活力，完全硬化了，甚至她的心也已变成了一块顽石。她已经没有了生命的迹象，只有空洞无神的眼睛不断地流着眼泪。突然，一阵暴风吹来，把她卷到空中，然后横越大海，直到她的老家吕狄亚，最后，将她安放在西皮罗斯的一处悬崖上。

在这里，在这高高的山峰上，她永远静静地站着，成为一尊大理石的石像，直到现在还是整日以泪洗面。

精彩点拨

　　底比斯城的妇女们纷纷走出家门参加祭祀黑暗女神勒托和她的儿女——太阳神阿波罗和月亮神暨狩猎女神阿耳忒弥斯。尼俄柏得知后傲慢地说："勒托只是提坦神不知名的女儿，她一共才生了两个孩子。我养育了七个如花似玉的女儿、七个体魄强壮的儿子，我是世界上最幸福的人。你们别在这里做傻事了，赶快回家去。"尼俄柏把人们都赶走了。

　　这个故事就因为尼俄柏目中无人，自高自大，冒渎了神灵，而招来杀身之祸并失去了十四个可爱子女的惨痛代价。

阅读积累

竖 琴

　　竖琴是世界上最古老的拨弦乐器之一，起源于古波斯（伊朗），据埃及古图记载，此种乐器出现于公元前三四千年。当时的形状犹如一个有弦之弓。

　　早期的竖琴只具有按自然音阶排列的弦，所奏调性有限。现代竖琴是由法国钢琴制造家S·埃拉尔于1810年设计出来的，有四十七条不同长度的弦，七个踏板可改变弦音的高低。

赫剌克勒斯的故事

精彩导读

　　珀耳修斯的孙女阿尔克墨涅与宙斯生了一个儿子，取名为赫剌克勒斯。宙斯的妻子赫拉非常仇恨她的情敌阿尔克墨涅，妒忌宙斯预言她会生一个将来有着光明前途的儿子。当阿尔克墨涅诞生赫剌克勒斯时，害怕万神之母赫拉的迫害，便将儿子安置到一片田野里。一次神奇的机会，雅典娜和赫拉看见孩子躺在路边。接下来雅典娜做了什么？赫拉又是怎么做的？这个孩子会活下来吗？请仔细阅读本篇故事，从中找到答案。

婴儿时代的赫剌克勒斯

　　珀耳修斯的孙女阿尔克墨涅与宙斯生了一个儿子，取名为赫剌克勒斯。赫剌克勒斯的后父安菲特律翁也是珀耳修斯的孙子，是提任斯的国王，但他后来离开提任斯城，寄居到忒拜。宙斯的妻子赫拉非常仇恨她的情敌阿尔克墨涅，还妒忌她生了一个宙斯预言将来有着光明前途的儿子。所以当阿尔克墨涅产下生赫剌克勒斯时，因为担心他在宫中不能得到安全，同时也害怕万神之母赫拉的嫉恨，便将儿子安置到一片田野里，那片地方后来被人们称为赫剌克勒斯的田野。在这里，如果不是一次神奇的机会，让雅典娜和赫拉看见他躺在路边，他真的很难继续生存下去。

　　雅典娜惊奇地看着这个长相俊美的婴儿，顿生怜悯之心，并劝说赫拉用她神圣的乳汁哺育他。小赫剌克勒斯急切而<u>贪婪</u>地吮吸着乳汁，一下子咬疼了赫拉，赫拉粗暴地把他放回到地上。雅典娜把他带到附近的城里，像对待那些可怜的弃儿一样，将他交给王后阿尔克墨涅来养育。多么奇怪

词苑撷英

贪婪：渴望而不知满足。

呀，当他真正的母亲因为恐惧而不敢爱他，甚至故意把他抛弃时，他那满怀敌意的继母却恰巧救活了他。而赫拉对他的恩惠还不止这些呢！虽然小赫剌克勒斯仅仅趴在她的乳房上啜吸了片刻，但这女神的几滴乳汁足以使他日后不朽。

阿尔克墨涅一眼就认出了自己的孩子，她满心欢喜地将他放到摇篮里。但赫拉此时已经觉察到那个曾经趴在她胸前吃乳的婴儿是谁，也意识到她一时大意错失了那次报复的机会。于是，她立刻命两条可怕的毒蛇爬到阿尔克墨涅的敞开的内室里，母亲和她的女仆们都在熟睡，毒蛇就爬到摇篮里缠在这孩子的脖子上。被惊醒的孩子抬起头尖声哭叫起来，这不平常的项链实在让他苦恼不已。就在这时，他超人的力量显示出来啦，他用两只手各握住一条毒蛇的脖子，稍稍用力一捏，两条蛇就被他杀死了。他的乳母也醒来了，但她看到这可怕的毒蛇，吓得不敢前去营救。阿尔克墨涅也被他的哭声惊醒了。她赶紧从床上跳起来，一边大呼着救命，一边奔向这孩子。等她到了跟前，才发现那两条毒蛇已经被孩子捏死在手里。忒拜的贵族们听到她的呼喊，都纷纷拿着武器跑到她的内室。国王安菲特律翁非常喜爱他的义子，认为这是宙斯赐给他的一份赠礼，现在他也挥舞着雪亮的宝剑一路跑来。当他耳闻目睹眼前所发生的一切事情，不禁恐怖得发抖，同时他也为这新生婴儿的神力而兴奋。他认为这件事好像是一个先兆，于是，他招来忒瑞西阿斯，一个被宙斯赋予预言能力的盲人预言者。面对着国王、王后以及所有在座的人，这个预言家预言了这个孩子的未来：他将会杀戮海洋里和陆地上的许多怪物，他将会与巨人斗争并且击败他们；而且，在经历过人间的百般苦难之后，他最终将享有神祇们的永恒的生命，还会与永远年轻的女神赫柏结婚。

词苑撷英

摇篮：一指婴儿的卧具；二指某些事物的发源地。

词苑撷英

耳闻目睹：亲耳听到，亲眼看见。

精彩点拨

　　赫剌克勒斯是宙斯与凡人阿尔克墨涅的私生子，他天生具有无比的神力，天后赫拉也因此妒火中烧。在赫剌克勒斯还是婴儿的时候，就放了两条毒蛇在摇篮里，希望咬死赫剌克勒斯，没想到赫剌克勒斯竟用神力捏死了它们。宙斯信任的盲人预言家预言了这个孩子的未来：他将会与许多怪物、巨人斗争并且取得胜利；经历过百般苦难之后，他最终将享有神祇们的永恒的生命，还会与永远年轻的女神赫柏结婚。

阅读积累

摇　篮

　　摇篮具有两层含义：1.婴儿卧具。形状略像篮子，多用竹或藤等制成，可以左右摇动，容易使婴儿入睡。多用木、竹、柳条制作，护栏或镶板上饰有不同类型的花纹及图案。早期摇篮利用挖空的树干制成，多用绳索吊于房梁或横木杆上。2.形容人才成长的处所或重要事物的发源地。例句：黄河流域是我国古代文化的摇篮。

赫剌克勒斯以后的功业

形象描写

这段话形象生动地刻画了拉俄墨冬傲慢、不守诺言的形象。

　　赫剌克勒斯长大之后，首先出发远征特洛伊，打算惩罚国王拉俄墨冬。拉俄墨冬是一个傲慢而专制的统治者，曾经筑建了特洛伊城。当赫剌克勒斯和阿玛宗人战斗结束返回的时候，曾经从毒龙的口里救出了拉俄墨冬的女儿赫西俄涅。拉俄墨冬允诺把宙斯的骏马作为报酬感谢他，可是他不但违约没有送出骏马，反而用轻蔑的语言侮辱赫剌克勒斯。

　　现在赫剌克勒斯率领着六只船和一小队战士，其中包括希腊最著名的几位英雄珀琉斯、俄琉斯和忒拉蒙。赫剌克勒斯穿着狮皮的衣裳去看望忒拉蒙。忒拉蒙当时正在甲板上闲坐，看到赫剌克勒斯来了，他赶忙站起来热情地招待客人，并把斟满酒的金杯献给他。赫剌克勒斯被他的盛情所感动，于是高举双手对着天祈祷："宙斯呀，我的父亲！如果您过去曾经慈爱地倾听过的祈求，现在也请这样倾听我吧。我请求您赐给忒拉蒙一个勇敢的儿子，一个真正的嗣子，他就像穿着这身狮皮的我一样勇敢无畏。让他永远被这高贵的精神所鼓舞吧！"

不想，他刚刚说完这些话，神就派遣了一只被称为鸟中之王的鹫鹰，在他的头上飞翔盘旋。这位英雄非常高兴，他怀着狂喜的心情像预言家一样铿锵有力地说道："是的，忒拉蒙，你很快将得到你所希望的儿子，他就和这只威严的鹫鸟一样威风凛凛，不可侵犯。他的名字叫埃阿斯，他将在神圣的战争中取得很高的名望。"说完，他就在甲板上坐下来。

赫剌克勒斯和忒拉蒙以及别的英雄不久就来到了特洛伊。他们登陆之后，赫剌克勒斯吩咐俄琉斯看守船只，他带着其他的人一起往城里走去。拉俄墨冬发现了他们的到来，就立刻率领一支队伍攻击他们的船只，在这场战斗中，俄琉斯不幸被杀死。但当拉俄墨冬准备动身返回城里时，却发现自己已经被赫剌克勒斯的勇士们团团包围了。与此同时，赫剌克勒斯的勇士们也围困了特洛伊城。忒拉蒙率先打破城门并攻进城里，赫剌克勒斯则紧随其后。

可是，在这半人半神光辉的一生中，这还是第一次落于人后。深深的嫉恨一下子蒙蔽了他的灵魂，一个恶毒的念头突然在他心中滋长。他不由自主地举起剑来，正要挥向他走在前面的朋友。忒拉蒙一回头，由他举剑的姿态一眼看出他可怕的意图。但他没有表现出一点儿惊慌的样子，只是动作沉着地开始堆积身边的石头。当他的对手问他是在干什么，他回答说："我在为赫剌克勒斯这个胜利者筑建一座圣坛！"这句话消除了赫剌克勒斯的嫉妒和愤怒，两个英雄又一如既往，并肩作战。

在这场战争中，赫剌克勒斯用箭射杀了拉俄墨冬和他的几个儿子，还将他其中一个儿子俘虏了。特洛伊城被征服以后，赫剌克勒斯把拉俄墨冬的女儿赫西俄涅作为胜利的奖品，送给了忒拉蒙。他还许可赫西俄涅可以选择一个她所喜爱的俘虏释放。她选择了自己的弟弟波达耳刻斯。"这非常好，"赫剌克勒斯说，"他将属于你，但是他必须首先做别人的奴隶忍受耻辱，然后你才可以用钱把他赎回去。"这孩子于是被人买去为奴，赫西俄涅摘取头上的金冠送给那人，用它赎取了自己的兄弟。从此，他就改名为普里阿摩斯，意思就是被卖的人。

生字背囊

鹫（jiù）：鸟名。鹰科，大型猛禽。

语言描写

这句话说得自然贴切，消除了对方的疑虑。这句话也透露出忒拉蒙的机智。

赫拉十分嫉恨这半神英雄取得的胜利。在他的船队返航时，故意使他们遭遇了一场猛烈的暴风，但宙斯及时发现并搭救了他们，赫拉的阴谋没能实现。

赫剌克勒斯决定进行的第二个冒险是报复奥革阿斯国王，因为奥革阿斯王也曾拒绝兑现给他所许诺的报酬。赫剌克勒斯带着一群勇士攻入奥革阿斯国王的国土，杀死他和他的儿子们。最后，他还将整个奥革阿斯王国赠给了那个因为和他友好而被放逐的费琉斯。

这场战争胜利以后，赫剌克勒斯下令恢复了奥林匹克竞技大会。他还专门建立了一个巨大的圣坛，把它献给竞技会的开创者珀罗普斯；另外，又建了六个稍小一点儿的圣坛，每两人一个分献给另外十二位神祇。据说，当时宙斯曾经化身为人与赫剌克勒斯进行了一场角力，结果却遭受失败，他还祝愿自己的儿子用非凡的力量来获取幸福。

后来，赫剌克勒斯又出发征讨皮罗斯及其国王涅琉斯，因为他曾经拒绝为他净罪。他一举攻入皮罗斯的城内，杀死国王涅琉斯和他的十个儿子。只有最小的儿子涅斯托耳幸免于难，因为他当时正在遥远的革瑞尼亚读书。在这场战争中，赫剌克勒斯凭着伟大的神力甚至杀伤了冥王哈得斯，因为哈得斯也来帮助皮罗斯人和他作战。

最后，唯一剩下来要征讨的对象就是斯巴达的希波科翁了，他是另一个不愿意为赫剌克勒斯净罪的人。另外，希波科翁的几个儿子也对赫剌克勒斯充满敌意，这也增加了赫剌克勒斯对他们的仇恨之情。曾经有一次，赫剌克勒斯和他的舅舅兼好友俄俄诺斯来到斯巴达。当俄俄诺斯抬头观看宫殿的时候，有一只巨大的摩罗西亚猎狗冲过来袭击他。俄俄诺斯于是随手捡起一块石头掷过去想驱走那猎狗，结果被国王的几个儿子们用乱棍打死了。现在他终于要为他和朋友而报仇了。

于是，他召集了一队人马前去进攻斯巴达。当他们的队伍途经阿耳卡狄亚时，他邀请刻甫斯国王和他的二十个儿子加入他的远征军，起初他遭到拒绝，因为他们担心他们的邻国阿耳戈斯人会乘虚而入。雅典娜曾经把蛇发女妖墨杜萨的一束头发盛在铜罐子里，赠给了赫剌克勒斯。现在他将这束头发转赠给刻甫斯的女儿斯忒洛珀，并对她说："当阿耳戈斯人攻过来的时候，你只要站在城头上连续三次高举起这束头发，但你自己一定不能去看它，这时你的敌人就会害怕逃跑。"刻甫斯听到这些话，非常感动，就答应并且亲自参加了这次征战。后来，乘虚而入的阿耳戈斯人看到那束头发，果然吓得逃跑了。但是，刻甫斯参加的这场战斗却接连惨败，最后，他和他所有的儿子都战死了；而赫剌克勒斯的兄弟伊菲克勒斯，也在这场战斗中阵亡了。但赫剌克勒斯英勇无比，终于征服了斯巴达，杀死了希波科翁和他的儿子们，并把卡斯托耳和波吕丢刻斯的父亲廷达瑞俄斯带回到城里，重新坐上了王位。但他保留着将来由自己的子孙继承他所给予廷达瑞俄斯的王位的权利。

精彩点拨

　　在面对"幸福"和"美德"这两条路时，赫剌克勒斯毫不犹豫地选择了那条为大众谋幸福的道路——"美德"，并坚定不移地走下去，直到走完人生的路程。"美德"的道路也是一条漫长艰险的道路，但他没有放弃。在拯救了众神并完成了多位国王布置给他的一项项艰险的任务后，他终于成为众神中的一员，得到了真正的幸福。

　　从赫剌克勒斯几次报仇的故事中，可以看出他的确是一位勇敢顽强的英雄，但也呈现了他的一些缺点：他的心胸有时表现得比较狭隘，一些很小的矛盾他都能牢记在心，报复人的手段也是心狠手辣。从他想要偷袭好朋友忒拉蒙的细节来看，他的嫉妒心太强，为达到目的不择手段，即便对朋友他也敢下手。不管怎样，瑕不掩瑜，但作为一个伟大的英雄，他当之无愧。

阅读积累

奥林匹克

　　奥林匹克原指古希腊时期在奥林匹亚举行的对天神宙斯的祭祖活动。祭祖活动中的体育比赛被称为"奥林匹亚竞技"。

　　文艺复兴时期，人们在研究古希腊文化时，开始把"奥林匹亚竞技"称为"古代奥林匹克运动会"。由于在古代奥林匹克运动会召开期间，同时还要进行诸如学术讨论、诗歌朗诵、艺术展览等其他的一些文化活动，所以人们便把包括奥林匹亚竞技在内的整个活动都冠以"奥林匹克"的称呼。为了与现代的奥林匹克相区别，故又称为"古代奥林匹克"。

忒修斯的故事

忒修斯是传说中的雅典国王。他的事迹主要有：歼除过很多著名的强盗；解开米诺斯的迷宫，并战胜了米诺陶诺斯；和希波吕忒结婚；劫持海伦，试图劫持冥王哈迪斯的妻子珀耳塞福涅——因此被扣留在冥界，后来被赫拉克勒斯救出。本篇故事是讲述忒修斯的出生及青年时代。忒修斯渐渐长大，不仅健壮英俊，而且沉着机智，勇力过人。一天，母亲把儿子带到海边的岩石旁，向他吐露了他的真实身世，并要他取出可以向他父亲证明自己身份的宝剑和绊鞋，然后忒修斯踏上到雅典去寻找父亲的艰难路程。忒修斯的父亲究竟是谁？他的成长经历有哪些？请仔细阅读本篇故事，从中找到答案。

忒修斯的出生及青年时代

特洛曾国王庇透斯的女儿埃特拉和埃勾斯曾经生了一个儿子，就是雅典王忒修斯。从他父亲埃勾斯这方面来说，他也是厄瑞克透斯与传说中所谓直接出生于大地的雅典人的后代。他母亲的祖先则是珀罗普斯。珀罗普斯有几个很有作为的儿子，使他成为珀罗奔尼撒权势最大的国王。

这段话开门见山地介绍了忒修斯的来历。

埃勾斯本来没有孩子，他统治雅典的时期和伊阿宋出发探求金羊毛之前的那二十年大致相当。有一次，他去拜访珀罗普斯的一个儿子，也就是特洛曾城的建立者庇透斯，因为他受到过庇透斯的优待。埃勾斯十分害怕他的兄弟帕拉斯的五十个儿子，因为他们对他始终怀有敌意，并轻视他没有自己所生的儿子。因此，他瞒着妻子，想秘密再婚，希望能够生一个儿子，来娱乐他的晚年，并继承他的王位。他打算和庇透斯商量一下这个计划，幸运的是，特洛曾的国王刚刚接到一种神谕，预言他的女儿不能得到一个公开的美满婚姻，但是，她在这段婚姻中，将会生出一个有名望的儿子。这个神谕使庇透斯想到，可以将他的女儿埃特拉秘密地嫁给一个已有家室的男子。就这样，埃特拉就与埃勾斯在特洛曾秘密举行了一场婚礼。埃勾斯在这儿没住几天就回到了雅典。在海岸上，他和新妇道别时，他把他曾经佩带的宝剑和穿过的绊鞋作为信物，埋藏在一块厚重的石头下面，并告诉她："我不是轻易和你结婚的，而是想为我的家族和王国生一个承继人，如果神祇保佑我们的婚姻，能够使你生一个儿子，希望你能秘密将他抚育长大，而且不能对任何人说出他父亲的名字。当他长大成人，有足够的力量能够搬动这块石头时，你就领他到这儿，让他拿出宝剑和绊鞋，然后带着它们到雅典城来找我。"

后来，埃特拉果然生了一个儿子。她为他取名字为忒修斯，希望他能够在她父亲庇透斯的保护下健康生长。她一直严守丈夫的吩咐，没有告诉任何人这孩子真正的父亲是谁。他的外祖父在外也故意为他制造一种流言，说他是特洛曾城的保护神波塞冬的儿子。特洛曾的人们十分尊敬波塞冬，每年都会把他们田地里最初收获的果实献给他，并把他的三叉戟作为特洛曾城的国徽。所以，在这个国家，国王的女儿为海神生育了一个儿子，这完全是一件值得光荣的事。后来这孩子渐渐长大了，不单拥有母亲的美丽强壮，还拥有父亲的勇敢坚定，而且对一切事情都看得很明白，就像有先天的智慧一般。

于是，他的母亲带着他来到这海滨的巨石边，"孩子，赶快搬开这块巨石吧！你很快就会知道你真正的父亲是谁。"埃特拉告诉了儿子其中的一切，然后又吩咐儿子取出可以向他父亲证明身份的宝剑和绊鞋。强壮的忒修斯毫不费力地将巨石掀开，取出了两件信物。他把绊鞋穿在脚上，将宝剑挂在腰间，开始出发前往雅典。

出发前，他的外祖父和母亲都苦苦劝他走海道，因为在当时，通往雅典的陆路经常有拦路的盗匪和恶徒。因为，那

埋 下伏笔
这段话为下文中忒修斯带着信物寻找父亲埋下伏笔。

知 识延伸
三叉戟：一种多见于神话的双手用长柄兵器。它的外形和长柄的鱼叉相似，中间刺较长而两侧的较短。有些时候两侧的尖刺向外弯，并且一般设有倒刺。

时的男子虽然身强力壮，却不知道如何造福人类，只能残害别人并任性作恶。这些人中已经有很大一部分被赫剌克勒斯杀死。当时赫剌克勒斯正委身做吕狄亚女皇翁法勒的奴隶，当他正在替吕狄亚消除混乱时，希腊却又重新陷于混乱。因此从陆路前往雅典去是非常危险的。为说服忒修斯，他的外祖父特意惊心动魄地为他一一描叙这些强盗和匪徒的恶行，特别是他们对于外乡人的残酷行径。

但英勇的忒修斯并不畏惧，因为他很久以前就把赫剌克勒斯作为他的榜样。他七岁的时候，这英雄来特洛曾拜访过他的外祖父。当时，赫剌克勒斯坐在国王的餐桌旁宴饮，小小的忒修斯和别的差不多大的孩子们都被许可在一旁观看。宴会进行到高潮，赫剌克勒斯解下身上披着的狮皮。别的孩子看见之后，都吓得一溜烟跑掉了，只有忒修斯面无惧色地走上前去，从旁边一个仆人的手里抢过一把斧头，挥舞着向狮皮而去，因为他以为那是一只真正的狮子。自从这次见到赫剌克勒斯以后，他一直十分仰慕他，甚至在夜里做梦梦见他，在白天也经常想着将来如何能够像他一样建立一番<u>丰功伟业</u>。另外，赫剌克勒斯也算是他的亲戚，因为他们的母亲是表姐妹。

现在，十六岁的忒修斯心里想，当赫剌克勒斯到处寻觅那些恶人，制止他们的恶行时，他自己是不能回避他可能遭遇到的冲突的。"亲爱的外祖父啊，假使我只是在平安的海面上作一场胆怯的旅行，人们原都以为我的父亲是海神波塞冬，他们将会怎么说我呢？"他焦躁地问，"再假使我带着这信物回去，而那绊鞋上没有一点儿尘土，剑锋上也没有一丝血痕，我那真正的父亲又会如何看待我呢？"听了这些话，他的外祖父为他的勇敢而非常高兴，因为过去他自己也是一个勇敢的英雄。她的母亲也祝福他，不再要求他走海道，并同意他选择陆路而行。

<dl>
<dt>词 宛撷英</dt>
<dd>丰功伟业：指伟大的功绩。</dd>
</dl>

精彩点拨

　　埃勾斯没有儿子，他因此十分惧怕有五十个儿子并对他怀有敌意的兄弟帕拉斯。在这种背景下，埃勾斯时常感到王位不牢固，他想必须要有自己的儿子，将来好把王位传给儿子。由此，埃勾斯秘密设计、谋划了结婚娶妻生子的计划。故事由此而展开，叙述了忒修斯的出生、成长的经历。

阅读和累

强　盗

　　强盗，是一种用暴力行为强制性地把属于他人的财产占为己有的违法行为。我们认真地考察一下人类历史和现实社会，就会发现，直接使用暴力的强盗毕竟只是少数，还有很多不直接使用暴力、手段非常隐蔽、不一定只是盗窃财富，但比起直接使用暴力、仅仅盗窃财富的强盗更狠毒、更难防。我们可以这样来定义强盗：直接或间接使用他人不能抗拒的某种个人的或社会的力量，把他人的财产据为己有、伤害他人的生命、限制他人的自由，凡具有此种行为的人，都可以被称为强盗。

俄狄浦斯的故事

精彩导读

　　拉伊俄斯得到神谕，将来他会死在自己的儿子手下。他深知自己以前所犯下的过错，他对神谕坚信不疑，为此他和妻子分居而住。一天，拉伊俄斯酒后忘记了神谕的警告，与妻子伊俄卡斯忒同居，不久他们的儿子降生了。当孩子来到他们眼前时，他们又想起了那可怕的神谕。为了逃脱命运的规定，他们决定将这新生婴儿丢弃到了荒山上。被丢弃的婴儿是谁？婴儿被人救走了吗？他的命运如何？请仔细阅读本篇故事，从中找到答案。

俄狄浦斯的出生，他的童年，他的逃亡
和对于父亲的杀害

　　忒拜的国王叫拉伊俄斯，他是卡德摩斯的后代拉布达科斯的儿子。贵族墨诺扣斯的女儿伊俄卡斯忒和他结婚多年，都没有为他生过一个孩子。为了求得子嗣，他来到得尔福请求阿波罗的神谕，但所得到的答复是这样的："拉布达科斯的儿子拉伊俄斯，你渴望得到一个儿子。好啊，你很快将拥有一个儿子。但命运女神规定，你终将死在他的手中。而且，这也是克洛诺斯之子宙斯的意愿，因为他曾经听到过珀罗普斯的诅咒，说你以前曾经劫走过他的儿子。"的确，拉伊俄斯年轻时犯下过一个错误，当年他被迫逃离国土，投靠了珀罗普斯国王，后来却<u>以怨报德</u>，在涅墨亚的赛会上劫走了珀罗普斯的可爱的儿子克律西波斯。

　　拉伊俄斯深知自己以前所犯下的过错，他也相信神谕，所以长时间和妻子分居而住。但因为两人十分相爱，所以虽然得到警告，仍又偶尔同居，结果伊俄卡斯忒为丈夫生下一个儿子。当孩子来到他们眼前时，他们又想起了那可怕的神谕。为了逃脱命运的规定，他们决定将这新生婴儿的两只脚

词苑撷英

以怨报德：用怨恨来回报别人的恩惠。

踝刺穿，并用皮带捆着，放置到喀泰戎的荒山上去。但是，奉命执行这个残酷命令的牧羊人十分怜悯这个无辜的婴儿，没有执行国王的命令，而是偷偷把他交给同在这山坡上为国王波吕玻斯牧羊的另一个牧羊人。等他安置好回到王宫复命，就说已经遵命把那婴儿遗弃到荒山上。国王和他的妻子伊俄卡斯忒也都确信这孩子最终一定会渴死、饿死或者被野兽所吞食，那么，阿波罗的神谕就不会实现了。他们认为自己把儿子杀死就可以使他将来免犯杀父之罪，他们用这样的想法来安慰自己，仍然快活地过着日子。

那个波吕玻斯的牧羊人得到这个婴儿，立刻帮他解除了<u>束缚</u>。但他不知道这个婴儿是谁，也不知道他是从哪里来的，因为婴儿的脚踝受伤，所以他为婴儿起了个名字叫俄狄浦斯，意思就是"肿疼的脚"。牧羊人看到这个婴儿非常可爱，就把他送给他的主人科任托斯国王。国王很同情也很喜欢这个弃儿，于是嘱咐他的妻子墨洛珀要像养育自己亲生的儿子一样好好抚养他，王宫里和王宫外的人也都像看待真正的王子一样看待他。后来，他渐渐长大，长成一个健壮的青年，也从没怀疑过他不是波吕玻斯的儿子和嗣王，而除他以外，国王也再没有别的儿子了。

可是，一个偶然的事件却击垮了他一直拥有的快乐和自信。那是一次宴会，一个纯粹因为嫉妒而早已对他怀恨在心的科任托斯公民，因为喝醉了酒，大声冲着坐在他对面的俄狄浦斯喊叫，说他不是国王真正的儿子。这种辱骂使他十分痛苦，几乎难以等到宴会结束。那酒鬼的辱骂使他<u>耿耿于怀</u>，他一整天都疑虑重重。第二天一大早，他就向国王和王后求证那酒鬼的说法，想弄清这事情的究竟。波吕玻斯和妻子对于那个胆敢说出这话的恶棍非常愤怒，于是用推托应付的言辞来安慰这个心灵受伤的青年。他们言辞恳切，充满热爱，使他暂时得到了平静，但是那疑虑却没有完全打消，就像一条小蛇一样不时地咬啮着他的心，那恶棍所说的话给他留下的印象实在太深了。

他决定在不让养育他的父母知道的情况下，悄悄地离开宫殿，去神坛祈求得尔福的神谕，并希望太阳神能够证明

词 范擷英
束缚：缠绕捆绑。比喻拘束或限制。

词 范擷英
耿耿于怀：形容令人牵挂或不愉快的事在心里难以排解。

他所听到的那些可怕的话不是真的。但阿波罗不仅没有理会他的询问，反而为他预言了一个新的更为可怕的不幸消息。"你将杀害你的亲生父亲，"这神谕说，"而且，你将娶你的亲生母亲作为妻子，并生下可恶的子孙。"听到这个可怕的神谕，俄狄浦斯非常惶恐，因为他此刻仍然以为波吕玻斯和墨洛珀才是他的亲生父母，因此不敢再回家去，他实在害怕命运女神会指使他杀害自己的父亲，害怕神祇会使他疯狂，以致邪恶地娶了自己的母亲。

他离开神坛，踏上了通往玻俄提亚的道路。当他正好走到道利亚城与得尔福中间的十字路口时，他看见一辆车子冲着他急驶而来。车上坐着四个他素不相识的人：一个老人，一个使者，一个御者和一个仆人。只见那老人和御者焦急地推挤着两旁在狭道上步行的人为他们让开道路。俄狄浦斯生性容易生气，看到他们如此无礼，就冲到御者的面前准备制止他，这时老人挥起马鞭狠狠地打了这个傲慢青年一鞭子。这一鞭子落在头上，更加激起俄狄浦斯的暴怒。他生平第一次尽全力举起行杖，朝着老人打去。老人身子向后仰翻过去，跌下车来摔死了。于是，一场恶斗爆发了。这青年为了自卫不得不和其余三人打在一起。虽然对方人多势众，但他终究比他们年轻，有力量。结果那三个人中的两个被杀死，另一个逃跑了。俄狄浦斯继续前进。

俄狄浦斯恐怕连做梦也不会想到这事情有什么奇怪的，他以为这几个人只不过是普通的福喀亚人或玻俄提亚人，他们企图伤害他，他只不过向他们报复罢了。因为并没有任何迹象能够表明这老人的尊严和高贵的出身。但实际上，那老人正是拉伊俄斯，他的亲生父亲，也就是忒拜的国王，他那么匆忙是赶着往皮提亚神殿去的。就这样，命运女神实现了她所给予父子双方的预言，尽管双方一直以来都非常用心地规避着的，但最终也不能幸免。后来，一个从普拉泰亚来的汉子达玛西斯特拉托斯看到了地上这几具乱七八糟的尸体，心中不由生出一种怜悯之情，便将他们一一安葬。

几百年后，到这儿旅行的人们，还可以看见这奇怪的坟茔：十字路口的一大堆石头。

精彩点拨

俄狄浦斯原是底比斯国王与年轻皇后伊俄卡斯忒的儿子，一个神谕预言，俄狄浦斯长大后会杀死他的父亲并娶他的母亲为妻子。因此国王命人将婴儿的两只脚踝刺穿，并用皮带捆着，把婴儿抛弃于山野。幸运的是一位牧羊人发现了婴儿，并把他带到科任托斯，献给没有子女的科任托斯国王。该国国王视其如己生，将他抚养成人，并准备将王位传给他。俄狄浦斯在受命前又获神谕，内容同前，因此深感恐惧不安而逃离。因为在他的心目中，科任托斯国王和王后就是他的亲生父母。他离开神坛，踏上了通往玻俄提亚的道路。在路途中，他与一个陌生的老人争斗并杀死了他，他没有意识到被他杀死的这个老人就是他的亲生父亲拉伊俄斯，忒拜的国王。

阅读积累

神祇

神，创造主宰一切的完美圆满至圣者。神是人类的元祖，是人类做人行事的唯一完美绝对标榜。神祇是宗教观念之一，超自然体中的最高者，一般被认为不具物质躯体，但有其躯体形象。不受自然规律限制，反之却高于自然规律，主宰物质世界，能对物质世界加以直接或间接影响。几乎所有的人类社会中，多少存有这种概念，但因文化的不同，人们对神的认知却又千变万化。

七雄攻忒拜的故事

阿德剌斯托斯的上宾波吕尼刻斯和堤丢斯

　　阿耳戈斯王塔拉俄斯的儿子阿德剌斯托斯生有五个孩子，其中有两个女儿，也就是得伊皮勒和阿耳癸亚。关于她们两人，曾经有过一种奇特的神谕，预言说她们的父亲一定会把她们中的一个许配给狮子，另一个许配给野猪。阿德剌斯托斯思索着这奇特的预言，不明白到底是什么意思。当两个女儿渐渐长大，只想着快点儿为她们择偶婚配，或许这可怕的预言就不会实现。但神祇一定会使他们所说的话应验的。

　　这时两个流亡者正从两个不同的地方来到阿耳戈斯。一个是从忒拜来的，也就是那个被兄弟厄忒俄克勒斯逐出的波吕尼刻斯。另一个来自卡吕冬，他就是俄纽斯的儿子堤丢斯；他曾经在一次狩猎中，不小心误杀了一个亲戚，所以只好逃避到阿耳戈斯来。两个流亡者在阿耳戈斯的王宫前相遇了。此时正值夜晚，黑暗中，他们误以为对方是敌人，便开始了一场生死搏斗。阿德剌斯托斯听到一阵阵厮杀的声音，便持着一只火炬循着声音而来，然后将他们分开了。这两个年轻健壮的英雄分别站在国王的左右两侧。国王举着火炬查看，不由得大吃一惊，好像看到怪物一样，因为他看见波吕尼刻斯的盾牌上雕刻着一只狮子头，而堤丢斯的盾牌上则绘着一头野猪。原来波吕尼刻斯因为崇拜赫剌克勒斯，所以选择雄狮的头作为自己的徽章。而堤丢斯选择野猪绘在盾牌上，则是为了纪念墨勒阿革洛斯和他猎获卡吕冬的野猪的故事。现在阿德剌斯托斯终于明白了神谕的含义，于是就把这两个年轻的流亡者招为了女婿，把年长的女儿阿耳癸亚许配给波吕尼刻斯，把年幼的女儿得伊皮勒许配给堤丢斯。而且阿德剌斯托斯还答应他们用武力援助他们复国，仍让他们做故国的国王。

第一次远征的目标是忒拜。阿德剌斯托斯聚集了境内的英雄，加上他一起共有七个王子，准备带着七队大军攻打忒拜。这七个王子分别是：波吕尼刻斯、阿德剌斯托斯、堤丢斯、阿德剌斯托斯的姐夫安菲阿剌俄斯、侄儿卡帕纽斯以及国王的两个兄弟帕耳忒诺派俄斯和希波墨冬。但安菲阿剌俄斯曾经与国王为敌多年，他是一个预言家，他预言这次征战一定会失败。一开始，他企图使国王和别的英雄改变他们这个决定，后来知道这根本不可能，于是就把自己隐藏起来，除了他的妻子也就是国王的姐姐厄里费勒之外，再没有其他人知道他藏匿的地方。阿德剌斯托斯派人到处觅寻他，因为他被称为军中之眼目，没有他大军就无法出征。

当初，波吕尼刻斯被迫离开忒拜的时候，曾经随身带着两件传家宝物，也就是哈耳摩尼亚与忒拜的开创者卡德摩斯结婚时，爱神赠给她的一条项链和一片面网。但这两件东西却给它们的佩戴者带来了杀身之祸，它们已经使哈耳摩尼亚、狄俄倪索斯的母亲塞墨勒、伊俄卡斯忒三人接连死于非命。最后拥有这两件宝物的人是波吕尼刻斯的妻子阿耳癸亚，而她也命中注定是要饮尽这杯生命的苦酒的。现在她的丈夫打算用这条项链贿赂厄里费勒，要她说出她的丈夫安菲阿剌俄斯所藏匿的地方。厄里费勒早就对她的侄女所拥有的这样一件宝物垂涎已久，所以当她看到这条镶嵌着闪闪发光的宝石的金项链时，实在拒绝不了这种诱惑，就带着波吕尼刻斯来到安菲阿剌俄斯所藏匿的地方。现在，这个预言家不能再躲开他的同伴们了，之前当他与阿德剌斯托斯的矛盾得到和解后，特别是阿德剌斯托

斯把自己的姐姐嫁给他时，他曾经答应阿德剌斯托斯，假如以后两人再有任何争执，可以让厄里费勒担任裁判。于是，安菲阿剌俄斯佩好武器，集合起他自己的战士。但在出发之前，他把儿子阿尔克迈翁叫到了跟前，要求他做一种庄严的宣誓，宣誓说如果他听到父亲死亡的噩耗，必须为他向出卖他的妻子复仇。

精彩点拨

　　阿德剌斯托斯得到神谕但百思不得其解。他打算赶快把女儿嫁出去，让那个可怕的预言无法实现。就在他为女儿的婚事思考之时，有两个逃亡者来到了他的阿耳戈斯城门前。一个是波吕尼刻斯，另一个是堤丢斯。黑夜里，两个逃亡者在阿耳戈斯的王宫前相遇，由于错误的判断，他俩都认为对方是敌人，便搏斗起来。阿德剌斯托斯听到武器的激烈撞击声，便手持火把走下城堡，当他把两个英雄分开后，突然惊呆了，他看见波吕尼刻斯的盾牌上画着一个狮子头，堤丢斯的盾牌上画着一个野猪头。至此，阿德剌斯托斯明白了神谕的含义。他高兴地把两个逃亡者招为女婿，把大女儿嫁给了波吕尼刻斯，把小女儿嫁给了堤丢斯。并承诺帮助他两个打回家乡，夺回国王的宝座。

　　他们第一次远征的目标是忒拜。阿德剌斯托斯聚集了境内的英雄，加上他一起共有七个王子，准备带着七队大军攻打忒拜。这七个王子分别是：波吕尼刻斯、阿德剌斯托斯、堤丢斯、阿德剌斯托斯的姐夫安菲阿剌俄斯、侄儿卡帕纽斯以及国王的两个兄弟帕耳忒诺派俄斯和希波墨冬。波吕尼刻斯决定用他带来的一条项链贿赂厄里费勒，让她把她丈夫的藏身之处说出来。厄里费勒带着波吕尼刻斯到了藏人的地方，把安菲阿剌俄斯拉了出来。在出发之前安菲阿剌俄斯把儿子叫到跟前，让儿子向神明发誓，如果他战死，儿子一定向自己不忠的母亲复仇。

阅读积累

徽　章

　　徽章，简言之，就是佩带在身上用来表示身份、职业、荣誉的标志。它有着悠久的历史，起源最早可以追溯到原始社会氏族部落的图腾标志。而徽章真正有文字记载，则起源于中国。《战国策·齐策一》记载："秦假道韩、魏以攻齐。齐威王使章子将而应之……章子为变其徽章，以杂秦军。"这是中国有文字记载的最早的一例。但此处所指的徽章，与现在意义上的徽章，是有本质的区别的。

许普西皮勒和俄斐尔忒斯

精彩导读

英雄们被阿德剌斯托斯分成七队，分别由七个英雄带领，大军浩浩荡荡开向忒拜。他们来到涅墨亚的一片大森林。这里没有一滴水，所有的泉水、河流和湖泊都已经干涸了，他们为焦渴和炎热所苦恼着。队伍不得不停下来找水喝。阿德剌斯托斯和他的随从遇见一个容颜奇丽却神情悲愁的妇人。阿德剌斯托斯跪下，请求她救一救他和他的焦渴的人马。这美妇讲述了自己和怀抱中的孩子的故事，便带着阿德剌斯托斯的大队人马，向茫茫的寂寞荒原上唯一的泉眼走去。这个美妇是谁？美妇怀中的孩子又是谁？她真的帮助大队人马找到泉水了吗？请仔细阅读本篇故事，从中找到答案。

所有的英雄都整装待发，很快，阿德剌斯托斯也来到了大队人马的当中，把他们分成七队，分别由七个英雄带领，大军浩浩荡荡地离开了阿耳戈斯城。他们个个心中充满胜利的希望和信心，嘹亮的号角声和激昂的军笛声使他们的步伐更加有力。但是，当他们远远地还没有到达目的地时，灾难就给了他们突然的袭击。他们来到涅墨亚的一片大森林，这里没有一滴水，所有的泉水、河流和湖泊都已经干涸了，他们为焦渴和炎热所苦恼着。沉重的盔甲压在他们的身上，手中的盾牌也越来越重，走路时扬起的灰尘纷纷飘落在他们的焦枯的嘴唇上，甚至是干渴的嘴里。战马嘴唇上的涎沫也枯干了，它们大张着鼻孔，急躁地啃着马口铁，连舌头也渴得肿胀起来。

队伍不得不停下来找水喝。阿德剌斯托斯和他的随从一起到树林中去寻觅溪流和泉水，这时，他们遇见一个容颜奇丽却神情悲愁的妇人。她正坐在一棵大树的树荫下面，怀里抱着一个小男孩。她身上的衣衫虽然极其破旧，但长发拂肩，仪态像女皇一样十分高雅。阿德剌斯托斯非常吃惊，他

情景描写

这段话形象生动地刻画了天气的炎热，以及这支队伍被焦渴困扰的情景。

形象描写

通过对妇人的长衫、长发的描写，形象地反映出她的高雅气质。

想这一定是林中女仙，于是他朝着她跪下，请求她救一救他和他的焦渴的人马。谁知，这美妇低垂下眼皮，谦逊地回答道："外乡人啊，我不是什么女神。如果你感觉我有什么非同常人的地方，那一定是因为我遭受过比常人更多的痛苦。我是托阿斯的女儿许普西皮勒，也是楞诺斯岛妇人国的女皇。但是，后来我遭到了强盗的劫掠，经过许多难言的苦难以后，又被卖给涅墨亚国王吕枯耳戈斯，做了他的奴隶。我怀抱中的这个孩子并不是我亲生的。他叫俄斐尔忒斯，也是吕枯耳戈斯国王的儿子，我只是被派来看护他的。对于你们，我非常愿帮助你们获得你们所需要的东西。在这茫茫的寂寞荒原上，只有一处泉眼，除了我之外，再没有一个人知道那个秘密的地方。那儿有足够的泉水可以解除你们所有人马的焦渴。现在，请跟我走吧！"于是这妇人站起身，轻轻地把这孩子放置在一处柔软的草地上，然后轻唱着一支短歌催他合眼入睡了。

阿德剌斯托斯和他的随从赶紧招呼其他所有的人过来，即刻之间，所有人都追随在那美妇身后，潮水一般拥挤在树林中的山道上。他们跟着美妇，一路曲折地穿过灌木林，来到了一处大峡谷跟前。峡谷上面浮动着一层清冽的水雾，湿气升腾翻滚，吹在他们的因焦渴而干热的脸上。他们一个个都抢在美妇和他们的领袖之前奔过去，尽情地让湿气浸润着他们的肌肤。这时他们听到流泉倾泻在岩石上的声音，那声音越来越响。"水呀！"他们全都欢欣鼓舞地高叫着，跳到峡谷里，站在被水浸得潮湿的大石头上，摘下头盔来接取那流水。"水呀！水呀！"所有的人都高兴地欢呼起来。他们的欢呼声雷鸣一般在这流泉的上空响震着，飞岩上也激起欢乐的回声。他们一个个都趴在这片从峡谷流出的小溪边的草地上，大口大口地饮用着这甘甜清凉的泉水。后来他们发现，这宽阔的山道马车也可以通过，车夫来不及卸下车子，就赶着马儿一直走到水里，让马儿将疲惫的头浸在水中，让它们汗湿的身体也享受到这凉意。

经过这番修整，现在所有的人马都恢复了精神，美妇许普西皮勒带领着阿德剌斯托斯和他的随从们再次回到大路上。她一边走，一边告诉阿德剌斯托斯楞诺斯岛的妇人的情

比喻手法

将阿德剌斯托斯和他的随从们追随妇人的情景比作潮水，由此不难看出阿德剌斯托斯和他的随从们对泉水的渴望。

词语撷英

欢欣鼓舞：形容非常高兴振奋。

况以及她们所遭受的痛苦，大队人马拉开适当的距离跟在他们后面。可没等他们回到先前相遇的地方，许普西皮勒那双由于乳母的职守而变得特别灵敏的耳朵，就听到了孩子的惊恐的哭喊。她自己也有过几个孩子，但因为自己被掳走，那些心爱的孩子被丢在了楞诺斯岛，现在她把所有的母爱都寄托在小小的俄斐尔忒斯的身上。带着一种不祥的预感，她的心急速地跳动着。她飞一样地跑过去，赶到刚才哺育孩子的地方。但孩子已不见了踪影，她再也听不到他的声音了。她睁大眼睛四处搜索，一下子明白了在她带领阿耳戈斯的军队取水时孩子所遭遇到的惨祸，因为她看见在离那大树不远的地方，正躺着一条大蛇，鼓着圆滚滚的大肚子，懒洋洋地盘在草地上睡大觉。<u>她恐怖得头发倒竖，在痛苦的战栗中哀号着。</u>英雄们听到她的号叫声，都急急忙忙赶过来营救她。希波墨冬一眼就看见了这条大蛇，他旋即从地上捡一块大石头迅速地掷向这怪物，但石头只掷中了那长着坚硬鳞甲的蛇身，而且被有力地反弹到地上，摔得如同泥土一样粉碎。他又把手中的长矛用力地投向那大蛇，长矛正中大蛇那张开的大嘴，矛尖从蛇的后脑穿出，脑浆四溅，涂满草地。大蛇痛苦地紧紧缠绕在矛杆上，疼得咝咝地叫着，渐渐无力死去。

现在这可怜的乳母终于鼓起勇气，开始寻找孩子的足迹。她沿着地上沾染的鲜血一路追寻，终于，在离大树很远的地方，她发现一堆刚刚被啃光了的骨头，这是那孩子的骨头啊。她痛苦地跪下来，将骨头全部收拾起来，交给了阿德剌斯托斯。请他帮助埋葬这因为他们而死去的孩子，并为他举行一个庄严的葬礼。为了纪念这孩子，他们还创立了涅墨亚赛会，并如同崇拜一个半人的神祇一样崇拜他，还把他称作阿耳刻摩洛斯，意思就是早熟的人。

许普西皮勒最终没有逃脱吕枯耳戈斯的妻子欧律狄刻因为丧子而生出的愤怒，她被欧律狄刻囚禁在监牢里。欧律狄刻立誓要给她最残酷的惩罚，但非常幸运的是，许普西皮勒自己的儿子们已经长大了，他们开始出来寻觅他们的母亲。不久，他们就来到达涅墨亚，把母亲从奴隶的束缚中解救了出来。

细节描写

这句话形象生动地刻画了许普西皮勒痛苦、恐惧的心态。

　　阿德剌斯托斯很快把一支庞大的军队集合起来，由七个英雄率领。他们到达涅墨亚大森林后，遇见一个容颜奇丽却神情悲愁的妇人。阿德剌斯托斯非常吃惊，他朝着她跪下，请求她救一救他和他的焦渴的人马。美丽的妇人叫许普西皮勒，她讲述了自己的身世并说怀抱的这个孩子叫俄斐尔忒斯，是吕枯耳戈斯国王的儿子，她是被国王派来看护他的。这妇人把孩子放置在草地上，轻唱着一支短歌催他合眼入睡了。

　　大队人马都追随在那美妇身后，来到了一处大峡谷跟前。他们全都欢欣鼓舞地高叫着，摘下头盔来接取那流水。经过修整，所有的人马都恢复了精神，美妇许普西皮勒带领着阿德剌斯托斯和他的大队人马再次回到先前他们相遇的地方。许普西皮勒带着一种不祥的预感，飞一样地跑到刚才哺育孩子的地方。但孩子已不见了踪影。她睁大眼睛四处搜索，看见在离那大树不远的地方，正躺着一条大蛇盘在草地上睡大觉。孩子一定被大蛇吃了，她恐怖得头发倒竖，在痛苦的战栗中哀号着。希波墨冬旋即把手中的长矛用力地投向那大蛇，矛尖从蛇的后脑穿出，脑浆四溅，涂满草地。大蛇疼得咝咝地叫着，渐渐无力死去。

　　现在这可怜的乳母沿着地上沾染的鲜血一路追寻，发现一堆刚刚被啃光了的骨头，这是那孩子的骨头啊。她痛苦地跪下来，请求阿德剌斯托斯帮助埋葬这因为他们而死去的孩子，并为他举行一个庄严的葬礼。许普西皮勒最终没有逃脱吕枯耳戈斯的妻子欧律狄刻因为丧子而生出的愤怒，她被欧律狄刻囚禁在监牢里。但非常幸运的是，许普西皮勒自己的儿子们已经长大了，他们把母亲从奴隶的束缚中解救了出来带回了家乡。

峡 谷

　　峡谷是指谷坡陡峻、深度大于宽度的山谷。它通常发育在构造运动抬升和谷坡由坚硬岩石组成的地段，当地面抬升速度与下切作用协调时，最易形成峡谷。中国长江流域的三峡，是世界闻名的大峡谷。它由一系列峡谷组成一个长达788公里的峡谷段。在黄河干流上也分布着许多巨大的峡谷，如刘家峡、黑山峡、青铜峡等。它是修建水库大坝的理想坝址地段。

英雄们到达忒拜

精彩导读

　　阿德剌斯托斯率领大军浩浩荡荡地离开了阿耳戈斯，经过艰难险阻，没有几天，他们的大军就来到了忒拜城外。看到来犯气势汹汹，厄忒俄克勒斯和他的舅舅克瑞翁做好了长期坚守忒拜城的准备。俄狄浦斯的儿子向全城人们发出号召，请大家赶快到城门口去！到城头上去！所有的人武装起来！据守好我们的城垛！看护好我们的望楼！防堵好每一处入口！双方排兵布阵，严阵以待，大战一触即发。大战惨烈，血流成河，究竟鹿死谁手？谁是真正的英雄？请仔细阅读本篇故事，从中找到答案。

　　"这就是这次远征的结局的一种预兆啊！"在看到俄斐尔忒斯的被大蛇啃剩的骨头时，预言家安菲阿剌俄斯就忧心忡忡地说。但其他所有人都更关注那条被杀掉的大蛇，他们认为那是一种胜利的预兆。再加上全部人马刚刚从难耐的焦渴中恢复过来，一个个精力充沛，因此没有谁去在意这预言家不祥的叹息。没有几天，他们的大军就来到了忒拜城外。

　　看到来犯之敌气势汹汹，厄忒俄克勒斯和他的舅舅克瑞翁做好了长期坚守忒拜城的准备。俄狄浦斯的儿子向全城人们发出号召："记着，所有的人们，你们要永远感谢这座城，她像慈母一样养育了你们，并使你们成长为坚强的战士。所以我在此号召，整个忒拜城里，无论是未成年的孩子，还是白发苍苍的老年人，都要来保卫你们故乡这神祇的圣坛，保护你们的父母妻儿和你们所立足的这块伟大而自由的土地！之前，一位能够看出预兆的人告诉过我，就在今天夜里，阿耳戈斯人一定会集中全力攻城。所以请大家赶快到城门口去！到城头上去！所有的人啊，赶快武装起来！据守好我们的城垛！看护好我们的望楼！防堵好每一处入口！不

词苑撷英

忧心忡忡：形容心事重重，非常忧愁、担心。

词苑撷英

气势汹汹：形容态度、声势凶猛而嚣张。

要被他们人多势众而吓倒。放心吧，各处都有我的密探，他们可以随时发现敌人的阴谋。我将会根据他们的密报，来做出我的决策。"

当厄忒俄克勒斯热情洋溢地动员忒拜城的人们时，波吕尼刻斯的妹妹安提戈涅正站在宫殿的最高的看台上，他的身旁还站着一位老人，那是她的祖父拉伊俄斯从前的卫士。自从父亲去世后，安提戈涅和妹妹伊斯墨涅就非常思念故乡，所以就谢绝了国王忒修斯的保护，回到了自己的故乡。克瑞翁和厄忒俄克勒斯张开双臂接受了她们。此刻，安提戈涅并不赞成哥哥波吕尼刻斯的围城行为，她非常希望两个反目成仇的哥哥能够和解，她决心和哥哥厄忒俄克勒斯一起分担那座她们所热爱的，并且从小在那里生长的城市的命运。

这一天，她登上那宫殿中用香柏木建造的古老的楼梯，站在阳台上静静地倾听着这老人对敌人阵势的介绍。庞大的军队正驻扎在城墙周围的田地里，他们沿着伊斯墨诺斯河排开，并环绕着久负盛名的狄耳刻泉水扎营安寨。队伍在不停地移动着，遍地闪烁着兵器的光芒，就像日光下的海洋一样耀眼，他们是在调度队伍。大队的步骑兵士潮水一般涌到了城门口。这女郎看着惊恐不安，老人就不停地安慰她："不用担心，看，我们的城墙多么高大而坚固，我们的橡木的城门多么的厚重，那上面还有坚固的铁栓。我们的城非常巩固，而且由那些英勇无畏的斗士保卫着。"他一边指点，一边回答女孩的询问。他还指点着敌方的领袖们向她一一介绍："喏，看到了吗？那个走在他的队伍前头的，是王子希波墨冬。你看他的战盔在太阳下闪闪发光，他手中轻松挥舞着的盾是多么晶亮。他生长在靠近勒耳那沼泽附近的密刻奈。你看他的身躯多么高大，简直就像那些从泥土中出生的古代巨人一样！往右边一点儿，你看见了吗？那个正骑着骏马跃过狄耳刻泉水的人，他穿着和野蛮人一样的盔甲，那就是堤丢斯，俄纽斯的儿子，也就是你嫂子的兄弟。他和他的埃托利亚人都手拿着沉重的大盾，并且以善使标枪而闻名。我是从他的标记上认出他的，因为我曾经作为一个使者到过敌人的营账，在那里，我见过这个标记。"

"那个青年英雄又是谁呢？"这女郎指着一个年轻人问道，"你看他虽然年轻却长着成年人的胡须，他的顾盼是多么的凶猛！他正从坟地边走过，他的人马在后面缓缓地跟随着他。"

"哦，他叫帕耳忒诺派俄斯，"老人告诉他，"他的母亲叫阿塔兰塔，是狩猎女神阿耳忒弥斯的朋友。可是，在尼俄柏的女儿们的坟墓附近，你看到另外两个人了吗？年长的那个叫阿德剌斯托斯，他是这次远征军的统帅；年轻的那一个，——你还认识他么？"

"我只能看出他的双肩和身体的轮廓，"看到那似曾熟悉的身影，安提戈涅满怀着悲苦的激情，回答道，"但我能认出那是我的哥哥波吕尼刻斯啊。多希望我能够飞翔，那么我就能像一片云霞一样飞到他跟前，然后用双手拥抱着他的脖子！他身披的金甲，是多么的亮啊！简直就像早晨那闪烁发光的太阳一样呀！但那边一个又是谁？他那么坚定地执着缰绳，驾驶着一辆银白的战车，他挥着马鞭子的动作是多么镇静啊！"

"他就是预言家安菲阿剌俄斯啊。"老人答道。

"那个围绕着城墙走着，好像在测量着城墙，来寻找最适宜进攻的地点的人又是谁呢？"

"他就是傲慢的卡帕纽斯，他嘲笑我们的城不够坚固，他还威胁说要抢走你和你妹妹，然后把你们送到密刻奈去当女奴。"

安提戈涅不想再待在这儿了，她脸色惨白，要求老人带她回去。老人用手搀扶着她一步一步地走下楼梯，把她送回到她的内室里。

精彩点拨

在那个男孩俄斐尔忒斯的遗骨被发现时，预言家安菲阿剌俄斯预感不妙，但其他的人想得更多的是杀死巨蛇的事，都说这是一个喜庆的象征。因为军队刚刚渡过一个大的难关，大家的情绪都很好，对不祥预言家的长叹并没有去理睬，于是大队人马继续前进。

城墙周围的田野里，驻扎着敌人庞大的军队。大队的步兵和骑兵呼喊着涌向被困城市的大门。看到这个情况，年轻的安提戈涅十分惊恐，老人平静地安慰她：我们的城墙高大坚固，我们的橡木城门都是用沉重的大铁锁锁住的。我们在城里是绝对安全的。因为我们还有不怕厮杀和牺牲的勇敢的战士。

阅读积累

沼泽

地表及地表下层土壤经常过度湿润，地表生长着湿性植物和沼泽植物，有泥炭累积或虽无泥炭累积但有潜育层存在的土地。其形成主要取决于地貌条件和水热状况。根据发展阶段可分为低位、中位和高位沼泽，即富营养、中营养和贫营养沼泽。按地貌条件可分为山地沼泽、高原沼泽和平原沼泽。根据有无泥炭可分为泥炭沼泽和潜育沼泽。

墨诺扣斯

精彩导读

　　克瑞翁和厄忒俄克勒斯正在商议详细的守城方案。他们决定派遣七个领袖分别严守忒拜的七道城门。忒拜城中住着一个盲人预言家叫忒瑞西阿斯，他能够听懂鸟雀的言语。克瑞翁派他的小儿子墨诺扣斯去请这个盲眼的预言家做出预言。老预言家和女儿在墨诺扣斯的指引下来到国王的面前，他双膝哆嗦着站在他的女儿曼托与墨诺扣斯的中间。克瑞翁逼他说出鸟儿飞过时所给予这座城池的预兆。老预言家开口了吗？他的预言是什么？与克瑞翁的儿子墨诺扣斯有什么关系呢？请仔细阅读本篇故事，从中找到答案。

出乎意料： 指意想、预料之外。

　　克瑞翁和厄忒俄克勒斯举行了一个军事会议，商议详细的守城方案。最后，他们决定派遣七个领袖分别严守忒拜的七道城门。这样，七个忒拜的王子就可以率军分别抵抗波吕尼刻斯和他的六支同盟军。但在开战以前，他们希望可以从鸟雀的飞翔中看出一种预兆，以此来推测战争的结局。忒拜城中住着一个盲人预言家叫忒瑞西阿斯，他是欧厄瑞斯与女仙卡里克罗所生的儿子。年轻时，他曾经和母亲一起对雅典娜进行了一次出乎意料的探望，结果他看到了他不应该看到的事情，以致遭到了女神惩罚，从此双目失明。他的母亲卡里克罗恳求女友恢复她儿子的视力，但雅典娜也无能为力。她怜悯他，就在他的耳边念诵一种神咒，让他突然能够听懂鸟雀的言语。从那以后，他就成了忒拜人的预言家。

　　克瑞翁派他的小儿子墨诺扣斯去请这个盲眼的预言家做出预言。老预言家和女儿在墨诺扣斯的指引下来到国王的面前，他双膝哆嗦着站在他的女儿曼托与墨诺扣斯的中间。他们逼他说出鸟儿飞过时所给予这座城池的预兆。老预言家沉默了好大一会儿，不得不开口，但他的话是那么悲哀。"俄狄浦斯的儿子们对他们的父亲犯下了不可饶恕的罪行。他们将会带给忒拜苦恼和忧愁。阿耳戈斯人和卡德摩斯的子孙将互相残杀，而最终兄弟将死于兄弟之手。我也知道拯救这忒拜城的唯一的方法，只有使用这方法，忒拜城才能得救，可是这办法也是极其可怕的。我的嘴实在不敢说出来。再会吧！"说完他转身就要走。克瑞翁严厉地要求他必须说出来，忒瑞西阿斯无法违抗国王的命令，终于让步了。"您一定要听吗？"他神情严肃地问，"那么，我只好说出来吧。但请先告诉我，那个指引我来的孩子，您的儿子墨诺扣斯现在在哪里呀？"

"他正站在你身边呢。"克瑞翁说。

"那么，在我说出神祇的预言之前，请让这个孩子赶紧跑开吧！"

"为什么呀？"克瑞翁疑惑地问道，"墨诺扣斯是我最忠实的孩子，如果有必要，他一定会保持沉默的。而且他也许会帮上不少忙呢，让他知道能够拯救忒拜城的办法是一件好事啊。"

"那么，请听我说吧！听我说我从飞鸟那里所知道的事情。"忒瑞西阿斯说，"对于忒拜城来说，幸福女神会再次降临，但她必须跨过一道可悲的门槛。那就是龙的子孙中最小的那一个必须得死亡。在这次会战中，只有他的死，才能换取您的胜利。"

"啊！"克瑞翁惊叫道，"老人呀，你说的话到底是什么意思？"

"如果希望全城得救，卡德摩斯后裔中最小的一个儿子必须得死去。"预言家又明白地解释了一遍。

"你是说我的可爱的儿子墨诺扣斯会死亡么？"克瑞翁恼怒地向前一步，"滚出去吧！赶紧离开我的城池！没有你悲观失望的预言，我也能过得去！"

"难道是因为这预言的真相使您悲愁，您便觉得它是无用的吗？"忒瑞西阿斯严肃地反问。克瑞翁感到非常恐惧，他跪在预言家的面前，紧紧地抱着他的双膝，指着他的白发请求他收回这个预言。但这预言家态度很坚定。"要想保住忒拜城，这牺牲是不可避免的，"他说，"在那毒龙曾经栖息过的狄耳刻泉水旁边，必须要流着这孩子的血。从前大地曾经用毒龙的牙齿把人血输送给卡德摩斯，现在到了您必须血债血还的时候了，只要使它接受卡德摩斯亲属的血，它才会同您友好。如果墨诺扣斯愿意为全城而牺牲自己，他将会因为他的牺牲而成为全城的救主，而远征于此的阿德剌斯托斯和他的军队便再也不能平安回去。现在只有这两种选择，克瑞翁，请您做出选择吧。"

忒瑞西阿斯说完，就在女儿的引领下离开了宫廷。克瑞翁陷入了长久的沉默之中。最后他痛苦地大声叫喊："如果为国家而死的是我自己，我该是多么高兴啊！但却要我献出自己的儿子，……唉，去吧，我的儿子，飞快地跑开吧。赶快离开这个让人诅咒的地方，离开这个容不下你的纯洁的罪恶的地方吧。赶紧去吧，赶紧取道得尔福、埃托利亚和忒斯普洛提亚到多多那的神坛去吧，就永远住在那儿的圣殿里，再也不要回来。"

"好吧，亲爱的父亲。"听了父亲的话，墨诺扣斯两眼放着光辉，"请给我在路上所必需的东西吧，请您相信，我一定能顺利到达那儿。"克瑞翁对儿子的恭顺感到十分安慰，就继续忙着处理那些让他头疼的事情去了。父亲离开了，墨诺扣斯伏在地上，对神祇们做着热烈诚挚的祈祷："永生的神啊，请原谅我吧，即使我对父亲说谎话，即使我用谎话安慰父亲的不必要的恐惧！对于他，对于一个老年人，恐惧不算是可耻的。如果我对这个给予我生命的城市不管不顾，那该是多么的怯懦啊！神啊，请听着我的誓言，并且慈爱地接受它吧。我将用我的死来拯救我的国家。我不会做可耻的逃兵。我将爬上那高高的城墙，跳到那幽深黑暗的毒龙之谷里去，因为预言家说，那样我就能够拯救忒拜城，拯救我的国家。"

这孩子急急忙忙地来到宫墙的最高处。他先是向下张望了一眼敌人的阵容，并对他们进行了诅咒，接着就从紧身服里抽出一把事先藏在那里的短刀，挥刀割断了自己的喉咙，从城头上滚落下去。他的粉碎的肢体，正滚落在狄耳刻泉水的边上；他的滚烫的热血，正滴洒在狄耳刻泉水中。

精彩点拨

底比斯城内住着有名的预言家提瑞西阿斯。他能够听懂各类鸟儿的语言。国王要他说出飞鸟对底比斯城命运的预兆。提瑞西阿斯预言卡：德摩斯后裔中最小的一个只有献出生命，整个城市才能获得拯救。

战争残酷无情，胜负难料。正如预言家所言，只有牺牲墨诺扣斯的生命，才能使得忒拜城转危为安。战争处在胶着状态，墨诺扣斯勇敢地朝宫墙走去。他站在城墙的最高处，看了一眼对方的阵营，然后抽出一把短刀，割断喉咙，从城头上滚落下去，他的鲜血也滴洒在狄耳刻泉水中。

古希腊军事法

古希腊军事法指公元前11世纪至前2世纪的希腊半岛、爱琴海诸岛和小亚细亚细部沿岸诸城邦，特别是雅典与斯巴达两国的军事法律制度。

公元前8世纪，古希腊中出现了"军事法官"裁决案件的司法实践。公元前8－6世纪期间，希腊出现奴隶制国家，开始了的军事立法活动。

向忒拜城进攻

精彩导读

克瑞翁强忍着痛苦，看到神谕实现。厄忒俄克勒斯拨给七个守门英雄七队人马，骑兵不断地上前补充，此外轻装的步兵跟在持盾者的后面，使受攻击的地方都有武力守卫。阿耳戈斯人现在也出现了。残酷的战争开始了。两方各自采取了哪些战术？战争结局如何？请仔细阅读本篇故事，从中找到答案。

神谕实现了。克瑞翁竭力控制住自己的哀愁。厄忒俄克勒斯为把守七道城门的七个英雄装备了七队人马，同时骑兵不断地进行补充，步兵也随后出发，做坚强的后援，每一个可能受到攻击的地方都有着严格的防守。现在阿耳戈斯人的大军也跨过平原，开始向前推进，一场暴风雨般猛烈的战斗就要开始了。从忒拜城头一直到敌人的阵营，到处呼声震天，战斗的号角呜呜地鸣叫。

女狩猎家阿塔兰塔的儿子，英勇的帕尔忒诺派俄斯率领着他的队伍发起了第一次进攻。他们用密集的盾牌掩护着身体，开始向第一座城门突进。他手持的盾牌上雕刻着他的母亲用飞箭射杀埃托利亚野猪的图像。预言家安菲阿剌俄斯负责攻击第二座城门。他的战车上载着祭献神祇的祭品，他的武器没有任何装饰，他的盾牌也是光亮而空白的。希波墨冬负责攻打第三座城门。他盾牌上的标记就是在百眼巨人阿耳戈斯监视下被赫拉变成小母牛的伊俄。堤丢斯率领他的队伍向第四座城门进攻。他左手执着盾，盾上雕绘的是一只毛发纷披散乱的大狮子；右手挥舞着一只大火炬，显得气势汹汹。从故国被放逐的波吕尼刻斯则率队对第五座城门发起了进攻。他盾牌上的徽章是一队体健气壮的骏马。卡帕纽斯的

任务是攻克第六座城门。他夸耀自己神勇无比，可以和战神阿瑞斯匹敌。他的铜盾上刻画着一个巨人，这巨人高举着一座城池，并将它扛在肩上。在卡帕纽斯心中，这图徽象征着忒拜城所要遭到的不幸命运。第七道城门则是由阿耳戈斯王阿德剌斯托斯负责攻克。他盾上的装饰是一群被一百条巨龙用血盆大口衔着的忒拜的孩子。

当这七路人马逼近城门，忒拜人就用投石、箭矢，戈矛等顽强地抵抗他们的第一次攻击，以致阿耳戈斯人被迫后退。看到这种情况，堤丢斯和波吕尼刻斯立刻大声吼叫："勇士们，我们难道要在他们的枪矛之下等死吗？振作起来吧！就在这瞬间，让我们的骑兵、步兵、战车一齐上吧，一起向城门发起猛烈的攻击吧！"这振奋人心的话就像燎原之火在军队中迅速地传播开来，阿耳戈斯人的斗志又被鼓舞起来。他们再次向巨浪一样发动第二次进攻，但结果比第一次的攻击还要残酷，忒拜的守城者又给他们一次迎头痛击。这次，他们的士兵死伤惨重。成队的人受伤惨死，城下血流如河。这时英勇的帕耳忒诺派俄斯像一股风暴一般冲到城门口，他要用手中的利斧将城门砍碎并用火将它焚毁。忒拜的英雄珀里克吕墨诺斯正奉命防卫着这座城门，他在高高的城垛上看见了这来势汹汹的敌人，就推动城墙上一块正对着敌人的巨石，使它滑落下来，正好砸中敌人这长满金发的脑袋，并将他的尸骨砸得粉碎。看到最凶悍的敌首死了，厄忒俄克勒斯知道这道城门现在已经安全了，他就跑去帮助防守别的城门。在第四道城门跟前，他看见堤丢斯就像一条暴怒的巨龙，他头上的以羽毛装饰的军盔急遽地摇晃着，一手挥舞着盾牌，盾牌四周的铜环叮当作响。他正在往城上投掷他的标枪，他周围拿着盾牌的兵士们也将长矛像雨点一样投到城上，以致忒拜人不得不从城墙边沿后退。

就像猎人集合四散的猎犬那样，厄忒俄克勒斯立刻集合起他的武士们，率领着他们回到城墙边。而他自己则一道城门又一道城门地巡视着。他在第六道城门下，遇到了卡帕纽斯，这个自称可以和战神阿瑞斯匹敌的家伙正抬着一架云梯攻城，并夸口说就算宙斯也不能阻止他把这即将被征服的城池夷为平地。这家伙一面傲慢地口吐狂言，一面将云梯架到城墙上，然后用盾牌掩护着，冒着暴雨一般的矢石，顺着云梯的梯级往上爬。但他的急躁和狂妄很快让他得到了惩罚，这惩罚并不是忒拜人给予的，而是众神之王宙斯给予的。当他刚刚爬上云梯的顶端跃到城头，等候在那里的宙斯就用一阵雷霆将他击毙。这雷霆的威力非常之大，甚至使大地也为之震颤。卡帕纽斯的四肢顿时被击断抛掷在云梯周围，鲜血四溅，洒落在梯子上。他的手脚像车轮一样飞滚着，身体在地上焚烧，他的头发也被闪电焚毁。

远征遭到惨败，国王阿德剌斯托斯认为这是诸神之父反对他进行这次侵略的兆示。他只好率领着残余的人马离开城壕，下令退兵。忒拜人看到宙斯所赐予的吉兆，立刻打开城门，步兵和战车纷纷从城里冲出，与阿耳戈斯军队混战在一起。一时车轮交错，尸横遍野，忒拜人大获全胜。他们一鼓作气，将敌人驱逐到离城很远的地方，才退回城内。

精彩点拨

　　阿德剌斯托斯的七路人马逼近城门，女狩猎家阿塔兰塔的儿子，英勇的帕尔忒诺派俄斯率领着他的队伍发起了第一次进攻。他们用密集的盾牌掩护着身体，开始向第一座城门突进。

　　七路人马攻打七座城门，英勇顽强，拼死冲击，誓死要攻进忒拜城。

　　忒拜人就用投石，箭矢，戈矛等顽强地抵抗他们的第一次攻击，以致阿耳戈斯人被迫后退。经过反复拼杀，远征军遭到惨败，国王阿德剌斯托斯认为这是诸神之父反对他进行这次侵略的兆示。他只好率领着残余的人马离开城壕，下令退兵。忒拜人看到敌军逃跑，立刻打开城门，步兵和战车纷纷从城里冲出，与阿耳戈斯军队混战在一起。战争场面惨烈，尸横遍野，血流成河。忒拜人一鼓作气，将敌人驱赶到离城很远的地方，大获全胜。

阅读积累

<h3 style="text-align:center">暴　雨</h3>

　　暴雨是降水强度很大的雨。雨势倾盆。一般指每小时降雨量16毫米以上，或连续12小时降雨量30毫米以上，或连续24小时降雨量50毫米以上的降水。暴雨形成的过程是相当复杂的，一般从宏观物理条件来说，产生暴雨的主要物理条件是充足的源源不断的水汽、强盛而持久的气流上升运动和大气层结构的不稳定。大中小各种尺度的天气系统和下垫面特别是地形的有利组合可产生较大的暴雨。

两兄弟单独对阵

精彩导读

　　克瑞翁和厄忒俄克勒斯退回忒拜城时，被击败的阿耳戈斯人却又重新集结，准备再次发起进攻。忒拜人感到第二次的抵抗胜算的希望很渺茫，也不想再有更多的人员伤亡。国王厄忒俄克勒斯做出了一个勇敢而大胆的决定。他登到最高的城头上，高声向城里的忒拜人以及城外的阿耳戈斯人喊话——你们双方都不必再为我和波吕尼刻斯而牺牲更多的生命了！不如让我个人和我的哥哥单独对战。

词苑撷英

渺茫：1.因离得太远而模糊不清；2.因没有把握而难以预料。

　　当克瑞翁和厄忒俄克勒斯退回忒拜城时，被击败的阿耳戈斯人却又重新集结，准备再次发起进攻。忒拜人心里很明白，感到第二次抵抗胜算的希望很**渺茫**，因为他们的士兵在第一次作战中折耗了很多，而且，国王厄忒俄克勒斯也不想再有更多的人员伤亡。于是他做出了一个勇敢而大胆的决定。当阿耳戈斯人重新回到忒拜城下并在城壕附近安营扎寨以后，他派遣一个使臣来到他们的军营，并命令使臣请他们安静，然后他登到最高的城头上，高声向城里的忒拜人以及城外的阿耳戈斯人喊话。"亲爱的达那俄斯人和阿耳戈斯人呀，"他大声说道，"所有来围攻这座城池的士兵和忒拜的人民啊，你们双方都不必再为我和波吕尼刻斯而牺牲更多的生命了！不如让我个人和我的哥哥单独对战。如果我杀死了他，我就继续为王。如果我在他的手下丧命，这王国从此就为他所有。现在，请我的敌人们都放下武器回家去吧，不要再为此多流血了。"

　　波吕尼刻斯一下子从阿耳戈斯的队伍中跳出来，表示愿意接受他的建议。对于为个别人的利益而战，双方都已经感到厌烦，大家都欢呼着赞同厄忒俄克勒斯的提议。双方首先订立一个条约，两个领袖都宣誓会遵守条约。于是，这俄狄浦斯的两个儿子，都开始从头到脚进行武装。忒拜的贵族们为他们的国王装备，阿耳戈斯人的领袖们也为流亡的波吕尼刻斯进行了装备。兄弟俩身着铠甲在阵前对决，他们都用坚定强横的眼光打量着对方。"记住，"波吕尼刻斯的朋友们对着他呼叫，"记住宙斯希望你在阿耳戈斯为他建立一座纪念碑，来感谢他即将给予你的胜利！"忒拜人也高声鼓舞着厄忒俄克勒斯。"你是为你的国家和王位而战，"他们说，"让这双重的任务激励着你获得最后的胜利吧！"

生字背囊

铠（kǎi）：释义为铠甲，古代作战时穿的护身衣。多用金属片连缀而成。

决斗开始前，双方的预言家都聚拢在一起来祭献神祇，他们需要从火焰的形状看出决斗的结局。但是这预兆很模糊，他们看不出哪方全取得胜利。献祭结束了，两兄弟也准备完毕，开始祈祷。波吕尼刻斯回首望着阿耳戈斯人所在的地方，举起双手祈祷："赫拉啊，阿耳戈斯的保护神，我在您的国土娶了我的妻子，我居住在您的国土里。我是您最忠实的公民，请让我的右手涂染我的敌人的鲜血，请保佑我得到胜利吧！"厄忒俄克勒斯也仰望着远处忒拜的庄严的雅典娜神庙。"啊，宙斯的女儿啊，"他真诚地祈求着，"请您让我的枪头瞄准那目标，刺中那胆敢侵入我的祖国的敌人的心脏吧！"

号角吹奏起来，战斗开始了。两兄弟几乎同时向前冲出，就像两头龇着獠牙争斗的野猪一样，互相突击对方。他们的枪在空中飞向对方，又分别触到对方的盾牌上反弹回来。他们用长矛投向对方的眼睛，但又被对方的盾牌挡住。看到这场凶猛的决斗，所有的旁观者都紧张得汗流浃背。厄忒俄克勒斯用右脚踢开一块阻在他前面的石头，结果不小心把左脚暴露在盾牌下面。眼疾手快的波吕尼刻斯即刻抢前一步，用锋利的长矛一下刺穿了他的小腿。看到这儿，阿耳戈斯人都高声欢呼起来，他们以为这重重的一击已经可以决定胜负了。但英勇的厄忒俄克勒斯仍然忍住剧痛，寻找着对方的破绽伺机下手。终于，他看见对方的肩头暴露出来，随即一矛刺去，但这一下刺得不深，而且矛头被肩胛骨折断了，

词苑撷英

汗流浃背：汗水流得满背都是。形容非常恐惧或惭愧，现也形容流汗很多，衣服都湿透了。

忒拜人也发出一阵胜利的欢呼声。厄忒俄克勒斯于是后退一步，迅速拾起一块石头用力向对方投去，将哥哥的长矛被打成两段。此时双方都受了伤，而且都各自失去了一种武器，又是势均力敌了。他们于是抽出各自的利剑相对砍杀。只听见盾牌撞击盾牌，刀剑撞击着刀剑，叮当有声，空气似乎也为之激荡。一时间难分胜负，厄忒俄克勒斯忽然想起以前从忒萨利亚人那里学到的一种战术。于是，他改换了位置，左脚后退一步，支撑着身体，小心地防护着身体的下半部，然后右腿冷不防向前一跳，一剑刺穿了哥哥的腹部。他的哥哥没有防备这突如其来的袭击，一下子受了重创倒在地上，躺在血泊中。厄忒俄克勒斯确信自己已经获胜，于是丢掉宝剑，朝着垂死的哥哥弯腰去拾取他的武器，但这一举动恰恰给他带来了灭顶之灾。因为波吕尼刻斯虽然倒下了，但手中仍然紧握着剑柄，他伺机挣扎着奋力一刺，一剑刺中正弯腰下视的厄忒俄克勒斯的心脏。他随即和垂死的哥哥倒在了一起。

忒拜的城门大开着，妇人和奴隶们都潮水一样涌出来，去悲悼他们的死去的国王。安提戈涅也来了，她紧靠在他所思念的哥哥波吕尼刻斯的身边，她要听他的最后的遗言。厄忒俄克勒斯已经气若游丝，他大声地抽了一口气，就再也不动弹了。波吕尼刻斯却一息尚存，他转动着灰暗的眼珠望向他的妹妹，声音微弱地说："妹妹啊，此刻，我多么悲悼我死去的兄弟啊！从前我和他多么友爱，后来却成为仇敌。直到在我临死的时候，我才明白我是多么爱他！我希望你能把我埋葬在故乡的土地上。请不要让忒拜城拒绝我这个小小的请求。现在请用你的手把我的眼皮闭上吧，因为死亡的阴影已经落在我冰冷的头上。"说完，他就永远死在妹妹的怀里。

可是此刻，双方的军队却由于意见不同而争吵不休。忒拜人认为他们的国王厄忒俄克勒斯是胜利者，而阿耳戈斯人却以认胜利应该属于波吕尼刻斯。死者的朋友们也看法各异。"波吕尼刻斯是最先用利矛刺中对方的！"有些人这样认为。"但他也是最先倒下的！"别的人又如此反驳。双方争论非常激烈，又准备重新作战。但忒拜这一方非常幸运，因为从两兄弟开始对阵直到现在，他们一直都全副武装。而骄傲的阿耳戈斯人以为一定会获胜，所以早已轻易地放下了武器。结果，忒拜人在对方来不及武装的情况下突然袭击，却没有遇到任何抵抗。阿耳戈斯人被追得四处奔窜，成千成万的人来不及跑掉就死在忒拜人的枪下。

珀里克吕墨诺斯骑着骏马，追赶着逃跑的预言家安菲阿剌俄斯，一直追到了伊斯墨诺斯河边。安菲阿剌俄斯乘坐的战车被河水所阻，马匹不能前进。回望着紧追不舍的忒拜人，他只好冒险渡河。可是，马蹄还没有沾水，敌人就飞奔而至，挥舞的矛尖差点儿刺进他的脖子。然而宙斯不想让这个他曾经赋予预言天才的人如此不光荣地死去，所以他派了一阵雷霆轰裂了大地。那裂口像一张黑暗的大嘴，把这预言家和他的战车都吞食了进去。

很快，忒拜城周围的敌人也被肃清了。忒拜人从被追及的俘虏手中掠得了许多战利品，再加上他们收缴的敌人的各种武器，可谓收获颇丰。他们满载着胜利品，举行了一场盛大的凯旋仪式。

　　兄弟两个在决战之前，双方的占卜者都忙碌地向神祇献祭，以求从祭祀的火焰形状中看出战斗的结局，结果失败了。战斗的号角吹响了。兄弟俩同时向对方猛冲，一场残酷的血战开始了。他们的长矛在空中飞舞，向对方猛刺，但被盾牌挡住了，发出铿锵的声音。厄忒俄克勒斯踩在一块小石子上，控制不住自己，他用右脚把石头踢到一边去，波吕尼刻斯瞅准机会，挺起长矛冲过去把他暴露在盾牌外的右脚刺中。厄忒俄克勒斯的胫骨被刺断，他忍着剧痛，寻找反攻复仇的机会。突然，他看到对方的肩膀露了出来，他的长矛随即闪电般刺出，正中目标。这时，对方不分上下。他们又抽出宝剑，挥舞砍杀。苦战过后，两个兄弟都倒在血泊中。

　　忒拜城的七座城门打开了，女人和奴隶们冲了出来，围着他们的国王尸体大哭起来。安提戈涅扑倒在哥哥波吕尼刻斯的身上，她要听听他的遗言。厄忒俄克勒斯只是发出一声低沉的叹息便断了气。波吕尼刻斯喘息微弱，他深情地看着妹妹，接着就死在了妹妹的怀里。

　　这时，双方的队伍开始争吵起来，各自认为己方的代表胜利了。双方争吵得不可开交，很快就打了起来。不久，忒拜城周围的敌人被消灭了。勇敢的英雄希波墨冬和强大的堤丢斯都已阵亡。忒拜城人取了得最后的胜利，他们满载着战利品得胜回城。

铠　甲

　　战国后期，锋利的钢铁兵器逐渐用于实战，促使防护装具发生变革，铁铠开始出现。铠甲的原身原为铁甲，始于春秋战国时期。各代铁铠甲往往因材因体而制，形制繁多。汉代称铁甲为玄甲，以别于金甲、铜甲。汉代军队已普遍装备铁甲。据测定，当时铁甲片由块炼铁锻成甲片后，再退火脱炭，具有韧性。穿用者躯干及肩至肘部均用铁甲围护，铃形如半袖短衣。

克瑞翁的决定

精彩导读

　　忒拜城的人胜利了，举行了隆重的庆祝活动。俄狄浦斯的两个儿子都已经战死，他们的舅舅克瑞翁担任了忒拜的国王。克瑞翁先是为保卫城池而牺牲的厄忒俄克勒斯举行了一场庄严的葬礼，葬礼的规模如同国王的葬礼一样隆重，忒拜城的人们都列队送葬。但他的另一个外甥却得到他冷酷的对待，他派人把波吕尼刻斯的尸体弃置在暴露的原野上，任凭野兽糟蹋。克瑞翁还不准别人给他收尸。克瑞翁为什么要这样做呢？没有人阻止他吗？请仔细阅读本篇故事，从中找到答案。

对比手法

　　俄狄浦斯的两个儿子已经战死，但是死后的情景却截然不同——一个的葬礼规模如同国王一样隆重，一个却暴尸荒野。通过对比手法，可以看出人们对于为保卫城池而牺牲的厄忒俄克勒斯的重视，以及对于企图用战火来毁灭他们城市的人的愤怒。

　　胜利的庆祝结束之后，忒拜城的人民打算埋葬他们的死者。由于俄狄浦斯的两个儿子都已经战死，他们的舅舅克瑞翁担任了忒拜的国王。他必须监督埋葬他的外甥。他先是为保卫城池而牺牲的厄忒俄克勒斯举行了一场庄严的葬礼，葬礼的规模如同国王的葬礼一样隆重，忒拜城的人们都列队送葬。但俄狄浦斯的另一个儿子——波吕尼刻斯的尸体却被弃置在暴露的原野上。克瑞翁派一个使者向全忒拜城的人们宣布：对于他们国家的敌人，那个企图用战火来毁灭这个城市，残杀这里的人民，驱逐神祇并奴役所有幸存的人的敌人，所有人都不能为他的死而哀悼，也不能将他埋葬；他的尸体就应该被暴露在荒野，由鸟雀或野兽吞食。他还专门派人看守死尸，使人不能把它偷去或埋葬。同时他还下令，所有人都要严格服从他的命令，如果有人违反，就会在城里的大街上被人们用石头砸死。

　　安提戈涅也听到这个命令，她想起自己对临死的哥哥所做的承诺，感觉这个命令对她而言是那么的残酷。她怀着沉重的心情，去找她的妹妹伊斯墨涅，想劝她帮助自己安葬波吕尼刻斯的尸体。但是，伊斯墨涅生性软弱，她的血管中没有流着一滴英雄的热血。"姐姐啊，"她流着眼泪回答她，"你难道忘记了我们的父亲和母亲的可怕的死亡了吗？你难道忘记了我们的两个哥哥的不幸的毁灭了吗？难道你想我们也都得到这同样的结果吗？"

安提戈涅心灰意冷地从怯懦的妹妹那里回去了。"我不需要她的任何帮助，"她对自己说，"我要独自一人来埋葬我的哥哥。做完这件事之后，我宁愿去死，死在我挚爱的哥哥的身边。"

不久，一个看守尸体的人飞快地来到国王的面前，"尊敬的国王啊，您惩罚我吧！因为您要我们看守的尸体已经被人埋葬了，"他苦着脸喊道，"我们的确不知道是谁做的这件事，并且不管他是谁，应该现在已经逃跑了。我们实在不明白他是怎么做到的！白天一个看守人告诉我这件事情的时候，我们大家都还在发怔。虽然尸体上只盖着一层薄薄的土，刚足为地府的神祇们所接受，但我们认为这已经算是一个被埋葬的人。可是，那里却没有任何锄铲和车轮的痕迹。我们互相争论着，互相把责任归咎于对方甚至动手厮打。但最后，国王啊，我们必须向您禀告这件事情，而这报信的重担就落在了我的身上！"

克瑞翁非常生气。他威胁所有看守尸体的人，要他们立刻交出罪犯，否则就把他们全部绞死。听到这命令，那些看尸人立即将尸体上的泥土除去，并恢复了看守。由早晨到正午，他们一直都在烈日下坐着，可是并没有发现什么人。这时，突然刮起一阵狂风，卷起的灰尘弥漫在空中。看守人正在思考这情景的含义时，突然看见一个女郎走过来，她暗暗地啜泣着，神情就像一只发现自己的小巢被倾覆了的鸟雀一样忧伤。她手里提着一只铜罐，只见她飞快地往铜罐里装满泥土，然后小心翼翼地来到尸体的附近。她没有看到站在远方高处监视她的看守人。因为尸体长时间没有埋葬，发出的腐臭使看守的人不敢逼近。只见她走到尸体跟前，倾斜铜罐向尸体倾撒三次泥土，用这种方式来代替埋葬。看守们立刻冲过来捉住她，拖着这个当场被捕的罪犯会见国王了。

克瑞翁派人看守死尸，使人不能把它偷去或埋葬。如果有人违反，就会在城里的大街上被人们用石头砸死。安提戈涅也听到这个命令，她想起自己对临死的哥哥所做的承诺，感觉这个命令对她而言是多么的残酷。她怀着沉重的心情，去找她的妹妹伊斯墨涅，想劝她帮助自己安葬波吕尼刻斯的尸体。但是，生性软弱而怯懦的伊斯墨涅拒绝了。安提戈涅心灰意冷地从怯懦的妹妹那里回去了。

有一天，突然一个女郎走过来，她暗暗地啜泣着，神情就像一只发现自己的小巢被倾覆了的鸟雀一样忧伤。她手里提着一只铜罐，只见她飞快地往铜罐里装满泥土，然后小心翼翼地来到尸体的附近。只见她走到尸体跟前，倾斜铜罐向尸体倾撒三次泥土，用这种方式来代替埋葬。看守们捉住她，拖着这个当场被捕的罪犯来见国王。

国 王

国王是一国的最高封爵和君主头衔。

中国古代称诸侯封地为国，一国之长称王。现在，国王是某些君主制国家元首的一种名称，如英国国王、泰国国王、西班牙国王。

安提戈涅和克瑞翁

精彩导读

看守波吕尼刻斯尸体的看守们立刻冲过来紧紧抓住提着一只铜罐的女郎，拖着这个当场被捕的罪犯来见国王。新任国王克瑞翁当即看出这是他的外甥女安提戈涅，他感到非常震惊。安提戈理为什么要违反国王的命令呢？他为什么要埋葬波吕尼刻斯呢？她还有同伙吗？同伙又是谁呢？请仔细阅读本篇故事，从中找到答案。

克瑞翁当即看出这是他的外甥女安提戈涅。"傻孩子呀！"他喊道，"你现在垂头丧气地站在那里！你究竟是在忏悔呢，还是在否认被指控的罪行呢？"

"我承认！"安提戈涅一边说一边倔强地抬起头来望着这新任的国王。

"你知不知道我的命令？"国王继续审问她，"如果知道，为什么又这么大胆地明知故犯？"

词苑撷英

明知故犯：明明知道不能做，却故意违犯。

"我知道，"安提戈涅态度从容、语气坚定地回答道，"但这不是永生的神发出的命令。而我更知道另外的一种命令，它不是今天或明天的命令，而是永久的命令，谁都不知道它来自哪里。没有谁能够违反这种命令而不引起神的愤怒；就是这种神圣的命令迫使我不能让我母亲的死去的儿子暴尸野外，无法安葬。如果您认为我的这种行为是愚蠢的，那么骂我愚蠢的人才真的愚蠢呢。"

"你认为你这顽强的精神不会被折服么？"克瑞翁被安提戈涅的话语激怒了，"你难道不知道吗？越是坚硬的钢刀越容易被折断。落在别人手中的人就不应再如此傲慢！"

"大不了您现在就把我杀死，"安提戈涅回答，"为什么还要拖延呢？我的名字不会因为被杀而不光荣。而且我还

知道，忒拜城的人们只是因为惧怕您的权威才保持着沉默。实际上，他们的内心都赞成我的做法，因为一个妹妹的首要责任就是爱护她的哥哥。"

克瑞翁生气地大叫道："好呀！如果你非得要爱护他，那么就到阴曹地府里去爱护他吧！"他刚要吩咐仆人们将她拖下去处死，已知道姐姐被捕的伊斯墨涅急匆匆地冲进宫来。她已经摆脱了软弱的束缚，勇敢地走到舅父的面前，宣称她已经知道埋葬哥哥尸体的事情，并要求和姐姐安提戈涅一起被处死。但她特意提醒克瑞翁，安提戈涅不单是他的姐姐的女儿，还是他儿子海蒙的未婚妻，所以，如果他非要处死她，那么他便犯下迫使嗣王不能与所爱的人结婚的罪行。克瑞翁没有回答，只是命令仆人将她们姐妹俩都带到内廷里去。

精彩点拨

克瑞翁知道是他的外甥女安提戈涅违反了他的命令，去埋葬她的哥哥波吕尼刻斯。克瑞翁严厉地审讯她，要按照法律制裁她。为此两人展开一场激烈的辩论。在辩论中，安提戈涅的严正态度和顽强的精神激怒了克瑞翁。气急败坏的他们算处死安提戈涅。这时，伊斯墨涅急匆匆地冲进宫来，要求和姐姐安提戈涅一起被处死。但她特意提醒克瑞翁，安提戈涅不单是他的姐姐的女儿，还是他儿子海蒙的未婚妻。克瑞翁惊得目瞪口呆，他没有回答，只是命令仆人将她们姐妹俩押到内廷里去。

阅读积累

阴曹地府

阴曹地府指人死后所在的地方。在中国，大量的古代神话和道教典籍中都有阴曹地府的记载，中国人把世界万物都分为两极，这就是中国的阴阳学说，是中国古代哲学的重要组成部分。因为我们的传统文化中还有草木成精的说法"藤精树怪"，这个道理也出于道家的阳神可以"聚则成形，散则为零"。甚至可以成精的包括石头，有灵气的任何物都可以变化成形。并不拘泥于六道。但是始终包含在阴阳的理论中。天地人三界之中的地界。乃是亡域死境，由阎王主宰！

海蒙和安提戈涅

精彩导读

　　克瑞翁命令仆人将他的两个外甥女押到内廷里去。很快他看见儿子海蒙急急忙忙朝他走来，面对儿子的善意求情和劝解，克瑞翁十分恼怒，不准海蒙向安提戈涅求婚，并命令仆人立即当着所有人的面，把安提戈涅公开地带到墓地去了。海蒙看着父亲所做的一切，感到非常失望和悲痛。克瑞翁为什么要如此对待外甥女呢？海蒙是怎么做的呢？安提戈涅的命运如何？请仔细阅读本篇故事，从中找到答案。

　　当克瑞翁看见他的儿子海蒙急急忙忙朝他走来，就猜想他一定是听说了关于安提戈涅的判罪，所以赶来<u>忤逆</u>他的。但出乎他的意料，海蒙却十分恭顺。他首先恭恭敬敬地回答了父亲的怀着疑虑的询问，接着向父亲表明了自己的心迹，最后，他才冒昧请求对于他的爱人的宽恕。"您不知道人们正说些什么话，父亲！"他说，"您不知道他们正在抱怨，因为您的严厉，他们才不敢当面说出您所不愿听的话。但对这一切，我却知道得清清楚楚！让我来告诉您吧，现在，整个忒拜城都在为安提戈涅的遭遇而不平；每个人都认为她的做法是永远值得尊敬的；没有人会相信，一个妹妹会因为不让野狗咬兄长的骨头，不让鸟雀啄他的肉而被处死。所以，亲爱的父亲，请听一听民众的声音吧！防民之口甚于防川。不听民众的话，会招致祸患的呀。"

　　"你这孩子，是专门来教训我的吗？"克瑞翁轻蔑地说，"你是为了祖护一个女人，所以来忤逆我的吗？"

　　"是的，如果您是一个女人！"海蒙热情而激昂地抗议着，"因为我说的这些话都是维护着您的呀。"

　　"我十分清楚，"他父亲仍然十分恼怒，"你的精神

词 苑撷英

忤（wǔ）逆：1. 指冒犯、违抗之意；2. 指不孝顺、叛逆之意。

被你对罪犯的盲目的爱情束缚住了。但是只要她活着，你就不可以向她求爱。这就是我做的决定：在最遥远的远方，在那没有人迹的地方，我要把她囚禁在一个石头的坟墓里，只给她必要的粮食，以免杀戮的血污来渎辱了这忒拜城。在那里，她可以向地府的神祇们祈求自由。到那时，她就会知道，与其听从死人，不如听从活人，但现在，这对于她已经是太晚了。"他说着就转过头去，下令立即执行他的决定。现在当着所有的忒拜人的面，安提戈涅公开地被带到墓地去了。她祈告神祇，呼唤着她希望能够与之团聚的亲人们，毫无惧色地走进那作为她的坟墓的岩洞。

与此同时，波吕尼刻斯的尸体已经渐渐腐烂，但仍然在荒野暴露着。野狗和鸟雀都来啃啄他的尸体并将腐肉带到城里，各处充满着死尸的恶臭和污秽。过去曾经拜谒过俄狄浦斯的老预言家忒瑞西阿斯来到了克瑞翁的面前，他从献祭的香烟和飞鸟的叫声中预测出了灾祸的来临。他曾经听到饥饿的恶鸟发出的鸣叫，看到神坛上的祭品被熏烟烧焦。"这很显然啊，神祇对我们的做法非常生气，"盲人预言家向国王说出自己由此得出的结论，"因为我们对俄狄浦斯的被杀的儿子处置不当。啊，国王啊，请不要再坚持您的命令。请顾念那些死者并停止正在进行的杀戮吧。残害已死的人，又能

词 苑撷英

盲目：眼睛看不见东西。比喻认识不清。

词 苑撷英

杀戮：指大量杀害，大规模地屠杀。

126

算是什么光荣呢？请您还是收回成命吧！我说这些都是为了您的利益着想啊！"

正如同过去的俄狄浦斯一样，克瑞翁也不肯听这预言家的劝告。不仅如此，他还咒骂盲人预言家说谎，说他企图骗取自己的金钱。为此这预言家非常愤怒，他无情地当着国王的面揭示了即将发生的未来的事情。"那么，您等着看吧，"他严厉地说，"除非您为这两个死去的人舍弃掉您的一个亲生骨肉，否则的话，太阳将不会沉落。您犯了两个罪：既不让死者归于地府，又禁止本该活在阳光之下的生者留在世上。快些吧，我的孩子，赶快引领着我离开这儿。让这个固执的人凭他自己的命运去吧，我们不必再理他。"说着他挂着杖，由他的引领人牵着离开了王宫。

精彩点拨

克瑞翁看见他的儿子海蒙急忙朝他走来，就猜想他一定是听说了关于安提戈涅的判罪，赶来和他讲理的。海蒙向父亲表明了自己的心迹，请求对于他的爱人的宽恕。克瑞翁不听儿子的好心劝告和请求，反而恼怒的做出决定：把安提戈涅禁囚在一个石头的坟墓里，只给她必要的粮食，以免杀戮的血污来渎辱了这忒拜城。那是一个最遥远而没有人迹的地方。克瑞翁下令仆人立即执行他的决定。当着所有忒拜人的面，安提戈涅被带到墓地去了。安提戈涅毫无惧色地走进那作为她的坟墓的岩洞。

阅读积累

岩洞

岩洞是由于具有侵蚀性的流水沿石灰岩层面裂隙溶蚀、侵蚀、塌陷而形成的岩石空洞，洞内常有各类滴水石沉积物。岩溶洞穴由于它的物象和空间环境引起人们的观注，从而成为风景区或风景点。

岩洞种类很多，有竖洞（因地下水垂直流动造成）、平洞（因地下水水平流动造成）、层洞（因地层构造和地壳运动影响造成）、边洞（江河侧蚀石灰岩形成的山边洞穴）、腹洞（地下河溶蚀石灰岩形成石山腹体内洞，初成时多在山的基部，因地壳上升随之抬高）等。

克瑞翁受到惩罚

克瑞翁国王看着预言家远去的背影，吓得失魂落魄，他立刻召集城中的长老们商议对策。长老们提议把安提戈涅从石头的墓穴中释放出来，然后安葬波吕尼刻斯。克瑞翁最后同意按照预言家忒瑞西阿斯所说的去做，因为只有这样才能够让他的家人免受灾祸。

词 范撷英

冥顽不化：形容人非常顽固，不通情达理。

国王的目光追随着这阴沉的预言家远去的背影，渐渐地他有些害怕了。于是，他立刻召集城中的长老们商议现在该怎么办。"把安提戈涅从石头的墓穴释放出来，然后安葬波吕尼刻斯。"他们纷纷提议道。克瑞翁<u>冥顽不化</u>的性情本不允许他轻易听取别人的意见，但此刻他已经被预言吓得失魂落魄引。无奈之下，他也同意按照忒瑞西阿斯所说的去做，因为只有这样才能够让他的家人免受灾祸。于是，他亲自带领随从们来到了荒野安葬了波吕尼刻斯，然后又去了囚禁着安提戈涅的山洞。他的妻子欧律狄刻则独自一人留在宫殿里等待事情的结束。

没过多久，她突然听见大街上传来悲号的哭声，而且这声音越来越大。她从内室走出来，到了前廷。她遇到一个匆匆忙忙的使者，这正是跟随她丈夫去埋葬她外甥的尸骨的人。"我们先是向地府的神祇们祈祷，"他惊慌地说，"接着，我们就对尸体举行圣浴，然后才把这可怜的遗骨烧毁，并用他故乡的泥土为他堆了一座坟<u>茔</u>将他安葬。后来，我们便赶往那囚禁着安提戈涅的山洞。一个走在最前面的仆人隐隐约约听到悲痛的哭声，那哭声正是从那可怕的岩洞里传出来的。他赶紧回来将这墓穴中有哭声的消息报告给国王。克瑞翁一听到这可怕的消息，就知道那一定是他儿子的哭声。

生 字背囊

茔（yíng）：坟地，坟墓。

128

他吩咐我们赶紧跑过去，并让我们从岩缝中偷看里面的情况。我们看见什么了呢？岩洞的最里面正吊着安提戈涅，她把面纱扭成套索，吊死在了那里。您的儿子海蒙就跪在她的面前，双手紧紧抱着她的双膝哭泣。他悲恸地哭诉他情人的遭遇，还诅咒着那使他失去妻子的父亲。克瑞翁也来到了石头墓穴跟前，他打开石门进到洞穴里。'不幸的孩子啊，'他呼喊着海蒙，'你想干什么呢？你疯狂的目光预示着什么不幸的事情呢？快到我这儿来吧！我将跪下来求你！'但海蒙神情绝望，只是用空洞的眼光木然地望着他。他一个字也不回答，只是从剑鞘中拔出宝剑刺向他的父亲。为了躲开他的袭击，他的父亲从岩洞中逃出来。最后海蒙挥剑自杀了。在他临死前，他用双臂拥抱着安提戈涅，搂得紧紧的。他们两人最后拥抱在一起死在了墓穴中。"

欧律狄刻默默地听着。那使者说完之后，她仍然<u>一言不发</u>。最后她回到了自己的内室。当国王带着随从们七手八脚地用枢车抬着他的唯一的儿子回到宫殿时，他又得到了一个不幸的消息，欧律狄刻已经在内室里用短剑自杀了，此刻她躺在自己的血泊里。

生**字背囊**

恸（tòng）：极度悲哀；大哭。

词**苑撷英**

一言不发：一句话也不说。

精彩点拨

克瑞翁国王预感到将有可怕的事情发生，因此，他立刻召集城中的长老们商议现在该怎么办。最后，他终于同意按照忒瑞西阿斯所说的去做。他亲自带领随从们来到荒野安葬波吕尼刻斯，然后又去了囚禁着安提戈涅的山洞。他的妻子欧律狄刻则独自一人留在了宫殿里。

欧律狄刻在宫殿里遇到了一个跟随她丈夫去埋葬她外甥的尸骨的人。这个人惊慌地向欧律狄刻诉说了见到的那些可怕的事情。他们跟着国王安葬了波吕尼刻斯，便赶往那囚禁着安提戈涅的山洞。岩洞墓穴中有哭声传来，克瑞翁一听知道是他儿子的哭声。

长　老

　　长老是对年长者的一种敬称，属于褒义词。在古代也是对一个教会帮派里面职务较高者的一种尊称。在道教中，长老是门派中的支柱，由德深艺高者担任。许多小说、影视中都出现过长老这一职位，如丐帮长老、天地会长老等。

忒拜英雄们的埋葬

精彩导读

整个俄狄浦斯家族中，只有活下来的三个人是谁？伊斯墨涅的情况如何？那七个攻打忒拜的英雄，只有谁得以幸免？是谁纵身跳入大火中自焚殉情？是谁在忒拜城外建造了一座非常华美的神庙？请仔细阅读本篇故事，从中找到答案。

现在，整个俄狄浦斯家族中，只有三个人还活着，他们就是死去的两兄弟的两个儿子以及安提戈涅的妹妹伊斯墨涅。有关伊斯墨涅的事情，一直很少有传说。她没有结婚，也没有子女。她是家族中最后一个死去的，她的死结束了这不幸的家族的故事。再说那七个攻打忒拜的英雄，只有阿德剌斯托斯在最后一次大会战的追击和屠杀中得以幸免。他当时乘着一匹长着翅膀的神马阿里翁逃脱了，那神马是海神波塞冬与农业女神得墨忒耳所生的。他平安地回到了雅典，寄住到一所神庙的圣殿里，然后做了一个祈祷者，一直坚守着祭坛。他高举着橄榄枝，请求雅典人帮助他为那些战死在忒拜城外的英雄举行一场光荣的葬礼。雅典人同意了他的请求，就在忒修斯的带领下，随着阿德剌斯托斯一起来到了忒拜城。此情此景，忒拜人也不得不同意对这些英雄进行安葬。阿德剌斯托斯带领众人为那些英雄的尸体堆了七个火葬场，并选择阿索波斯河附近的一片宽阔的空地为他们举行了一种祭献阿波罗的葬礼赛会。当卡帕纽斯的火葬场的大火熊熊烧起时，卡帕纽斯的妻子欧阿德涅，也就是伊菲斯的女儿，纵身跳入大火中自焚殉情。所有英雄的尸首都得到了安葬，只有被大地吞食的预言家安菲阿剌俄斯的尸首没有找到。国王不能当面祭奠自己的这个老友，他感到十分悲恸。

知识延伸

橄榄枝：油橄榄的树枝。橄榄枝象征和平。圣经故事中，它曾被作为大地复苏的标志，后来西方国家把它视作和平的象征。

"我永远失了我军中的眼目了，"他连声悲叹，"我永远失去了一个大预言家，我永远失去了一个在战场中最勇猛的勇士！"

葬仪结束之后，阿德剌斯托斯还在忒拜城外建造了一座非常华美的神庙，把它敬献给报应女神涅墨西斯。然后，他就和他雅典的同盟军离开了这儿。

整个俄狄浦斯家族中，能够活下来的就只有死去的两兄弟的两个儿子以及安提戈涅的妹妹伊斯墨涅。伊斯墨涅没有结婚，也没有子女。那七个攻打忒拜的英雄，只有阿德剌斯托斯在最后一次大会战的追击和屠杀中得以幸免。他平安地回到了雅典，请求雅典人帮助他为那些战死在忒拜城外的英雄举行一场光荣的葬礼。

火葬场

火葬场，即提供火化的场地，一般和殡仪馆在一起。如果人死了，就会被送到那里火化。火葬场一般都在市郊等偏远的地方。主要有吊唁厅遗体告别的地方，这个根据城市规模的大小来决定其数目；休息室，供丧家的亲朋好友休息；还有就是存尸体的地方；存骨灰的地方。

特洛伊的故事（上）

精彩导读

　　古时候，宙斯爱上了一个海洋女仙，不久他们生育了伊阿西翁和达耳达诺斯。两个孩子长大后共同统治着爱琴海的一个岛屿萨摩特剌刻。伊阿西翁知道自己是神祇的子孙，便放开胆量觊觎奥林匹斯圣山上的女神，并向农业女神得墨忒耳表达了爱意。宙斯为了惩罚这个狂妄的儿子，就用雷霆把他劈死了。达耳达诺斯看到兄弟被父亲劈死，内心非常悲痛，他毅然抛弃了王位，离开了国土。达耳达诺斯都了哪些地方？在旅行中遇到了哪些人？请仔细阅读本篇故事，从中找到答案。

特洛伊城的建立

　　很久很久以前，伊阿西翁和达耳达诺斯共同统治着爱琴海的一个岛屿萨摩特剌刻，这两个人是宙斯与一个海洋女仙所生的孩子。由于伊阿西翁知道自己是神祇的子孙，所以他敢于觊觎奥林匹斯圣山上的女神。他实在难以控制自己的热情，就向农业女神得墨忒耳表达了爱意。他的父亲宙斯见他如此狂妄，就用雷霆把他劈死了。对于兄弟的死，达耳达诺斯非常悲痛，因此抛弃了王位，并离开了国土。他先是旅行到亚细亚大陆，然后又来到了密西亚的海岸。西摩伊斯河和斯卡曼德洛斯河两条大河入海之前在这里汇合，巍峨高峻的伊得山脉则渐远渐小，一直消失在大平原的尽头。

　　统治这地方的国王叫透克洛斯，他的祖先最早是从克瑞忒岛迁移过来的，这儿居住的人们属于一个游牧民族，这个民族因他而得名，被称为透克里亚人。透克洛斯国王十分礼遇达耳达诺斯，并把女儿许配给他做妻子，还赏赐给他一块土地。他把这块土地称为达耳达尼亚，而居住在这块土地上的透克里亚人也因此被称为达耳达尼亚人。后来，他的儿子

生字背囊

觊觎（jì yú）：意思是渴望得到不属于自己的东西；非分的希望或企图；希望得到（不应该得到的东西）。

133

厄里克托尼俄斯继承了他的王位，并且生了个儿子叫特洛斯，从此之后，这个国家就被称为特洛阿德，都城则称作特洛伊。现在的透克里亚人和达耳达尼亚人都被当作特洛伊人。特洛斯死后，他的长子伊罗斯继承了他的王位。

有一回，伊罗斯到邻国佛律癸亚访问，佛律癸亚的国王请求他参加了一场在那里发起的竞赛。结果，伊罗斯在角力中取得了胜利，而且得到了五十个童男、五十个童女和一头斑牛的奖励。国王将这些奖赏赐给他，并再三告诫他一个古代的神谕，就是他必须要在这斑牛躺下的地方建立一座城堡。伊罗斯跟在斑牛的后面前行，这斑牛恰好躺在特洛伊的附近，而这里自从特洛斯以来就一直被作为国都。于是，他就在这特洛伊的山上建造了一座坚固的城堡，并把它称为伊利罗斯堡，也称作伊利翁，有时也被称作珀耳伽摩斯。从那以后，这附近的全部地方也被称为特洛伊，或者伊利翁，或者珀耳伽摩斯。但当时在城堡动工之前，他请求他神圣的祖先宙斯先赐予他以兆示，问询这种计划是否使他喜欢。结果，第二天，一尊帕拉斯·雅典娜的神像就从天而降，而且正好落在他住屋的门前。这神像大约有三肘高，两脚合拢着，女神的右手执着一根长矛，左手执着纺线竿和纺锤。有关这座神像的故事是这样的：

据说，雅典娜生下来就由海神特里同抚养着。恰巧海神自己也有一个女儿，名叫帕拉斯，和雅典娜同岁。这两个女孩整日形影不离，成为不可分离的伴侣。有一次，她们进行一场游戏比赛，想看看谁更强大一些。当帕拉斯举着一根长矛以矛尖指向她的女友时，被宙斯看到了，他担心自己的女儿受伤，就用一面羊皮盾遮住了她。这突如其来的意外情景让还是孩子的帕拉斯非常吃惊，她抬起头胆怯地望着天空。就在这一瞬间，雅典娜却给了她致命的一击。对于她的死，女神非常伤心，为了纪念这位挚友，她专门请人为她造了一尊像，并特意让她穿着和羊皮盾一样的胸甲。她把这神像安放在宙斯的神像前，给它以崇高的尊敬。也就是从那时候起，她就自称为帕拉斯·雅典娜。现在宙斯在得到女儿的同意之后，把这神像从天上降落到伊利翁境内，暗示着这城堡将受到他和他女儿的保护。

国王伊罗斯和欧律狄刻有一个儿子，名叫拉俄墨冬，这是一个性情残暴而任性妄为的人。他不仅经常欺骗本国的人，也经常欺骗神祇。他所居住的特洛伊城没有像城堡一样设防，为了保证特洛伊城的安全，他想围绕它修筑一圈城墙，使它变成一个真正的城堡。

这时，阿波罗和波塞冬正因为反抗万神之父而被逐出天国，流落在下界无依无靠。宙斯打算让他们帮助拉俄墨冬修建特洛伊城墙，以使这个由他与他女儿雅典娜保护的城堡能够抵御外来的侵略。在筑城工作刚刚开始的时候，命运女神就把这两个漂泊无依的神祇带到了特洛伊城区。他们向国王自我推荐，并且要求得到一定的报酬，国王欣然答应了。于是，他们就开始了他们的服役。波塞冬帮助建筑城墙，在他的指导之下，一道高大宽阔的城墙很快就建筑起来，它既威严又坚固，足以为这城池提供有效的防御。在树木繁茂的伊得山，有很多蜿蜒的峡谷和盆地，福玻斯·阿波罗就在这里为国王放牧着牛群。他们服役

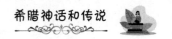

的期限约定为一年。

一年过去了，坚固壮观的城墙也全部竣工，但背信弃诺的国王却不愿意付给他们酬劳。结果，他们为此争论起来，雄辩的阿波罗据理力争，正当他进行激烈的责骂时，国王却强行将他们驱逐了出去，还威胁说要派人捆住太阳神的手脚，还要割掉他们两人的耳朵。两个神祇怀着嗔忿之情离开了国王，并从此对拉俄墨冬和全特洛伊人结下了难以和解的敌意。一直将这座城置于自己的保护之下的雅典娜也非常生气，并撤回了对这座城池的保护。

所以，这座刚刚建立了壮观的城墙而得到安全保障的特洛伊城，从此在宙斯的默许下，连同它的国王和人们都被弃置不管，听凭诸神把它毁灭；后来，在这些神祇中加上了万神之母赫拉，她也怀着强烈的仇恨对待这座城了。

精彩点拨

伊阿西翁敢于觊觎奥林匹斯圣山上的女神，并向农业女神得墨忒耳表达了爱意。他的父亲宙斯为了惩罚他，就用雷霆把他劈死了。对于兄弟的死，达耳达诺斯非常悲痛，因此抛弃了王位，并离开了国土。他先是旅行到亚细亚大陆，然后又来到了密西亚的海岸。

统治这地方的国王叫透克洛斯，他十分礼遇达耳达诺斯，并把女儿许配给他做妻子，还赏赐给他一块土地。后来，他的儿子厄里克托尼俄斯继承了他的王位，并且生了个儿子叫特洛斯，从此之后这个国家就被称为特洛阿德，都城则称作特洛伊。特洛斯死后，他的长子伊罗斯继承了他的王位。

阅读和累

爱琴海

爱琴海是希腊半岛东部的一个蓝色系海洋，南抵克里特岛，属地中海的一部分。爱琴海是黑海沿岸国家通往地中海以及大西洋、印度洋的必经水域，在航运和战略上具有重要地位。海域南北长610公里，东西宽300公里，海岸线非常曲折，港湾众多，岛屿星罗棋布，所以爱琴海又有"多岛海"之称。海中最大的一个岛名叫克里特岛，面积约8300平方千米，东西狭长，是爱琴海南部的屏障。

特洛伊的故事（下）

精彩导读

　　宙斯在奥林匹斯圣山上召集神祇集会，允许他们可以自由决定援助想要的一方。神祇们奉命行事，随着各自的心愿选择了援助的对象。以万神之母赫拉为首的一派选择了哪一方？以福玻斯·阿波罗为首的一派选择了哪一方？接下来的很多问题需要解决，怎么办？请仔细阅读本篇故事，从中找到答案。

人和神祇的战争

　　奥林匹斯圣山上，宙斯召集诸神集议，允许他们可以凭着自己的心愿帮助特洛伊人或者阿耳戈斯人。因为假如没有神祇们参战，阿喀琉斯一定会违反命运女神的规定而征服特洛伊城。当神祇们知道可以自由行事，他们立刻分为互相敌对的两派：万神之母赫拉、波塞冬、帕拉斯·雅典娜、赫耳墨斯和赫淮斯托斯一起赶到阿耳戈斯人的船上；福玻斯·阿波罗、阿瑞斯、阿耳忒弥斯以及他们的母亲勒托、阿佛洛狄忒和被神祇称为克珊托斯的斯卡曼德洛斯河神则动身来到了特洛伊人那里。

　　在双方的神祇们还没有加入各自的队伍之前，由于凶猛的阿喀琉斯在队伍中间，阿开亚人都显得斗志昂扬；特洛伊人远远望见像战神一样穿着金光灿烂的铠甲的阿喀琉斯，都恐惧得浑身发抖。但现在神祇们已加入双方的队伍，胜负的结果又难以预料了。这个阵营里，雅典娜在壕沟外面和海边来回奔波着，一边指挥，一边高声呐喊。在另一个阵营里，阿瑞斯一会儿站在城头高处，一会儿又飞奔到西摩伊斯河岸的队伍中间，吼叫着激励特洛伊人。不和之女神厄里斯则像风暴一样在双方军队中来回奔跑。战争的支配者宙斯从奥林匹斯圣山发出雷电；波塞冬奋力摇撼着大地，连所有山岳的高峰和伊得山的根基都震动起来，以致地府的主宰者普路同也吃惊地从他的宝座上跳起来，因为他害怕大地开裂，人和神祇就会发现他地下王国的秘密。现在神祇们已经开始动手了：雅典娜力战阿瑞斯，阿波罗对战波塞冬，阿耳忒弥斯正弯弓搭箭瞄准着赫拉，勒托和赫耳墨斯交锋，斯卡曼德洛斯和赫淮斯托斯厮杀。

　　当神祇们战斗得正激烈的时候，阿喀琉斯正在人群中专心致志地寻找赫克托耳，但阿波罗却变形为普里阿摩斯的儿子吕卡翁，鼓动埃涅阿斯向他挑战。他煽动他，使得他变得更加英勇，只见他穿着青铜的铠甲飞快地向前驰去。但赫拉在混乱中看见了这一幕。她立刻召集和她同盟的神祇们，对他们说："波塞冬和雅典娜！请你们考虑一下这件事的后果。现在，被阿波罗煽动的埃涅阿斯正疯狂地攻击珀琉斯的儿子。要么我们将他摔回去，要么我们中有一人去增强阿喀琉斯的力量，让他知道有伟大的神祇在支持着他。今天不能让他被特洛伊人伤害。我们从奥林匹斯来到这里的目的就是因为这个。以后他必须服从命运女神的规定。"

"仔细想想这结果吧，赫拉，"波塞冬回答道，"我并不觉得我们应该协力去攻击别的神祇。那是不公平的，因为我们显然有着最大的威力。我们不如先稳坐在高处监视着这战争。但是，假如阿波罗或者阿瑞斯投入战斗，假如他们设法阻碍阿喀琉斯，使他不能自由活动，那我们就有理由参战了，那时我们的对手一定会失败，并回到奥林匹斯去。"海神没有等她回答，就摇着他的长发，直奔很久以前雅典娜和特洛伊人为赫剌克勒斯筑建的城垣而去。别的神祇也随之而来，他们坐在高高的城墙上，隐藏在浓密的云雾中。正对着他们的卡利科罗涅山上，则端坐着阿瑞斯和阿波罗。就这样，神祇们也在相距不远的地方各自安营，准备随时作战。

战场上拥挤着无数的战士，青铜的铠甲和金属的战车在阳光下闪射着光辉，大地也在他们的脚下隆隆作响。双方队伍中突然跃出两个战士，一个是珀琉斯的儿子阿喀琉斯，一个是安喀塞斯的儿子埃涅阿斯。埃涅阿斯首先跃出，他的头上戴着一顶飘拂着羽饰的硕大战盔。他手执生牛皮的大盾掩护着身体，并摇晃着他的矛威吓着对手。阿喀琉斯看见他的狂态，如一头猛狮一样暴怒地跑出来。当他们来到彼此呼声可以到达的距离，阿喀琉斯大声喝道："埃涅阿斯，你怎么胆敢离开你的队伍，一个人跑出这么远？你认为你杀了我就能够统治特洛伊吗？傻瓜，普里阿摩斯是绝不会如此看重你的。他不是还有不少的亲儿子吗？再说，他虽然已经年老，但并没想放弃他的王位。也许特洛伊人答应给你一块肥沃的土地作为你杀死我的回报吧？假如我没有记错的话，我过去曾经追击过你。你还记得吗，当你独自赶着牧群，我追得你

逃下了伊得山的陡峭的山坡，你一路飞奔逃亡，甚至不敢回头，也不敢停脚，一直逃到吕耳涅索斯城。但我，由于宙斯和雅典娜的援助，将那城夷为平地，我获得那么多的战利品和大批的奴隶。由于神祇的慈悲，我才饶了你一命。但神祇绝对不会再次把你救出。所以我劝你，赶快退回你的队伍里去吧。小心点儿呀！别冒犯我，除非你要自讨苦吃。"

埃涅阿斯反驳道："别以为你能够用语言吓住我，别把我当成一个小孩子！我也能够说出让你痛心的话。我们各自都熟悉对方的家底。我知道你是海洋女神忒提斯的儿子，但我也可以夸耀我是阿佛洛狄忒的儿子和宙斯的孙子。再说，我们也一定不会被充满孩子气的恫吓吓退的，所以我们没必要在战场上像两个孩子一样耍嘴皮子。还是让你试试我们的青铜长矛吧。"说着他就投出他手中的矛。长矛箭一般地射到阿喀琉斯的坚固的大盾上，发出"当"的一声巨响，连空气都震动了。但那也只是刺穿了表面上的两层青铜。第三层是黄金的，矛尖到此停止，没能到达最后的锡的两层。现在该珀琉斯的儿子投矛了，矛尖刺中了青铜和生牛皮盾边缘最薄的地方。当矛穿过盾面插入埃涅阿斯身后的地上时，埃涅阿斯不由得执着盾蹲了下去，为这次的危险而发出<u>惊骇</u>的战栗。这时阿喀琉斯举着剑直向他奔来，一边还凶猛地咆哮着。埃涅阿斯趁势捡起地上的一块巨石，这是一块两个普通人也不能同时举起的巨石，他却轻易地投掷了出去。如果不是波塞冬反应敏捷，埃涅阿斯的石头必定会掷中阿喀琉斯的战盔或盾牌，而他也一定会被阿喀琉斯在肉搏中用利剑杀死。

因为那坐在特洛伊城头上的神祇们虽然反对特洛伊人，却时刻担心着埃涅阿斯的生命安危。"假如安喀塞斯的儿子因为相信阿波罗的话而降落到地府中去，那一定是令人遗憾的，"波塞冬说，"此外我也担心会引发宙斯的愤怒，因为宙斯虽然厌恶普里阿摩斯的家族，但却不愿使它完全被毁灭，并且还要通过埃涅阿斯，通过他的儿子们和他儿子的儿子们来延续这个盛大的王族。"

"随你的便吧，"赫拉回答道，"至于我和帕拉斯，我

生字背囊
恫吓（dòng hè）：
威吓；吓唬。

词苑撷英
惊骇：指惊慌害怕。
骇，惊吓、震惊、
害怕、惊骇。

们都曾经郑重地发过誓，不管结果怎样都不想改变特洛伊人的不幸。"

于是，波塞冬飞到战场上，当然这是人类的眼睛看不见的。他拔出埃涅阿斯的盾牌的矛，放到了阿喀琉斯的脚下，并且布下一片浓雾遮蒙住这个英雄的眼睛。然后，他又飞到战车上，将这个特洛伊人高高举起，把他从战士们的头上掷向战场的另一边去了，在那儿，特洛伊的同盟军考科涅斯人正在为作战做准备。波塞冬严厉地斥责这个被救出的英雄："埃涅阿斯，是哪位神祇蒙住了你的眼睛吗，使你敢于挑战这神祇的宠儿，与比你强大得多的珀琉斯的儿子对抗？从现在，你不管什么时候看到他都得避让。直到命运女神结束他的生命，你才能够到最前线去作战。"

说完之后，海神离开了，并驱散了阿喀琉斯眼前的迷雾。珀琉斯的儿子看见地上放置的埃涅阿斯的长矛，对手却已不见，感觉十分惊异。"是神祇庇护他使他逃脱了吧，"他沉闷地自言自语，"我已经多次让他逃脱了。"接着，他退回自己的队伍，鼓励他们继续前进。

在另一边，赫克托耳也同样激励着他的战士们，于是双方又发生了猛烈的战斗。阿波罗看到赫克托耳这么迫切地攻击珀琉斯的儿子，就飞到他的耳边低声警告他，赫克托耳听后就赶紧回到了队伍里。但阿喀琉斯像暴风一样又冲向了敌人，他掷出的第一矛就击碎了冲在最前面的伊菲提翁的脑门，他一下子扑倒在地上，被阿喀琉斯的战车碾碎了。接着，阿喀琉斯掷出的第二矛又击中了安忒诺耳的儿子得摩勒翁的脑袋。刚跳下战车的希波达玛士也被他的枪刺中了背部；而普里阿摩斯的另一个儿子刚骑着马从他的面前驰过，就被他刺中了脊骨，以致这个年轻人双膝跪在地上，发出痛楚的怪叫。

赫克托耳看到他的幼弟在地上痛苦地挣扎着，愤怒得两眼冒火。他不能再袖手旁观了，他再也不顾神祇的警告，如同闪电一样挥舞着手中的矛直奔阿喀琉斯而去。阿喀琉斯见状却暗暗高兴。"正是这个人，"他说，"正是他使我痛彻心扉。赫克托耳，让我们彼此再不要回避吧。快点儿走近

比喻手法
将赫克托耳的动作比作闪电，可见赫克托耳动作之迅猛。

吧，这样你就会死得更快些。"

"我知道你非常英勇，"赫克托耳毫不畏惧地回答他，"而且也知道我不如你有力气。但是神祇或许会保佑我的矛，它也许能够杀死你，虽然它是从一个比你弱的人的手中发出的。"说着他飞快掷出他的矛。但雅典娜此刻就在阿喀琉斯的身后站立着，她向着矛吹了一口气，使它速度突然慢下来，最后无力地落到了阿喀琉斯的脚下。现在阿喀琉斯开始发起进攻了，他策马勇猛向前，准备投射他的对手。但赫克托耳被阿波罗布下的一层浓雾包裹着，所以珀琉斯之子的矛三次都没有找到目标。当他第四次掷出矛，仍然没有投中，他气恼地大吼道："狗东西！你又逃脱了一死，因为你曾经祈求阿波罗保护你。但假如我在神祇中也有同盟者，我们将来还会相遇的，等着吧，你的命一定是在我的手里丧失的。现在，我将去寻求更多的特洛伊人，并把他们全部杀死。"说着，他举枪一下刺中了得律俄普斯的脖子，使他从马上倒栽下来。接着，又刺伤了得摩科斯，正中他的膝盖。然后又分别用剑和枪把比阿斯的两个儿子拉俄戈诺斯和达耳达诺斯从战车上打了下来。阿拉斯托耳的儿子——年幼的特洛斯恐惧地用双手搂抱着双膝，哀求他饶恕自己年轻的生命，但仍然被他一剑刺穿了胸膛。他还用枪刺入了摩利俄斯的耳朵中，青铜的枪尖穿过头颅从另一只耳中穿了出来。他又用利剑砍开阿革诺耳的儿子厄刻克罗斯的脑袋，用枪刺伤了丢卡利翁的手臂，并挥剑一下砍掉他的脑袋，使它和战盔一起骨碌碌滚落到地上。他又一枪投中特剌刻人里格摩斯的腹部，并用矛把阿瑞托俄斯从战车上击倒。就这样，战无不胜的阿喀琉斯以摧枯拉朽之势驰骋在战场上，就像烈风猛吹着的山林中的野火一般势不可当。他的马匹毫无顾忌地践踏着敌人的盾牌和尸体，他的车轴上浸染着鲜血，他的车轮和车身上也溅满了鲜血。

生字背囊

颅（lú）：脑盖。也指头。

词苑撷英

战无不胜：形容强大无比，可以战胜一切。也比喻办任何事情都能成功。

战场上双方的军队迎面扑来，大地在他们的脚下发出隆隆巨响。两个凶猛的英雄从各自的队伍里跳到前面，一个是安喀塞斯的儿子埃涅阿斯，另一个是珀琉斯的儿子阿喀琉斯。埃涅阿斯首先跳出来，手里威吓似的挥着投枪。阿喀琉斯也像一头雄狮，手里挥着宝剑冲上去。在一旁观战的神祇虽然反对特洛伊人，但对埃涅阿斯却产生了怜悯之情。海神离开了埃涅阿斯，并驱散了阿喀琉斯眼前的浓雾。阿喀琉斯看见埃涅阿斯的长矛放在自己脚下，人却不见了，感到非常奇怪。

锡

锡，金属元素，一种有银白色光泽的低熔点的金属元素，在化合物内是二价或四价，不会被空气氧化，主要以二氧化物（锡石）和各种硫化物（例如硫锡石）的形式存在。元素符号 Sn。锡是大名鼎鼎的"五金"（金、银、铜、铁、锡）之一。早在远古时代，人们便发现并使用锡了。在我国的一些古墓中，便常能发掘到一些锡壶、锡烛台之类的锡器。据考证，我国周朝时，锡器的使用已十分普遍了。在埃及的古墓中，也发现有锡制的日常用品。

普里阿摩斯、赫卡柏和帕里斯

精彩导读

埃萨科斯经过一番占卜，宣称他的后母赫卡柏将生下一个儿子，这儿子将招致本国城池的毁灭。因此，他劝告父亲在这儿子出生后就赶紧将他遗弃。不久，果然一切像他所预言的那样，王后生了一个儿子。普里阿摩斯按照预言把这个儿子遗弃了吗？这个孩子叫什么名字？是谁把他抚养大的？这个孩子有哪些经历？请仔细阅读本篇故事，从中找到答案。

知识延伸

火炬：又称火把，是一种用来照明和传送火的工具。一般为木棒一端绑上易燃的物品（如浸有油脂或沥青等的破布）制成。在建筑内部使用的时候可以插在墙上的架子里，野外使用则为手擎。

普里阿摩斯承继王位之后，他的后妻叫赫卡柏，是佛律癸亚国王底玛斯的女儿。赫卡柏生了个儿子叫赫克托耳。当她孕育第二个孩子的时候，她做了一个十分可怕的梦。她看见自己生下了一把熊熊燃烧的火炬，整个特洛伊城都被它点燃，并且化为灰烬。她怀着无边的惊怖把这噩梦告诉了丈夫。普里阿摩斯立刻派人招来他前妻的儿子埃萨科斯。他是一个预言家，曾经从他的外祖父墨洛普斯那里学得占梦的技能。经过一番占卜，埃萨科斯宣称他的后母赫卡柏将生下一个儿子；不过这儿子将招致本国城池的毁灭。因此，他劝告父亲在这儿子出生后就赶紧将他遗弃。不久，果然像他所预言的那样，王后生了一个儿子。出于对国家的关心，她答应普里阿摩斯，把新生的婴儿交给一个奴隶，吩咐他把孩子弃置到伊得山上。这奴隶名叫阿革拉俄斯，他奉命把婴儿弃置到伊得山的荒坡上，但没想到一只母熊却哺乳了这个婴儿。五天之后，阿革拉俄斯再次回到当初抛弃婴儿的地方，结果发现那婴儿仍然完好无损地躺在草地上，而且吃得饱饱的。他非常讶异，顿生怜悯之心，便把婴儿抱回了自己家，收养为儿子，为他取名为帕里斯，并在自己的一小块土地上靠放牧抚育着他。

在牧人的照顾之下，这位国王的儿子渐渐长成了高大的青年。他凭着的俊美的相貌和超人的膂力引起了人们的注意。伊得山这个地方经常有强盗出没，他带头反抗强贼，保护了牧人们的安全。因此这里的人们都尊称他为阿勒克珊德洛斯，意思就是人类的救助者。

有一天，帕里斯偶然来到一片被高大的松杉和繁茂的橡树所掩蔽着的峡谷，这儿远离他的牧群，因为他们谁也找不到这深山中树林阴翳的峡谷的入口。他站在高处，抱着双臂背靠着一株大树，从群山的空隙中眺望着远处特洛伊的宫殿和蔚蓝的大海。忽然，他听到震天动地的声音。他还没来得及集中自己的精神，就看见神祇的使者赫耳墨斯手握黄金神杖飞一般的来到了跟前。尽管他看来是这样的神奇，但也不过是一种更奇妙的景象的先行者而已，因为，在他的后面，还有奥林匹斯圣山的三位女神。她们轻灵的脚已经降落在这从来没有被人类开垦过或者被牧群啃啮过的草地上。青年觉得非常惊惧，但那长着羽翼的赫耳墨斯却呼唤着他："别害怕，我的孩子！这三位女神就要向你走来，为的是便于你对她们进行评判。她们将选择你来决定她们三个当中谁是最美丽的。宙斯命令你接受这个使命，他会帮助和保护你的。"

说完这话，赫耳墨斯就扇动着双翼，飞出了这幽深狭窄的山谷，转眼就无影无踪了。帕里斯鼓起勇气，抬头望向站在面前的三位女神。她们都带着同样神圣的尊严和美丽，在等候着他的决定。一开始，他感觉每一个人都足以称为最美丽的。但越看下去，他越拿不定主意，一会儿觉得这个人最美，一会儿又觉得应该是另一个人。渐渐地，他觉得那个最年轻的女神比其余两个更可爱、更优雅。他感觉她的双眼那么媚惑而迷人，就好像一种摄人魂魄的光辉将他裹住了一样。

现在，这个三人之中最骄傲的女神，她的身材比其余两人都高大一些，对这青年说："我是赫拉，是宙斯的姐姐，也是他的妻子。如果你同意，把这个刻着'送给最美丽的人'的金苹果交给我，那么，你就能够统治这人类最富有的王国。"

生字背囊

膂(lǚ)力：指体力；力气。民间泛指腰力。

词苑撷英

无影无踪：没有一点儿踪影。形容完全消失，不知去向。

"我是智慧之女神帕拉斯·雅典娜，"第二个女神说，这女神前额宽阔，面庞美丽而庄严，两只眼睛就像蔚蓝的天空一样清澈，"如果你赞成我是最美的，你将成为人类中最聪明、最智慧、最刚毅的人。"

第三个女神，也是那个一直用眼睛、用表情和他交流的最年轻的女神，现在才用最热情最亲切的声音对这个青年说："帕里斯，你一定不会被那些包含危险而又最不可靠的谎言所诱惑。我要赠给你一件东西，这件东西除了带给你快乐，再不会带给你别的。我要赠给你的东西才是你最需要的：我要将世界上最美丽的妇人送给你做你的妻子。我就是阿佛洛狄忒，是爱情的女神呀！"

当阿佛洛狄忒对着帕里斯说出这番话时，她正风情万种地束着她的腰带，因此这更增加了她的无比的美丽。她的周围，闪着一种神异的希望的光辉，在这种光辉的映照下，另外两个女神都显得黯然失色。被她的光辉炫惑着，帕里斯把那个从赫拉手里得到的金苹果递给了这爱情的女神。赫拉和雅典娜都恼怒地转过身去，并发誓说由于他对她们不公平，她们一定要向他的父亲、向特洛伊以及所有特洛伊的人民进行报复。从那以后，特别是赫拉，成了特洛伊人民的死敌。阿佛洛狄忒一再庄严地重复着她的诺言，并且用神祇的名义发誓作保证。然后她也离开了这个青年，她的态度是那么温柔那么庄严，使巨青年久久沉醉在一种幸福之中。

在这以后，帕里斯继续作为一个不知名的牧人，生活在伊得山的山坡上，希望有一天能实现阿佛洛狄忒那充满诱惑的诺言。但是，当女神在他心中所激起的热望久久得不到满足时，他娶俄诺涅做了妻子。俄诺涅一直生长在当地，据说是河神与一个仙女所生的女儿。在俄诺涅的陪伴下，帕里斯在这荒凉的山坡上也度过了许多快乐的日子，他们远离喧嚣的人世，自由地看管着他们的牧群。但终于有一天，他被引诱着，来到他从没到过的城里。因为普里阿摩斯在埋葬一个亲属之后，要举行一个殡仪的赛会。赛会上要举行许多的比赛，奖品就是国王从伊得山牧群里捉来的一头母牛。这恰好是帕里斯最喜爱的一头母牛，他无法拒绝国王的命令，因此决定参加比赛以此来赢回这头母牛。比赛结束，他果然取得了最后的胜利，甚至胜过了他的兄弟们，胜过了他们中最英勇最强壮的勇士赫克托耳。但是，国王普里阿摩斯的一个儿子得伊福玻斯不能面对自己的失败，他感到非常羞愧和愤怒，以至于不能自制，便一直冲向这牧人想把他击倒。帕里斯只好逃到了宙斯的神坛里，在那里，普里阿摩斯的女儿卡珊德拉，一个曾经被神祇赋予预言天才的人，一眼就认出这个逃亡者是她的哥哥。一家人沉浸在重逢的欢喜中，他的父母热情地拥抱着他，仍然将他作为亲生的儿子，忘记了在他出生前预言家所说的警示。

帕里斯再也没有回到他的妻子和牧群那里去，他现在住进了适合于王族身份的华丽的宫殿里。没过多久，国王委派他做一件重要的事情。他欣然应允，但却不知道，他这一去即将获得爱情女神许诺给他的礼物。

精彩点拨

赫卡柏答应普里阿摩斯，把新生的婴儿交给奴隶阿革拉俄斯，弃置到伊得山的荒坡上。五天之后，阿革拉俄斯再次回到当初抛弃婴儿的地方，把他抱回了自己家，收养为自己的儿子，为他取名为帕里斯，在牧人的照顾之下，这国王的儿子渐渐长成了一个高大的青年。他凭着身体的俊美和超人的膂力带头与强贼反抗，保护了牧人们的安全。

帕里斯再也没有回到他的妻子和牧群那里去，他现在住在了适合于王族身份的华丽的宫殿里。没过多久，国王委派他做一件重要的事情。他欣然应允，但却不知道，他这一去即将获得爱情女神许诺给他的礼物。

阅读积累

熊

熊是食肉目熊科动物的通称，熊平时还算温和，但是受到挑衅或遇到危险时，容易暴怒，打斗起来非常凶猛。熊躯体粗壮肥大，体毛又长又密，脸形像狗，头大嘴长，眼睛与耳朵都较小，白齿大而发达，咀嚼力强。四肢粗壮有力，脚上长有5只锋利的爪子，用来撕开食物和爬树。尾巴短小。熊平时用脚掌慢吞吞地行走，但是当追赶猎物时，它会跑得很快，而且后腿可以直立起来。

海伦被拐走

精彩导读

有一回，大家聚在一起商议复仇，普里阿摩斯表示十分想念他远方的姐姐。帕里斯站起来说，如果允许他率领一支舰队到希腊去，在神祇的帮助下，他一定能抢回父亲的姐姐并十分荣耀地带她回来。帕里斯完成任务了吗？请仔细阅读本篇故事，从中找到答案。

当国王普里阿摩斯还是一个孩童的时候，赫剌克勒斯曾经远征特洛伊，杀死拉俄墨冬，还抢走他的女儿赫西俄涅赠给他的朋友忒拉蒙做妻子。虽然忒拉蒙把她作为合法的妻子，并让她做统治萨拉弥斯的王后，但是，普里阿摩斯和他的家族仍然不能放弃这种仇恨，并发誓要报仇。有一回，当大家又聚在一起商议这件事的时候，普里阿摩斯表示十分想念他远方的姐姐。这时帕里斯站起来说，如果允许他率领一支舰队到希腊去，在神祇的帮助下，他一定能抢回父亲的姐姐并十分荣耀地带她回来。他把他的这种伟大希望寄托在阿佛洛狄忒对他的承诺和保佑上，并且他向父亲和兄弟们述说了那件发生在伊得山上的奇异的事情。

普里阿摩斯毫不怀疑帕里斯受着神祇的保护；得伊福玻斯也确信，如果他的兄弟在战场上<u>一显身手</u>，阿耳戈斯人一定会归还赫西俄涅。在普里阿摩斯的众多儿子中，有一个预言家叫赫勒诺斯。他忽然说出一个让人难以相信的预言：假如他的兄弟帕里斯从希腊带着一个妇人归来，阿耳戈斯人一定会追到特洛伊，杀死国王和他所有的儿子，同时将特洛伊城<u>夷为平地</u>。这个预言立刻引起了大家的争论。国王最小的儿子特洛伊罗斯是一个勇武善战的青年，他对哥哥的这个预

词苑撷英

一显身手：充分地显示出自己的才能。

词苑撷英

夷为平地：指铲平使成一块平地或指把地面以上的物体全部摧毁。

言感到很不耐烦，甚至责骂哥哥是个胆小的懦夫，他还警告其他人不要因这个毫无根据的预言而临阵退缩。其中也有一些人对这个预言半信半疑。但是，普里阿摩斯因为十分思念他的姐姐，仍然站在帕里斯这一边，同意他的做法。

于是，国王开始为征讨做准备。他首先召集人民并宣称，过去他如何派遣使者在安忒诺耳率领下来到希腊，要求希腊对抢夺赫西俄涅一事给予一个满意的答复并允许将她带回祖国，但这起码的要求都被希腊无理地拒绝。现在，如果人们赞成，普里阿摩斯强调说，为了这个用礼貌所没有完成的任务，他愿意派遣他的亲生儿子帕里斯带着一支强有力的军队用武力去完成它。安忒诺耳支持国王的决定，他站起身来，生动地向人们述说了他作为一个和平使节在希腊所受到的冷恩。他还绘声绘色地描述阿耳戈斯人在平时是多么的傲慢，在战场上又是多么的怯懦。他的话果然更激起人们的愤怒，大家一致嚷嚷着要求立刻发动战争。

但普里阿摩斯是一个很贤明的国王，他不愿轻率决定这么重要的事情，他要求凡是对这事有疑问的人都可以站起来表达自己的看法。于是，特洛伊的一个长老潘托俄斯从会场中站立起来，他为大家叙述了一个他幼年时候从他父亲俄特律斯那里听到，而他的父亲又是从神谕那里听到的故事。那故事说，假如拉俄墨冬家族的一个王子从希腊带回来一个妻子，那么，所有的特洛伊人都会被毁灭。"所以，我的朋友们，"这老人最后说，"让我们平平安安地生活吧，让我们不要被那战斗的光荣所诱惑，不要为了那不一定的能得到的战斗的光荣而拿我们的全部作赌注！因为我们可能会失掉一切，甚至连同我们的自由！"但愤怒的人们根本听不进这善意的提醒，他们不满地嘟哝着，并请求国王不要听信这糊涂的老年人的怯懦的言语，只管将心中已经决定的事情立刻付诸行动。

意见统一了，于是普里阿摩斯下令，开始在伊得山建造船只，为远航做好充足的准备。他还派他的儿子赫克托耳、帕里斯和得伊福玻斯分别到佛律癸亚和邻国派俄尼亚去，为特洛伊征集军队。凡是能拿起武器的特洛伊人都投入到战争的准备中，因此在很短时间内，就组织了一支强大的军队。国王任命帕里斯为统帅，并任命他的兄弟得伊福玻斯、王子埃涅阿斯、潘托俄斯的儿子波吕达玛斯三人担任他的参将。

舰队浩浩荡荡地出发了，开始朝着希腊的库忒拉岛的方向航行，他们打算首先在这里登陆。半路上，他们遇到了斯巴达国王墨涅拉俄斯的船只，墨涅拉俄斯是要到皮罗斯去访问贤明的涅斯托耳的，看到这支规模庞大的舰队，他非常吃惊。而特洛伊人看到墨涅拉俄斯乘坐的那艘装饰得十分豪华的大船，也感到很诧异，这显然是希腊最有名的王子所乘坐的船只。双方彼此互不相识，也都不知道对方究竟要航行到哪里去。就这样，在茫茫的大海上，他们彼此飞掠而过。特洛伊人的舰队在库忒拉岛上顺利地登陆了。帕里斯想把这里

当作据点，先从这里到斯巴达去，和宙斯的双生子卡斯托耳和波吕丢刻斯进行交涉，要求他们归还他父亲的姐姐。假如阿耳戈斯的英雄们拒绝他的要求，大舰队就可以从这里直航萨拉弥斯湾，用武力来夺取顺利。

在出发到斯巴达之前，帕里斯希望在阿佛洛狄忒和阿耳忒弥斯的神庙里进行一次祀神的献祭。同时，岛上的人也发现了他们，并将这强大舰队到来的消息报告给了斯巴达王宫。这时恰巧国王墨涅拉俄斯去皮罗斯拜访涅斯托耳，政事就交给了王后海伦一人主持。海伦是宙斯与勒达所生的女儿，也是卡斯托耳和波吕丢刻斯的妹妹，而且是当时世界上最为美丽的妇人。当她还是小女孩的时候，就因为曾经貌美被忒修斯抢走，但由于她的两个哥哥的强势追究，终于将她要回。后来她在后父斯巴达国王廷达瑞俄斯的宫廷中长大，她的美丽吸引着大批前来求婚的人。但是国王担心假如选择其中的一个作为女婿，便会遭到其余人的仇恨。后来，聪明的伊塔刻国王俄底修斯给他提了一个可行的建议：要求所有求婚的人发誓，要他们用手中的武器保护那个被选作女婿的人，使他不被任何一个因未被选中而怀恨在心的人伤害。廷达瑞俄斯接受了这个两全其美的建议。所有求婚的人都发了誓，廷达瑞俄斯最终选择了阿耳戈斯国王阿特柔斯的儿子，也就是阿伽门农的兄弟墨涅拉俄斯做了他的女婿，并把自己的王位让给了他。海伦为墨涅拉俄斯生了一个女儿，名叫赫耳弥俄涅。当帕里斯一行来到希腊时，赫耳弥俄涅还只是一个小小的婴儿。

此刻，美丽动人的海伦一个人独处宫中，百无聊赖，郁郁寡欢。忽然，侍从报告这样一个消息，说一个带着强大舰队的外国王子来到了库特拉岛。她非常好奇，想看看这个王子和他武装的<u>扈从</u>们到底是什么样子。为了实现这个愿望，她决定在库特拉岛的阿耳忒弥斯神庙安排一个庄严的献祭，而且恰好在帕里斯的献祭刚结束时进入神堂。

帕里斯一眼看到美丽的王后，那正高举着向天祈祷的双

词 苑撷英

扈（hù）从：1. 帝王或官吏的随从。2. 随从；跟随。

手就不由自主地低垂下来，他的心中惊奇极了，一瞬间他好像又看见那个他在伊得山放牧时曾一度遇见的爱情女神阿佛洛狄忒。他很早以前就听说过有关海伦的美丽动人的传言，他非常渴望能亲眼见到她，但又想到爱情女神所许诺给他的女人一定比他听到的海伦还要美丽。而且在他的心目中，那个女人一定是一个处女，而不是别人的妻子。但是此刻，当他当面看到这可以同女神比美的斯巴达王后的时候，他突然清楚地知道，这个女子便是爱情女神为了报答他的评判而赠给他的唯一的女人。一瞬间，他父亲委托给他的使命，他的宏伟的远征计划，他的英勇善战的队伍，都在他的心中烟消云散了。他觉得他和成千成万的战士远渡重洋进行的这次伟大的远征只不过是为了得到海伦。他默默地站在那儿，沉浸在海伦的美丽的陷阱中。同时，海伦也看着这个来自亚细亚的年轻俊美的王子，看着他那长长的鬈发和身上穿着的金紫色的华丽长袍，她的心中也禁不住暗暗欢喜。一时间，她的脑海中再也没有日思夜想的丈夫的形象，而是眼前这个英姿飒爽的年轻的外乡人。

但海伦最终勉强离开了，又回到她斯巴达的孤独的宫殿里。她努力想把这个美丽的形象从自己的心上抹去，她强迫自己去想念此刻仍在皮罗斯的墨涅拉俄斯。

没过多久，帕里斯带着精心挑选的几个随从来到斯巴达城里求见，他特别强调使命的重要，即使国王不在也必须要进入王宫禀告王后。海伦按照对外乡人和对王子的特殊礼遇接待了他。宴会上，他的琴音是那么美妙，他的言辞是那么甜美，他的举止是那么文雅，他的爱情是那么热烈，这一切使海伦难以自持。帕里斯也看出海伦心中的信念已经动摇，在美丽的海伦面前，他忘记了父亲的事业，忘记了他的人民，除了爱情女神的诱惑的甜蜜诺言以外，他什么都忘记了。他召集来随他来到希腊的战士们，用富丽的劫掠品诱惑他们，说服他们同意帮助自己完成心中的愿望。

随后，他带人袭击了国王的宫殿，掠夺了墨涅拉俄斯的

无数的珍宝和财富，并掠走了美丽的王后海伦。她虽然也做了反抗，但并非完全不愿意地随着他来到他舰队的大船上。

舰队缓缓驶过爱琴海时，一丝风也没有，刚才还匆匆奔逃的船只此刻航行在风平浪静的海面上。在乘坐着帕里斯和海伦的那只大船的前面，海浪分劈开来，从浪花中伸出年老的海神涅柔斯戴着水草花冠的头颅，他的须发上水滴淋漓。大船像钉子一样被钉在海面上，在船的两侧，大海就像两堵铁墙，一动也不动。涅柔斯向他们说出可怕的预言："不祥的恶鸟从你们的头顶飞过，你们这些被诅咒的贼徒啊！阿开亚人很快就要带着大军追来，他们将拆散你们这罪恶的结合，掠走你们，并消灭普里阿摩斯的古国。哎呀，我看见多少马匹，多少战士，多少达耳达诺斯的子孙，他们都要为你们而牺牲！帕拉斯·雅典娜已经穿戴好战盔，执着她的盾，并挥舞着她愤怒的武器。血流成河的大屠杀要经过多少年月啊，只有一个英雄的愤怒才能够延缓你们的城池的毁灭。但当指定的日子到来时，阿耳戈斯人的怒火将焚毁所有特洛伊人的家园！"

这年老的海神刚说完这预言，就一下子沉没到海里去了。帕里斯心中也非常惶恐。但是，当和风又起，海伦的雪白的手又紧紧握在他手里的时候，自己转瞬就忘记了他刚刚听到的可怕的预言。

不久，舰队停泊在克剌奈岛，被爱情迷惑的无信而薄情的海伦也已经自愿归服于帕里斯。两个人都沉浸在新婚的快乐中，忘记了自己的家庭和祖国。在这个岛上，他们依靠他抢掠来的财富长期过着豪华奢侈的生活。很多年以后，他们才乘船回到特洛伊城。

比喻手法

大船像钉子，大海像两堵铁墙。比喻贴切，把老海神的威力形象地表现出来。

精彩点拨

特洛伊国王普里阿摩斯委托了一项任务给王子帕里斯，让他前往萨拉弥斯接回国王的姐姐——萨拉弥斯的女君主赫西俄涅，帕里斯带领大队人马浩浩荡荡往锡西拉岛进发。帕里斯受到阿芙罗狄忒的唆使，乘船到斯巴达找海伦，他来到拉科尼亚的海岸，和他的朋友埃涅阿斯上了岸，作为客人探访斯巴达国王墨涅拉奥斯，宴上帕里斯及海伦已互生情愫。两个人都沉浸在新婚的快乐中，忘记了自己的家庭和祖国。在这个岛上，他们依靠他们抢掠来的财富长期过着豪华奢侈的生活。很多年后，他们才乘船回到特洛伊城。

阅读积累

海 伦

海伦是古希腊神话中众神之王宙斯跟勒达所生的女儿，在她的后父斯巴达国王廷达瑞俄斯的宫里长大。她是人间最漂亮的女人。在她出生时，神赋予她可以模仿任意一个女人的声音的能力。长大后，她和特洛伊王子帕里斯私奔，引发了特洛伊战争。

战斗开始。普洛忒西拉俄斯。库克诺斯

精彩导读

　　特洛伊的城门突然打开了，特洛伊大军在什么人的统率下像潮水一样地涌过斯卡曼德洛斯河的大平原？他们冲到了毫无防备的什么人的舰队前面？是什么人立刻拿起武器从四面八方奔过来迎战？请仔细阅读本篇故事，从中找到答案。

比喻手法

将特洛伊大军比作潮水，由此不难看出特洛伊大军人数之多。

　　正在阿耳戈斯人将忒勒福斯及其随从送到他的船上时，特洛伊的城门突然打开了，特洛伊大军像潮水一样地涌过斯卡曼德洛斯河的大平原。他们在赫克托耳的统率下，没有遭遇任何抵抗地冲到了毫无防备的达那俄斯人的舰队前面。见状，那些驻扎在离海岸较远的营房里的阿耳戈斯人，立刻拿起武器从四面八方奔过来开始迎战，但终究寡不敌众，他们很快地被敌人击退了。

　　但这小小的战斗却在一定程度上阻挡了特洛伊人，并且为其余的阿耳戈斯人赢得了集合的时间。他们利用这宝贵的时间快速集合起来，布好阵势开始向敌人反攻。

　　真正的战争正式开始了。战场上的形势很不平衡，赫克托耳所在的地方特洛伊人占优势，但距离他较远的达耳达尼亚人却被阿耳戈斯人击溃。在阿开亚人的众多英雄中，最先被埃涅阿斯杀死的是普洛忒西拉俄斯。他远离祖国来到特洛伊时正是一个英俊的青年，他是阿耳戈斯英雄阿卡斯托斯的女儿的未婚夫，他也是在这个岛屿登陆时第一个跳上岸的人。可如今，他最先阵亡了，在他出发前，他的美丽的未婚妻拉俄达弥亚曾经多么忧伤地和他告别，现在，她将永远迎不到她的新郎了。

　　阿喀琉斯此刻却在远离阵地的地方。他正在欢送当初被他杀伤后来又被他的矛头治愈的密西亚的国王忒勒福斯，他一直送到海岸，看着国王上船，并依依不舍地看着他的船只渐渐远去，直到在海面上不见踪影。阿喀琉斯正打算扭头回去，忽然感到肩头被人拍了一下，原来是他的战友帕特洛克罗斯，帕特洛克罗斯冲他喊道："你跑到哪儿去了？阿耳戈斯人正需要你！战斗已经打响了！普里阿摩斯国王的长子赫克托耳统率着他的大军，来势汹汹，就像一只被猎人们包围着的狮子。国王的女婿埃涅阿斯已经杀掉了高贵的普洛忒西拉俄斯，那个和你一样年轻勇敢但是不如你勇武有力的青年。如果你再不参与这场战争，我们将会牺牲更多的英雄。"

阿喀琉斯好像大梦初醒。他转身望向他的朋友，同时也听到了远处传来的激烈的喊杀声。他没有时间回答，飞快地穿过营盘中的巷道，一口气回到他的营房。到了这里，他才大声呼唤他的密耳弥多涅斯人赶快拿起武器，然后他们一起如同暴风雷霆一般冲出营房，投入到战斗中。他如此勇猛，甚至连善战的赫克托耳也难以抵抗他的攻击。珀琉斯的儿子已经杀死了国王的两个儿子，此刻，国王正在城头上为死去的两个儿子大放悲声。埃阿斯就在阿喀琉斯的近旁作战。他身材异常高大，超出所有其他的阿开亚人。由于这两个英雄的冲击，特洛伊人像鹿群遇到凶猛的猎犬一样纷纷四散而退。他们退回到城里，并且紧闭城门。达那俄斯人也回到了他们的船舰边，继续巩固他们的营盘。阿伽门农安排阿喀琉斯和埃阿斯负责管护船舰，又派了别的英雄分别守护着各自的舰队。

然后，他们开始安葬普洛忒西拉俄斯。他们先将他的尸首放置在高高的火葬堆上焚化，又将他的骨灰埋葬在半岛上一棵茂盛的大榆树下面。他们刚刚结束殡葬的仪式，敌人

就发起了第二次猛攻。

在特洛伊附近有一片叫科罗奈的地方，这儿的国王叫库克诺斯。他是海神波塞冬与一个女仙所生的儿子，后来由武涅多斯海岛上的一只天鹅将他抚养成人。他的名字叫库克诺斯，也就是天鹅的意思。他是特洛伊人的盟友，所以，当他看见外来人的军队登陆时，他认为去帮助他的老朋友是他应该尽到的责任，虽然国王普里阿摩斯并没有派人向他求援。库克诺斯召集了一支大军，事先埋伏在阿耳戈斯人的营盘附近，他们刚刚隐藏好，就碰到达那俄斯人第一次得胜回来。只见达那俄斯人纷纷卸下武器和装备，团团围绕着火葬场站着，开始追悼死者。正当他们专心地举行着葬仪的时候，突然发觉自己已经被战车和战士包围了，还没等他们弄明白这些战士究竟从何而来，就遭到了库克诺斯国王和他的队伍的无情地屠杀。

幸运的是，这个葬礼只是有一部分阿耳戈斯人参加。别的在船舰附近和营房里的阿耳戈斯人正由阿喀琉斯统率着，他们的手头仍有武器。听到厮杀声，他们立刻全副武装冲过来进行援助。他们的领袖，珀琉斯的儿子杀气腾腾地立在战车上，让所有的人看了都会感到恐惧。他挥着一杆随时可以置人死地的长枪接二连三地杀死了不少敌人，等他冲入敌阵之中，发现敌人的最高统帅正挺立在战车上奋勇厮杀。他驾着白马拉着的战车飞快地奔向对手——国王库克诺斯，向他飞舞着手中的长枪大声呼叫："不管你是谁，你死了也应该感到欣慰，因为是武提斯的儿子阿喀琉斯把你刺死的！"说着就对准敌人，用力地投出手中的那杆长枪，但那长枪却只是"砰"的一声从敌人的胸脯边擦过去了。阿喀琉斯非常惊讶，他用疑惑的眼光上下打量着对手，好像对手是个刀枪不入的人。

"不用惊奇，"库克诺斯微笑地对他说，"让你吃惊的不是我胸前的战甲，也不是我手中所执的大盾。我佩着这些东西只不过是一种装饰而已，就像战神阿瑞斯执着武器只是一种游戏一样，因为真正的战神绝不需要用任何武器来保护他的永生的身体。就算我卸下我身上的盔甲，你的枪也不能刺伤我的皮肤。因为，我从头到脚都像钢铁一样坚硬。总之，你必须要认清现在你眼前的这个人，他不仅仅是一个海洋女仙的儿子，还是统治着所有海洋的海神的儿子。现在你已经面对面地遇到波塞冬之子了！"

说着，他向着阿喀琉斯奋力投掷出他的矛。锋利的矛尖穿透了阿喀琉斯的青铜的盾面和九层生牛皮，但到第十层时，矛尖却卡住了。阿喀琉斯用力抖搂一下盾牌，使长矛落到了地上，然后把他的枪投向国王。但国王仍然没有受到任何伤害，甚至第三枪也没有损伤他半分毫毛。珀琉斯的儿子因此暴怒，他又举起他那用白杨树削刻成的长枪狠狠地刺过去，这一枪刺中库克诺斯的左肩，顿时血流如注，阿喀琉斯欢喜得大叫起来。可惜这欢喜非常短暂，因为他很快就发现所流的并不是波塞冬的儿子的血，而是正在库克诺斯身边作战的墨诺武斯被别人刺伤所流的血。阿喀琉斯更加愤怒，他跳下战车来，咬牙切齿地向他的对手扑去。他用手中的宝剑猛刺他的对手，但这有力的武器碰到库克诺斯的钢铁一样的坚硬身躯仍然被弹了回来。绝望中，他举起他的十层牛皮的大盾，连续数次地摔击这个不可损伤的对手的头部。现在，库克诺斯被这猛烈的大盾撞击得脑袋发昏，他的眼睛发黑，不由得仓皇后退，没想到一下子被石头绊倒了。阿喀琉斯立刻抢上前去，捏着他的脖子将他死死地按在地上。随机，阿喀琉斯用自己那沉重的大盾紧压着他，双膝抵在他的胸脯上，解下自己的战盔的皮带将他绞死了。

科罗奈人看见他们的国王倒下了，瞬间都失去了斗志，在一片惊慌失措中四下逃散。战场上只剩得乱七八糟的尸体，连还未完工的普洛忒西拉俄斯的坟地的周围也散布着不少尸体。现在这些阿耳戈斯人可以安心地悲悼他们死去的战士并为他们挖墓安葬了。

这次恶战之后，达那俄斯人杀入库克诺斯的王国，并从它的都城门托剌掠走他的孩子们作为战利品。然后他们又入侵了附近的城喀拉城，它的城堡虽然坚固，也终于没能抵挡所向披靡的达那俄斯人。最后他们满载着胜利品回到了他们小心防守着的营寨里。

真正的战争正式开始了。赫克托耳所在的地方特洛伊人占优势，但距离他较远的达耳达尼亚人却被阿耳戈斯人击溃。在阿开亚人的众多英雄中，最先被埃涅阿斯杀死的是普洛忒西拉俄斯。他也是在这个岛屿登陆时第一个跳上岸的人。

鹿

鹿，哺乳动物，反刍类，种类很多，四肢细长，尾巴短，一般雄的头上有角，个别种类雌的也有角，毛多为褐色，有的有花斑或条纹，听觉和嗅觉都很灵敏。有梅花鹿、马鹿等。

被人们称为鹿的动物在不同地区可能是不同的种类，这类动物在人们的观念中容易于其他偶蹄目动物等区分。在生物分类学鹿类动物上包括反刍亚目鹿上科的麝科和鹿科，有时也包括与鹿上科亲缘较近的䴙鹿上科的䴙鹿科和长颈鹿上科的长颈鹿科动物。

休 战

阿耳戈斯的王子们正在他们的统帅阿伽门农的屋子里聚会，涅斯托耳宣布会议开始，并提议明天暂时停战，目的是收集战场上那些阿耳戈斯殉难英雄的尸体，然后焚化，将来回国时把他们的骨灰带回交给他们的家人。他的提议得到大家的赞同。

阿耳戈斯的王子们正在他们的统帅阿伽门农的屋子里聚会，埃阿斯愉快地走来了，引起了大家的一片欢呼。他们宰杀了一只肥牛献祭宙斯，然后开始分食牛肉，胜利者分到了最好的一块——从牛背上割下的牛肉。酒足饭饱之后，涅斯托耳宣布会议开始，并提议明天暂时停战，大家可以用牛车和驴车收集战场上那些阿耳戈斯殉难英雄的尸体，然后运到船舰附近将它们<u>焚化</u>，将来回国时再把他们的骨灰带回交给他们的家人。他的提议得到大家的赞同。

在另一个地方，特洛伊人也集中在卫城上国王普里阿摩斯的宫廷前进行商议。对于战争的结局，他们都感到非常惶恐和失望。明智的安忒诺耳第一个发言。"特洛伊人和我们的同盟军，请大家记住我的话吧！"他说，"我们已经失信了。如果我们依然固执地违反那被潘达洛斯破坏了的庄严的誓约，继续战争，那么，这对我们没有一点儿好处。因此我不能再隐忍不说了，我劝你们将海伦和她所有的财富都送回去，送给阿耳戈斯人去。"

他话音刚落，帕里斯就站起来回答说："安忒诺耳呀，如果你真是郑重地提出这个建议，那一定是神祇让你糊涂了。在此，我可以直说，我不愿交出海伦。只要他们愿意，

生字背囊

焚（fén）化：烧掉（尸骨、神像、纸钱等）。

只要他们能够做到，让他们拿回我从阿耳戈斯抢来的财富好了，我还乐意从自己的财富拿出一部分作为他们所要求的赔偿呢。"

这时，一个平静的语调响起来，这是年老的国王普里阿摩斯，他说："朋友们，现在，我们没必要再采取什么措施了。赶紧给每个战士分配晚餐吧，然后布置好警卫，大家都安心地休息吧。明天我们就派伊代俄斯担任使者，到阿耳戈斯的军营传达我的儿子帕里斯谈和的条件，同时问问他们是否同意在我们焚化战死者的尸体之前停止战争。如果他们不同意，那么就让我们在死者的坟茔完成后再重新作战。"

决议已定。第二天，伊代俄斯作为和平使者来到阿开亚人那儿，传达帕里斯和国王的提议。阿耳戈斯英雄们听了他的话，都沉默不语。最后狄俄墨得斯发话了。"同乡们，"他说，"不能只想着财富，就算他们同时交出海伦，也不能这样。你们当中最愚钝老实的人也应该轻易地从这种提议里看出特洛伊人已经知道自己走到了末路。"

所有的英雄都非常赞成俄墨得斯的话。于是阿伽门农对使者说："你已经听到了达那俄斯人对你们的提议的答复。但我们不会拒绝让你们去焚化你们的死者。众神之王宙斯可以为我说的这话作见证。"说着，他高高举起他的王杖朝向天空发誓。

伊代俄斯回到特洛伊城，特洛伊人正在集议。当他向他们汇报了对方的答复之后，全城的人立刻行动起来，有的忙着搬运尸体，有的去山坡上砍伐树木。

在阿耳戈斯的军营中，他们也同样地忙碌着。在晨光中，敌对的双方彼此和平相处，各自从对方的阵地里寻觅本国人的尸体。因为死去的战士们大都被剥去了铠甲，再加上血肉模糊，所以很难分辨出谁是敌人，谁是自己人。特洛伊人一边清洗着尸体上的血迹，一边低声哭泣，他们的眼睛都哭得通红，因为特洛伊人的死者人数远远超过阿耳戈斯人。但普里阿摩斯不许他们大声悲泣，所以他们只能压抑着内心的悲痛，默默无语地将尸体搬运到车上，然后送上火葬堆。阿开亚人也非常悲哀，他们忙忙碌碌，直到火光熄灭时他们才回到自己的舰船。这项繁重的工作耗费了双方整整一天的时间。现在已经到了晚饭时候，伊阿宋和许普西皮勒的儿子欧纽斯从楞诺斯岛用船装载着几千坛美酒送来给阿耳戈斯人。这礼物来得正是时候，于是阿耳戈斯人在火葬了死者之后大开盛宴，人人开怀痛饮。

特洛伊人也非常希望能从战争的疲惫中得到暂时的修整，但宙斯故意使他们不得休息，整个夜晚他一直断断续续地用轰隆隆的雷霆恐吓他们，每一声雷都好像预兆着新的灾祸。大家战战兢兢，每个人心里都怀着一种莫名的恐惧，就连举杯时也非得先把酒泼在地上，以表示对愤怒的宙斯的献祭，否则都不敢沾唇。

　　希腊的军队首领都聚集在他们的统帅阿伽门农的帐篷里，商讨明天休战的事情，他们提出休战就是要把死亡的士兵的遗体进行火化。而另一方特洛伊人也在王宫里开会，他们同样在讨论休战的事情。特洛伊人对战争的前途感到渺茫，但聪明的安忒诺耳提出把抢来的海伦和她的全部财宝交还给希腊人。以达到永远停战的目的。安忒诺耳的计策受到帕里斯的坚决反对。特洛伊人的年迈的国王普里阿摩斯派传令官伊代俄斯去希腊军营，告知了帕里斯和国王提出休战的建议。希腊英雄狄俄墨得斯一眼看透了敌人已成败局的形势，一口回绝了敌人停战的建议。但收敛士兵的尸体双方都接受了。

毛　驴

　　毛驴的形象似马，多为灰褐色，不威武雄壮，它的头大耳长，胸部稍窄，四肢瘦弱，躯干较短，因而体高和身长大体相等，呈正方形。颈项皮薄，蹄小坚实，体质健壮，抵抗能力很强。毛驴很结实，耐粗放，不易生病，并有性情温驯，刻苦耐劳、听从使役等优点。

围墙边的战斗

精彩导读

阿耳戈斯人为了保护他们的船舰，在船舰周围挖掘了不少壕沟，修筑了很多围墙。这些防御工事能保护他们吗？是什么人决定用山洪和海浪冲毁所有的防御建筑？战争反反复复，异常激烈，究竟谁是最后的胜利者？请仔细阅读本篇故事，从中找到答案。

为了保护他们的船舰，阿耳戈斯人曾经挖掘了不少<u>壕沟</u>，修了很多围墙。但是，由于他们当时没有献祭神祇，所以这些防御工事注定保护不了他们。现在，波塞冬和阿波罗决定用山洪和海浪冲毁这所有的防御建筑。他们决定在特洛伊城陷落时就这么做。

战争又开始了，对手逼近到营盘附近，阿耳戈斯人非常害怕凶猛的赫克托耳，都密集着紧靠着他们的船舰。<u>赫克托耳就像一头勇猛的雄狮一样，率领着他的骑兵冲了过来，并命令他们越过壕沟</u>。但是马儿们都畏缩不前，它们到达壕沟边都不停地打着响鼻，身子也竖立起来。因为那些壕沟又宽阔又陡峻，壕沟边还竖正着尖头的木桩，只有步兵能够冒险通过。看到这种情况，波吕达玛斯就和赫克托耳商议："假如我们强迫马匹通过，它们都得惨死在壕沟里。不如让战车先停在沟边，先由你率领着那些穿着青铜铠甲的人步行过去突破围墙。"

赫克托耳十分赞同他的提议。他命令除御者以外所有穿着青铜铠甲的英雄，都一律跳下战车，然后迅速分成五队。第一队由波吕达玛斯和赫克托耳率领，第二队由帕里斯率领，第三队由赫勒诺斯和得伊福玻斯率领，第四队由埃涅阿斯率领，第五队则由萨耳珀冬和格劳科斯率领。所有的战士

知识延伸

壕沟：用于军事防御并且通常将挖掘出来的泥土堆在它前面作为土方的狭长沟。

比喻手法

将赫克托耳比作狮子。由此不难看出赫克托耳的勇猛、威武。

中，只有阿西俄斯不愿离开自己的战车。他驾车转向左边的一条小道而去了，那是阿耳戈斯人留下来供自己的战车和马匹出入的一条通道。在这里，阿西俄斯看见大门敞开着，因为那是达那俄斯人正在等待可能逃归营帐的人。阿西俄斯一直冲到这儿，特洛伊人徒步在他的后面紧紧跟随。但在入口处，他遇到了两个看起来很厉害的看守，勒翁透斯和庇里托俄斯的儿子波吕波厄忒斯。他们就像山上的两株高大橡树一样站在门边，仿佛在地上生了根，甚至狂风暴雨都难以使他们离开原处。他们突然冲向正在前进的特洛伊人，与此同时，阿耳戈斯人在围墙上的碉楼里雨点般地往下投掷石块。

当阿西俄斯和他的战士在这里浴血奋战的时候，别的战士已经通过了壕沟开始进攻其他的营门。现在阿开亚人必须集中兵力来保卫他们的船舰了，那些保护他们的神祇也站在高高的奥林匹斯圣山忧愁地俯视着。在特洛伊的队伍中，只有赫克托耳和波吕达玛斯统率的一支队伍还在壕沟前面逡巡，他们人数最多并且作战最英勇，但他们没有立刻冲过来，因为他们看见一种不吉利的兆示：一只鹰从军队的左上空飞过，鹰爪中抓着一条毒蛇，而这蛇却回缠过去攻击鹰的脖子；鹰被咬痛，将赤练蛇掷下去，正好落在特洛伊人的队伍中间。士兵们恐怖地看着在地下挣扎的毒蛇，认为这是宙斯所预示的征兆。

"让我们停止前进吧！"潘托俄斯的儿子波吕达玛斯怀着恐惧的心情，呼唤着他的朋友赫克托耳，"这鹰不能把它所抢到的蛇带回去，不正兆示着我们的命运也将如此吗？"

但赫克托耳轻蔑地回答道："鸟雀的事和我们有什么关系呢？让它们去自由地飞翔吧！我只相信宙斯。我关心的只有拯救我的国家。为何一想到战争就要害怕呢！即使我们都在船舰前面牺牲了，你也不要害怕，因为你根本没有勇气拿起武器去和敌人交战。但是我要警告你，假如你真敢临阵脱逃，我的枪就会落到你的身上。"赫克托耳说着就大步向前，其他人也都大声呐喊着跟随在他的身后。宙斯从伊得山吹来一阵大风，一时间飞沙走石，直扑船舰。阿耳戈斯人的信念有些动摇了，而特洛伊人则相信靠着神祇的吉兆和自己的力量一定能取得胜利，他们准备挖倒那达那俄斯人的围墙并掘毁木桩。

但阿耳戈斯人并不轻易退让。他们依然手执盾牌，坚定地站在墙头，并且用矢石和投枪回击着不断进攻的敌人。两个埃阿斯在城墙上来回奔走，不停地鼓励着碉楼上守望的战士，同时慰勉那些英勇的人，威吓那些作战不力的人。大石头一直像浓密的雪片一样不停地落下。赫克托耳无法近前冲毁那营门的巨大门闩，在宙斯指示下，他的儿子吕喀亚萨耳珀冬持着金边大盾像一只饥饿的猛狮冲上前去，并呼喊着他的朋友格劳科斯："假如我们不能在残酷的恶战中表现出自己的能力，我们又怎能在宴会上像神祇一样受到尊敬并最先得到满溢美酒的金杯呢？来吧，让我们获取我们的荣誉，或者用我们的死来成就别人的光荣吧！"

格劳科斯被他同伴的一番言辞鼓舞了，两人率领着吕喀亚的战士们一直向前冲。墨涅斯透斯在碉楼上看见他们如此凶猛并激励着他的同乡人时，非常震惊。他悄悄地往四面观望，看看有没有救兵。结果，他看见很远的地方有两个埃阿斯，而透克洛斯正从附近的帐篷里过来，但是，战盔和武器的碰击声、军队的厮杀声震耳欲聋，透克洛斯根本听不到他的呼救声。于是，他派遣传令兵托俄忒斯带信给两个埃阿斯，要求忒拉蒙的儿子和他的哥哥透克洛斯赶快前来援救。大埃阿斯立刻和透克洛斯以及背着弓箭的潘狄翁赶过来了，他们沿着围墙直奔向碉楼。几乎在吕喀亚人爬上墙垛的同时，他们也到达了墨涅斯透斯的碉楼。埃阿斯搬动巨大的石块一下子击碎了萨耳珀冬的朋友厄庇克勒斯的战盔和头颅，厄庇克勒斯像跳水一样从墙垛上跌落下来。格劳科斯此刻正往墙垛上爬着，被透克洛斯用长矛刺伤了手臂，他悄悄退下去，恐怕被阿开亚人看见并嘲笑他受了伤。

萨耳珀冬看到自己的朋友偷偷地离开了战场，感到十分痛心。他爬上墙垛，用投枪刺中了忒斯托耳的儿子阿尔克迈翁，他又奋力摇震墙垛，想把它崩裂，为特洛伊人开辟出一条可以前进的路。埃阿斯和透克洛斯立刻向前抵御。透克洛斯一箭射中了萨耳珀冬的盾带，埃阿斯则用大枪刺中了他的盾牌，那大枪的刺杀非常有力，那位吕喀亚人不得不暂时后退。但他马上又站了上去，并回首向他的军队大声喊道："你们忘记了要参加进攻吗？就算我是全世界最勇敢的人，我也不可能独自一人将敌人突破呀！我们只有齐心协力才能开辟一条通往舰船的路。"那些吕喀亚人听到他的话，立刻集合在国王周围，迅速前进。而在里面，阿耳戈斯人也加强了兵力，双方在这儿僵持着，隔着一座碉楼，他们狠狠地相互攻击，就像农民在争着一块土地一样。碉楼和墙垛附近，尸堆如山，血流如河。

战斗一直相持不下，但最后赫克托耳在宙斯的帮助下占了上风。他来到营门，他的战士们有的紧紧跟随着他，有的从两边爬过围墙。营门口有一块尖顶的巨石，门被里面的两根大木闩闩住。赫克托耳用非凡的力量把这巨石从土中拔起，举起它不断地敲击门枢和门扇，结果里面的门闩被震断了，营门大开，巨石也落到了里面。赫克托耳身披闪亮的青铜甲胄，两眼圆睁着，令人望而生畏。他挥舞着两支银光闪

闪的发光的长枪，如雷霆闪电一般冲进营门，他的战士们也跟在他的后面蜂拥而至。与此同时，有好几百个战士也已经攀登上了围墙。紧接着，随着一阵巨大的咆哮声，特洛伊人齐声呐喊着冲进围墙，达那俄斯人则纷纷后退，向着他们后方的船舰逃窜。

精彩点拨

　　战争又开始了，赫克托耳率领着那些所有穿着青铜铠甲的人步行过去突破围墙。他命令除御者以外所有穿着青铜铠甲的英雄们，都一律跳下战车，然后迅速分成五队。第一队由波吕达玛斯和赫克托耳率领，第二队由帕里斯率领，第三队由赫勒诺斯和得伊福玻斯率领，第四队由埃涅阿斯率领，第五队则由萨耳珀冬和格劳科斯率领。所有的战士中，只有阿西俄斯不愿离开自己的战车。当阿西俄斯和他的战士在这里进行着一场遭遇战并死去许多人的时候，别的战士们已经通过了壕沟开始进攻其他的营门。他们看见一种不吉利的兆示。

阅读积累

橡　树

　　橡树，壳斗科植物的泛称，包括栎属、青冈属及柯属的种，通常指栎属植物，非特指某一树种。栎属有 615 个种，其中 450 种来自栎亚属和 188 则是青刚栎亚属。其果实称橡子，木材泛称橡木。橡树是世上最大的开花植物。其生命期很长，曾有高寿达 400 岁的。果实是坚果，一端毛茸茸的，另一头光溜溜的，是松鼠等动物的上等食品。

神祇和神祇的战斗

精彩导读

　　神祇们互相攻击，彼此憎恨，正在进行着激烈的纷争。而站在奥林匹斯圣山上的宙斯听着他们的争吵，看着他们气愤的样子，欢喜得跳了起来。宙斯看到首先出马的是战神阿瑞斯，他拎着他灿烂的长矛直奔雅典娜，还故意嘲弄她。但是雅典娜灵活地避开他的攻击，弯腰从地上捡起一块巨大的石头朝他的脖子狠命地掷去。结果雅典娜获得首战的胜利。那么其他对战的神祇又是谁输谁赢呢？请仔细阅读本篇故事，从中找到答案。

　　同时，那些神祇也正在进行着激烈的纷争。他们互相攻击，彼此憎恨，以致大地变色，空气鸣响，就像冲锋战斗时的喇叭声一样。奥林匹斯圣山上的宙斯听着他们的争吵，看着他们气愤的样子，欢喜得跳了起来。首先出马的是战神阿瑞斯，他拎着他灿烂的长矛直奔雅典娜，还故意嘲弄她。"啊，你是一只牛蝇吗？"他对她说，"你为何非要这样无礼地挑起神祇与神祇间的争斗？你还记不记得你是怎么鼓动堤丢斯的儿子用枪刺我的，你自己也想用你金光闪闪的长矛刺伤我神圣的身体吗？我想现在我们可以算一算账了。"说着，他举起长矛就攻向她。雅典娜灵活地避开他的攻击，弯腰从地上捡起一块巨大的石头朝他的脖子狠命地掷去。他一下子疼得跌落在地上，铠甲发出一声铿锵的巨响，他的巨大的身躯和神祇的长发也被泥土弄得污秽了。

　　雅典娜大笑着说："啊，你这个蠢夫啊，你竟然敢和我较量，也不想想我比你高多少强多少！现如今你也应该明白赫拉的憎恨的威力有多大了吧。她仇恨你收回了对阿耳戈斯人的好感和庇护而去佑护傲慢的特洛伊人。"她一边说，一边将炯炯的目光从他身上移开了。阿瑞斯仍然在痛苦地喘息着。后来他渐渐恢复了，在宙斯的女儿阿佛洛狄忒的搀扶下狼狈地离开了战场。

　　赫拉看见他们走过来，扭头转向雅典娜。"唉，帕拉斯呀，"她说，"你看到那位好心肠的恋爱女神了吗？她正扶着那凶暴的屠夫离开人马纷乱的战场，她是多么的勇敢啊！赶紧去，迅速地追击他们！"听她说完，雅典娜马上冲上前去，对着娇弱的阿佛洛狄忒的胸部就是狠狠地一击。女神立刻倒下了，并将受伤的阿瑞斯也拖倒在地上。

　　"让所有胆敢援助特洛伊人地都这样的倒下吧！"雅典娜大声喊道，"假如那些和我

站在同一边作战的都像我一样，特洛伊城早就已经化为一片焦土了，我们也早就享有和平了。"看见她的所作所为，赫拉露出了满意的笑容。

这时，波塞冬对阿波罗说："福玻斯，现在别的人都已经开始战斗了，我们为何还要旁观呢？假如我们没有和别人较量一下自己的本领就回到奥林匹斯去，那该是一件多么羞耻的事！由于你比较年轻，还是你先动手吧。为何还要犹豫呢？你难道忘记了，因为特洛伊的缘故，我们比别的神祇多遭受了多少的损失？我们那样辛苦地为骄傲的拉俄墨冬国王当差，为他筑建起坚固的城墙，而他却不给我们所许诺的回报。这些事你一定也都忘记得干干净净了吧？否则你也一定会和我一样不去帮助那个国王的狡猾的子孙，而去设法毁灭特洛伊城。"

"海洋的统治者啊，"阿波罗回答道，"假如仅仅是为了那些像树叶一样轻易死亡的凡人的缘故，我就和你这样一个令人尊敬的神祇一起投入战斗，那就说明我已经丧失了理智了。"说着，阿波罗离开了他。

但他的妹妹阿耳忒弥斯却嘲笑他，并且神情轻蔑地对他说："你这善射者，难道这战争刚一开始你就要退缩，让那喜欢自夸的波塞冬得到这么便宜的胜利吗？那么背在你肩上的弓箭还有什么用途呢？难道那都是些小孩子们的玩具吗？"

她的这番嘲弄让赫拉很不高兴。"你这不知道天高地厚的丫头！既然你背上也背着装满神矢的箭袋，那么，你有胆量和我较量吗？"她这样反问她，"你最好赶紧到山林里去吧，去射一头野猪或者一只小鹿，别轻率地来反对崇高的神祇。但因为你太不知礼貌，我必须要给你一个小小的教训。"她一面严厉地责骂着，一面用左手去抓阿耳忒弥斯的手腕，右手则抢下她肩头背着的箭袋，并用那箭袋狠狠地打她的耳光，使得她左躲右闪，箭袋里的箭也散落了一地。阿耳忒弥斯就像一只被鹰袭击的胆怯的小鸽子一样，丢下箭和箭袋，捂着脸哭泣着跑开了。她的母亲勒托原本想冲过去救助她，但是，赫耳墨斯正隐伏在她的近旁。不过他一看见她就缩了回去，并说："勒托，我不会和你争斗。因为我知道和众神之王所爱过的妇人争斗是很危险的！所以你可以在神祇中夸口你打败了我。"听他这么一说，勒托立刻收拾起散乱在地上的弓箭，一路追随着她的女儿回到奥林匹斯圣山去了。在那华美的殿堂里，阿耳忒弥斯坐在父亲宙斯的膝上，伤心地哭泣着，她那散发着芬芳的精美衣袍在她因哭泣而抽搐的四肢下微颤着。宙斯慈爱地把她抱在怀中，亲切地询问她："我亲爱的孩子，是谁这样大胆，敢欺侮你呢？"

"父亲，"她抽抽噎噎地回答说，"正是您的妻子——愤怒的赫拉欺侮了我呀，是她，激起所有的神祇彼此争斗。"但宙斯微微笑着不再答话，只轻轻地抚摸着女儿的面颊。

山下，阿波罗已经赶到特洛伊城，因为他担心达那俄斯人会违抗命运女神的命令在当天就攻破特洛伊城。别的神祇则赶回奥林匹斯圣山，有的神情洋洋得意，有的则充满愤怒和哀愁。他们都团团围坐在众神之王——他们的父亲的周围。

精彩 点拨

首战雅典娜获得胜利后，狠狠地数落了阿瑞斯一顿。阿瑞斯在宙斯的女儿阿佛洛狄忒的搀扶下狼狈地离开了战场。为此，众神之母赫拉命令雅典娜又狠狠地教训了阿佛洛狄忒。

山下，阿波罗已经赶到特洛伊城，因为他担心达那俄斯人会违抗命运女神的命令在当天就攻破特洛伊城。别的神祇们则赶回奥林匹斯圣山，有的神情洋洋得意，有的则充满愤怒和哀愁。

阅读 积累

鸽 子

鸽，一种十分常见的鸟，世界各地广泛饲养，鸽是鸽形目鸠鸽科数百种鸟类的统称。我们平常所说的鸽子只是鸽属中的一种，而且是家鸽，家鸽中最常见的是信鸽，主要用于通讯和竞翔。鸽子和人类伴居已经有上千年的历史了，考古学家发现的第一幅鸽子图像，来自公元前3000年的美索不达米亚。